verlag duotincta

D1665833

Über die Autorin

Miri Watson kam 1992 auf die Welt und hat seitdem viel gelesen. Sie studiert Internationale Literaturen, außerdem Sprachen, Geschichte und Kulturen des Nahen Ostens in Tübingen. Sie schreibt für die Lokalzeitung und für diverse Magazine und moderiert eine Radiosendung beim Freien Radio Wüste Welle, in der es um Musik, Kultur und Politik geht. Auch wenn viele das denken: Mit Sherlock Holmes hat sie nie zusammengearbeitet.

www.miri-watson.de

Miri Watson

MEER OHNE MO

10.12.19

Für Carl
— vielen Dank, dass Du
da warst + viel Spaß bei
der Lektüre! Miri

Roman

Dies ist ein Roman. Die Handlung und die Figuren der Geschichte sind frei erfunden, Ähnlichkeiten mit lebenden oder toten Personen rein zufällig.

Hinweis zum Inhalt: In diesem Buch gibt es Szenen, die suizidales Handeln beschreiben.

Erste Auflage 2019

Copyright © 2019 Verlag duotincta, Berlin

Alle Rechte vorbehalten.

Satz und Typographie: Verlag duotincta | Jürgen Volk, Berlin

Einband: Verlag duotincta | Jürgen Volk, Berlin

Hintergrund: Zeichnung nach Vorlage aus pixabay.com durch Jürgen Volk

Vignette: Zeichnung nach Vorlage aus pixabay.com durch Jürgen Volk

Printed in Germany

ISBN 978-3-946086-48-2

Bücher haben **einen** Preis! In Deutschland und Österreich gilt die Buchpreisbindung, was für Dich als LeserIn viele Vorteile hat. Mehr Informationen am Ende des Buches und unter www.duotincta.de/kulturgut-buch

Hey Mr. Wilmington
Yeah, I heard about your son
It's hard enough to hide your scars
In smalltown USA
Lucky Boys Confusion – Mr. Wilmington

Vivre sous ce ciel étouffant commande qu'on en sorte ou
qu'on y reste.
Il s'agit de savoir comment on en sort dans le premier
cas et pourquoi on y reste dans le second.
Albert Camus – Le mythe de Sisyphe

Prolog

Da ist das Meer, groß und grau, und kleine weiße Schaumkronen kräuseln sich auf den Wellen. Windstärke 3. Dort
sind die Hochhäuser, groß und grau und hoch genug, um
Platz für 36 Mietparteien zu bieten. Drei baugleiche Ungetü-
me ohne Schmuck und ohne Schnörkel, die sinnlos in den
Himmel ragen; sie reihen sich in die Front aus Villen und
Ferienwohnungen und Hotelburgen. Es ist nicht klar,
warum sie hier stehen: Wer baut schon Sozialwohnungen mit
Meerblick?

Zwei der monströsen Gebäude stehen schräg nebeneinander, direkt am Wasser, und nur ein breiter Weg aus Beton
trennt sie von der See, kein Wall und keine Dämme, nichts,
das die Mittellosen vor der Überschwemmung oder vor dem
Ertrinken in den Fluten bewahren könnte. Das dritte Hochhaus steht etwas versetzt dahinter, geschützt vor der rauen
Witterung an der Küste, geschützt vor dem verhängnisvollen
Blick aufs Meer, dessen Wasser nur grau erscheint, wenn es
nah ist. Aus der Ferne wirkt es blauer. Das dritte Hochhaus
ist das, in dem ich wohne; kein Meerblick für mich. Ich rie-
che das Meer, wenn ich mich darauf konzentriere (schon
nach ein paar Stunden am Meer habe ich vergessen, den Salz-
geruch bewusst wahrzunehmen) und ich höre das Meer,
wenn ich mein Fenster öffne in der Nacht. Die Schlösser von

den Türen werde ich wohl häufig wechseln müssen, da sie durch das Salz und durch den Wind viel zu schnell oxidieren. Die Schlüssel lassen sich dann nicht mehr im Schloss drehen.

Das Meer ist der Grund, warum ich hierhergezogen bin. Sonst kannte ich hier nichts, und in Wahrheit ist das Meer auch nicht viel mehr als ein Ort, nach dem wir Menschen immer wieder Sehnsucht haben. Am Meer zu leben, ist in Wahrheit unspektakulär, aber ich habe auch keinen Grund, wieder wegzuziehen, also bleibe ich hier.

Meine freien Nachmittage verbringe ich mit Strandspaziergängen. Ich laufe auf dem nassen Sand, bis meine Füße schmerzen, und ich atme die Salzluft und das Nikotin, das sich in allen meinen Poren verfangen hat.

In der Freizeit gibt es nicht viel zu tun für mich. Ich bin an das Meer gezogen, um wieder zu fühlen, aber alles, was ich fühle, wenn ich auf die grauen Betonklötze starre, die mir den Blick auf das Wasser versperren, ist: Nichts. Wie ist es möglich, golden zu bleiben, wenn die Welt heute so schlecht ist, wie sie immer war?

Mit Mo habe ich keine Erinnerungen an das Meer. Ich glaube nicht, dass Mo das Meer jemals gesehen hat. Da ist nur die Brücke, auf der wir immer saßen, Kaugummi kauend, rauchend. Da sind nur die weißen Rauchkringel, die Mo in den noch weißeren Himmel blies.

1

»Das ist die goldene Arschkarte, die du da gezogen hast.«

So hat Marc auch vor mir schon alle Neuen begrüßt, es kommt ihm tiefsinnig vor, aber an meinem ersten Tag wusste ich das noch nicht.

»Das ist die goldene Arschkarte, Svenja, willkommen an Bord.«

Goldene Arschkarte. Wie passend, dachte ich, als Marc mir energisch die Hand schüttelte, nachdem er mich so willkommen geheißen hatte. Das Drecksloch hier und die Scheißarbeit, die mich erwarteten, und gleichzeitig die Ahnung: Hier, am Meer, da ist das alles irgendwie nur halb so schlimm.

Ich hatte Marc vorher nicht kennengelernt; meine schriftliche Bewerbung, ein aufgehübschter Lebenslauf und ein kurzes Telefongespräch mit seiner Freundin Jenny hatten gereicht, um ihn davon zu überzeugen, bei ihm arbeiten zu dürfen. Wahrscheinlich war es auch schon völlig ausreichend, dass ich mich nicht über den angebotenen Lohn und die angedrohten Arbeitszeiten beschwerte. Wahrscheinlich nimmt Marc sowieso jeden, weil es hier kaum jemand länger aushält.

Eigentlich hatte ich immer gedacht, dass ich es mal besser haben würde. Ich dachte, wenn ich nur genug lerne und meinen Arsch hochkriege, dass ich dann irgendwann keine

Scheiße mehr fressen muss. Ist ja auch das, was alle zu dir sagen: Du kannst alles schaffen, du musst es nur wollen und/oder an dich glauben, dann wird schon alles paletti.

Deswegen habe ich mich jeden Tag aufgerafft, egal wie verkatert oder traurig ich war, hab mich auf die Klassenarbeiten und Abiprüfungen vorbereitet und so getan, als würde es mich nicht jucken, dass außer mir nur Rich Kids in meiner Klasse waren, die sich nicht mit Korn, sondern mit Gin Tonic abschossen und die in ihrer Freizeit Tennis spielten. Ich meine, Tennis, echt jetzt.

Aber *außer mir*, das stimmt so natürlich nicht. Mo war auch in meiner Klasse und Mo war der ganze Zirkus von wegen Markenklamotten und Shoppingtrips nach Mailand wirklich scheißegal. Er fühlte sich wohl in seiner Rolle als Outlaw, ließ manchmal sogar ganz gern den Assi raushängen.

»Du kannst nicht ändern, wo du herkommst«, sagte er hin und wieder, so als ob er sogar ein bisschen stolz darauf wäre.

Irgendwie haben die anderen ihn trotzdem in Ruhe gelassen. Ich glaube, dass Mo während seiner ganzen Schulzeit nie gemobbt worden ist, obwohl er immer die gleichen schmutzigen Sportschuhe trug, deren Sohlen sich lösten, und obwohl er so anders war, als alles, was sich die Schnösel aus unserer Schule überhaupt vorstellen konnten.

Ich denke nicht, dass die anderen Angst vor ihm hatten; vermutlich war es eher eine Ahnung, die selbst die Dümmsten unter ihnen irgendwie hatten, dass Mo in Wirklichkeit besser war, als sie alle zusammen, und deswegen ließen sie ihn in Ruhe. Vielleicht war er ihnen auch einfach scheißegal, so wie sie ihm scheißegal waren.

Für mich war das schwerer. Ich wollte schon irgendwie dazugehören und ich konnte nicht verstehen, wie Mo es einfach so schulterzuckend hinnehmen konnte, dass wir als diese verkackt-unterprivilegierten Leute aufgewachsen sind, die wir waren, und dass wir in engen Wohnungen groß geworden sind, anstatt in großen Häusern voller Pfannkuchenduft, und dass wir deswegen diese ganzen Chancen nicht hatten, die für unsere Mitschüler so selbstverständlich waren. Ich wollte schon irgendwie dazugehören, deswegen versuchte ich, nicht aufzufallen, versuchte mich bedeckt zu halten; deswegen lachte ich über die gleichen Witze wie alle, auch wenn sie mich absolut anödeten, immer fest davon überzeugt, dass ich eines Tages auch Gläser voller Gin Tonic in mich hineinschütten würde, reich und erfolgreich, solange ich nur laut genug lachte.

»Im *Prinzip* kannst du dich normalerweise an den Arbeitsplan halten«, erklärte mir Marc den Ablauf, an jenem ersten Tag, als ich noch die Neue war.

Seine grauen, strähnigen Haare waren wohl eines Tages mal eine Frisur gewesen, oder vielmehr: etwas, das Marc wohl für eine Frisur gehalten hatte. Jetzt waren sie unregelmäßig nachgewachsen; stellenweise war er schon kahl, und während seine Haut sonst überall weiß war und fleckig, war seine Kopfhaut rot und geschuppt. Ich schätzte ihn auf Anfang sechzig, aber vielleicht war er auch jünger und hatte nur zu viele Tage mit Trinken verbracht. Sein Gesicht war zerfurcht, seine Augenbrauen buschig. Er trug einen Blaumann voller Fettflecken, und ich ahnte schon damals, dass er den wahrscheinlich nur dann auszog, wenn er sich schwer atmend abmühte, Jenny zu rammeln. Er verkörperte mit seiner massigen Figur alles, was ich mir unter *typisch deutsch* vorstellte: Ein armer alter Trinker, zu dessen größten Freuden die selbst gegrillte Bratwurst gehörte. Trotzdem mochte ich ihn. Er gab sich immer auf eine verzweifelte Art Mühe, lustig zu sein, und für diese tollpatschigen Versuche schloss ich ihn in mein Herz.

Das enge Hausmeisterkabuff, in dem wir an einem mit Papieren vollgemüllten Tisch saßen, nannte Marc die *Leitzentrale*. »Hier schalte und walte ich«, sagte er und verschluckte sich, als er lachen wollte. Ich gab mir ebenfalls Mühe, ein wenig zu grinsen. »Beziehungsweise schaltest und waltest du dann jetzt auch hier«, ergänzte er.

Im Prinzip, erklärte mir Marc, müsste ich nichts weiter tun, als die Nächte über hier zu sein, ansprechbar, falls irgendwas sein sollte. »Was kann denn sein, zum Beispiel?«, fragte ich ihn.

Marc zuckte mit den Schultern: »Keine Ahnung, das ist ganz unterschiedlich, kommt aber auch auf die Klienten an.«

Er sagte »Klienten« und nicht »Penner«, was auch dazu beitrug, dass er mir sympathisch wurde.

»Manchmal will einer nur reden, sich ausheulen, was weiß ich. Als ich noch selber die Nächte gemacht hab, da war mir das am liebsten, einfach quatschen oder zuhören, und wenn du willst, kannst du in der Leitzentrale auch rauchen. Manchmal ist auch irgendwas kaputt und du musst es reparieren, das Klo oder ... keine Ahnung ... der Wasserhahn. Wenn du nicht weißt, wie's geht, dann häng' halt ein Schild dran, ›Außer Betrieb‹ oder so. Dann sagst du's mir am nächsten Tag, dann kann ich das reparieren. Und manchmal gibt's Randale, wenn der Schnaps nicht reicht oder wenn es zu viel Schnaps gegeben hat, solche Sachen halt. Du weißt schon. Dann musst du einfach dazwischengehen oder die Bullerei rufen, damit die hier nichts kaputt machen. Im schlimmsten Fall schlagen die Klienten sich gegenseitig die Fressen ein, aber das passiert eigentlich nicht so oft. Die meisten von denen sind ganz anständige, friedfertige Leute, aber es ist eben auch anstrengend für die, immer um das Recht zu kämpfen, weiter existieren zu dürfen. Das kann dann an manchen Tagen einfach zu viel für die sein, wenn du weißt, was ich meine.«

Marc hustete und ich fragte mich, warum einer wie er so liebevoll von den Obdachlosen sprach, die hierher kamen; die »Klienten«, wie sie bei Marc hießen. Er sah eigentlich nicht aus wie ein guter Mensch, wie einer, der sich um andere sorgt oder kümmert. Vielleicht war da mehr, als man sehen konnte, oder vielleicht brachte das auch nur der Job mit sich, wer weiß.

Die kühle Herbstsonne brach sich in den fleckigen Fensterscheiben des Hausmeisterkabuffs. Draußen würde der Tag bald enden, die meisten Strandcafés machten zu dieser Jahreszeit schon früh zu, weil sowieso keine Touristen da waren, die sich mit Kaffee und Kuchen hätten vollstopfen können. Ich wollte vor Beginn meiner Schicht noch einmal zum Strand laufen, einmal tief die Seeluft einatmen, die für mich noch so neu und ungeheuerlich war, und mir dann in meiner dunklen Wohnung einen dunklen Kaffee bereiten, um mich auf meine neue Aufgabe einzustimmen.

»Naja, ansonsten kannst du hier auf der Pritsche pennen oder die Glotze anmachen, wie du willst. Oder du nimmst dir ein Buch mit, das ist deine Sache. Jedenfalls kannst du dich *im Prinzip* an den Arbeitsplan halten, die Nächte

machst du und morgens um halb acht kommt Jenny dich ab-
lösen. Sie mag es, am Anfang noch einen Kaffee zu trinken
und zu plaudern, aber da musst du dich nicht verpflichtet
fühlen, ich sag's nur, falls du dir Freunde machen willst. Jenny ist gar nicht so übel, sag ich dir. Sie kann 'ne Menge Geschichten erzählen zu den Leuten, die hier so ein- und
ausgehen. Ist schon lange dabei, länger als ich, und sie kennt
hier jeden. Also falls du Fragen hast, dann wende dich an
Jenny. Und wenn nachts irgendwas ist und du weißt nicht
weiter, dann vertröste die Klienten auf den nächsten Tag,
wenn das geht, und zur Not rufst du halt die Bullen. Damit
wirst du dich nicht unbedingt beliebt machen, aber was
soll's, das sind die gewohnt und du bist ja nicht hier, um jemanden zum Heiraten zu finden.«

Wieder lachte Marc und hustete dann. Wieder versuchte
auch ich, mir ein Lächeln abzuringen. Warum ich mich nur
im Prinzip an den Arbeitsplan halten konnte, wurde mir auch
nach diesen Ausführungen nicht klar, aber ich fragte nicht
weiter und Marc hatte offenbar kein Interesse daran, noch
mehr zu sagen.

Ich war froh, dass Marc zu keinem Zeitpunkt etwas darüber gesagt hatte, dass das kein Job für Frauen wäre. Ich war
mir zwar nicht sicher, ob es nicht eine Dienstvorschrift gab,
dass hier nur Männer als Nachtwächter arbeiten durften, immerhin hatte ich vorher nie von Nachtwächterinnen in Not-
unterkünften gehört, aber ich war mir außerdem auch gar
nicht sicher, ob ich offiziell eingestellt worden war. Einen
Arbeitsvertrag hatte ich nicht gesehen und von Kranken-
oder Rentenversicherung hatten weder Jenny noch Marc etwas gesagt. Ich wusste nicht, ob es den Job offiziell gab oder
nicht und nicht einmal, ob es einen Träger für diese Unter-

kunft gab und wer das war, aber eigentlich war mir das auch alles scheißegal. Hauptsache, dass ich hier in Ruhe gelassen wurde. Niemand würde mir dumme Fragen stellen und ich bekäme ein bisschen Geld, was immerhin ein bisschen mehr wäre, als gar nichts.

Angst hatte ich nicht bei der Aussicht, dass zu meinen Aufgabenfeldern offenbar auch das Schlichten von Streit zwischen Besoffenen gehören würde. In meiner Nachbarschaft hatte es oft Prügeleien wegen Nichtigkeiten gegeben. Meistens betrunkene oder zugedröhnte Männer, die das Gefühl hatten, falsch angesehen worden zu sein. Sie hatten kein Gefühl mehr dafür, wie eine angemessene Reaktion aussehen könnte, und warfen sich gegenseitig die Treppen hinab, die zum Edeka führten. Die anderen kreischten, feuerten an oder wollten das Schlimmste verhindern. Wer Teil einer Prügelei war, ignorierte die Umstehenden. Blaue Augen, blutige Lippen, ausgeschlagene Zähne. Das war normal, und wenn einer am Boden lag und wimmerte, dann spuckte der andere auf ihn – glorreich und glänzend im Moment seines Sieges.

Für gewöhnlich versöhnten sich die Streitenden dann kurz darauf wieder, spuckten auf zerfledderte Papiertaschentücher, um sich das Blut aus dem Gesicht zu reiben, und gurgelten mit Hochprozentigem, um die Wunden zu desinfizieren. Dann grinsten die Münder. Zahnlücken klafften. Mit einem Handschlag war alles wieder gut.

Wir anderen wussten, dass die Streitereien nie lange dauerten. Wir hielten uns zurück, gingen, nur heimlich nach den Prügelnden schielend, vorbei oder machten uns lustig, sagten: »Die alten besoffenen Säcke!«, und verhöhnten sie.

Mo war da anders. Er lachte nie jemanden aus und nie ging

er an einer Prügelei vorbei, ohne dazwischenzugehen. Mo kackte auf die Gelegenheit, sich mit Hohn und Spott bei den Gleichaltrigen beliebt zu machen. Für ihn waren auch die alten besoffenen Säcke Menschen mit Geschichten und Gesichtern, für ihn war jeder eskalierende Streit eine menschliche Tragödie.

Ich habe nie jemanden gekannt, der so mutig und so selbstlos war wie Mo. Nie kannte ich jemanden, der so wenige Vorurteile hatte. Natürlich wussten die Leute in der Nachbarschaft, dass einige der Säufer und Junkies HIV-positiv waren. Für die Erwachsenen reichte das allein als Grund, um sich bei Streitigkeiten nicht einzumischen. Mo war das scheißegal, er ging trotzdem dazwischen, auch wenn die Kämpfe blutig wurden.

Er vermied dann hektische Bewegungen, ging ganz langsam auf die Betrunkenen zu und sprach mit dieser besonderen, leisen Stimme zu ihnen. Meist fand er zu Beginn wenig Beachtung; wer sich schlagen wollte, schlug sich, auch wenn ein Halbstarker sich einmischte. Aber Mo hatte diese Art, höflich, ruhig und bestimmt zu sprechen und er hörte nicht auf damit, auch wenn die Fäuste weiter flogen. Und etwas an dieser Art zu sprechen oder an seinem Auftreten war es, das die Leute immer in den Bann zog. Alle Leute. Das behaupte ich jetzt nicht nur, weil Mo mein bester Freund gewesen ist, das weiß ich, weil ich es hunderte Male beobachtet habe.

Wie Mo sich beschwichtigend zwischen die Streitenden drängte, mit ihnen sprach und ihnen, sobald er ihre Aufmerksamkeit erlangt hatte, ruhige Fragen stellte. Wie die eben noch Fäuste schwingenden und Blut spuckenden Säufer sich beruhigten, ihn ansahen und ihm zusahen. Wie Mo sie langsam voneinander löste, ihnen Wasser anbot oder ein

Taschentuch, um die Wunden zu versorgen.

Ich habe das gesehen, deswegen glaube ich es. Ein bisschen hat Mo mir damals auch Mut gemacht und mir das Gefühl gegeben, dass es sich lohne, sich für andere einzusetzen. Ich hatte, wenn ich Mo beobachtete, wie er bei den Auseinandersetzungen dazwischenging, irgendwie das Gefühl, dass es *richtig* war, was er tat.

Ich selbst habe mich nie getraut, etwas zu tun, wenn ich die Streitenden gesehen habe. Nicht alleine, nicht ohne Mo. Aber ich habe ihn unterstützt, immer, wenn er es gemacht hat. Dann war ich mutig und bin mit ihm dazwischengegangen, eine Hand auf seiner Schulter, so, dass ich sein verwaschenes T-Shirt, seine Wärme und seine Knochen spüren konnte. Dann fühlte ich mich stark, und wenn der Streit vorbei war, hatte ich das Gefühl, dass Mo und ich gemeinsam etwas Großartiges getan hatten.

An meinem ersten Tag dachte ich, dass ich heute keine Angst mehr hätte, alleine bei einer Prügelei einzuschreiten. Warum sollte ich auch, was könnte schon passieren?

Ich bin nicht so mutig oder selbstlos wie Mo, noch immer nicht, aber ich habe auch nichts, um das ich mich fürchten müsste. Es ist scheißegal, ob ich angespuckt werde oder eins auf die Fresse kriege, wer bin ich schon, dass ich mich um mich sorgen müsste?

»Wenn du noch irgendwelche Fragen hast, Svenja, dann kannst du mich immer fragen. Mich oder Jenny, das ist egal, wir kennen uns hier beide aus«, sagte Marc.

Ich nickte. Fragen hatte ich im Moment keine und mir kam die Tätigkeit auch nicht so anspruchsvoll vor, als dass ich mir vorstellen konnte, dass in Zukunft noch viele Fragen auftauchen würden. Das Licht draußen wurde weniger. Es war diese Jahreszeit, in der es schon früh wieder dunkel wurde und lange dunkel blieb. Die Dinge, die in dem eckigen Kabuff herumstanden, sahen im Dämmerlicht merkwürdig aus, fast lebendig irgendwie. Der Staub, der sich auf den Oberflächen abgesetzt hatte, glitzerte silbern, aber vielleicht bildete ich mir das auch nur ein, um der Trostlosigkeit einen traurigen Glanz zu geben.

Marc räusperte sich. »Na dann«, sagte er.

»Na dann«, sagte ich.

»Hier sind die Schlüssel«, sagte Marc und reichte mir einen schweren Schlüsselbund mit einem Haufen identischer Schlüssel. Irgendwer, vielleicht Marc selbst, vielleicht auch Jenny, hatte auf jeden der Schlüssel ein andersfarbiges Stück Klebeband geklebt.

»Das wirkt erst einmal kompliziert«, sagte Marc und schien verlegen. »Eigentlich ist es aber ganz einfach, der Gelbe ist für die Eingangstür, der Blaue für alle Klos, der Rote hier für das Hausmeisterzimmer, der Violette ... ach, scheiße, ich geb' dir eine Liste, das kann sich ja kein Mensch merken. Aber ich denke – also, ich bin sicher – du lernst das schnell.«

Ich nickte noch einmal und Marc begann, in einem Pappkarton zu wühlen, der unter dem Tisch stand, an dem wir saßen. Der Karton war – wie auch der Tisch – vollgestopft mit verschiedenen Papieren, die wild durcheinander flogen. Von meinem Platz aus konnte ich erkennen, dass Schnellhefter darunter waren, Werbeprospekte und Telefonrechnungen. Marc fluchte, als ein Stapel Papier aus der Kiste auf den Boden fiel, während er sie durchsuchte. Schließlich zog er einen zerknitterten Zettel hervor, wendete ihn und betrachtete ihn von beiden Seiten.

»Ich find' die verdammte Liste nicht«, brummelte er und zog einen Kugelschreiber aus der Brusttasche seines Blaumanns. »Schon in Ordnung, ich denke, ich kann das auch ausprobieren«, sagte ich.

Marc schüttelte seinen Kopf. »Nee, nee«, murmelte er, ohne den Blick von dem Papier abzuwenden, »ich schreib dir das schnell auf.«

Er leckte an seinem Finger, bevor er versuchte, den Zettel glatt zu streichen und schrieb dann mit ordentlichen Buchstaben auf, welcher Schlüssel zu welchem Schloss passte. Dabei atmete er schwer und verschluckte sich ein paar Mal. Sein Husten klang dumpf in dem kleinen Raum, wo das Licht mittlerweile nicht mehr ausreichte. Ich hätte ihn gerne gebeten, die Lampen einzuschalten, aber ich wollte ihn nicht ablenken. Meine Augen schmerzten ein bisschen und ich versuchte, einen abstehenden Fetzen eines eingerissenen Nagels ganz abzureißen. Allerdings erwischte ich ihn auch nach mehreren Versuchen nicht, weswegen ich mir den Finger in den Mund steckte, in der Hoffnung, den überflüssigen Nagelfetzen abkauen zu können.

Schließlich überreichte Marc mir die Liste und ich schob meinen Stuhl zurück. »Danke«, sagte ich, »ich geh' dann nochmal heim, bevor ich anfange.«

Marc nickte und rührte sich nicht. Ich stand auf, hob die Hand, als wollte ich ihm winken, und nickte ihm zu, bevor ich den Raum verließ.

»Ich geh' dann mal«, sagte ich noch einmal.

Draußen überraschte mich die Kälte. Ich hatte gedacht, dass das Meer die Hitze des Sommers noch eine Weile speichern würde, aber vielleicht irrte ich mich oder das Meer machte hier nicht, was es sollte, keine Ahnung. Auf jeden Fall fröstelte mich, als ich mich mit schnellen Schritten von dem Männerwohnheim entfernte, das nun meine Arbeitsstätte war. Das Meer, stellte ich mir hirnverbrannterweise vor, war mein Verbündeter hier.

2

Ein starker Wind kam vom Meer und es war schon fast nachtdunkel, als ich den Strand erreichte. Die Sonnenschirme und die Toilettenhäuschen waren geschlossen, das würden sie jetzt den ganzen Winter über bleiben. Außer ein paar Möwen und Müll, angeschwemmtem Strandgut, war der Strand leer. Die hartgesottenen Spaziergänger mit den strengen Gesichtern, die unabhängig von der Witterung herkamen, waren jetzt heimgegangen, um zu Abend zu essen.

Zwei Tage zuvor, als ich mit meinen wenigen Dingen hergezogen war, hatte ich nachmittags noch Schwimmer in den Wellen gesehen. Was für komische Käuze, die sich das antaten. Redeten von der belebenden Kraft des Wassers oder so einen Unfug, oder vielleicht dachten sie, dass sie ihre Immunabwehr stärken müssten. Wahrscheinlich tranken sie auch ihren eigenen Urin und sagten Sachen wie: »Mein täglicher Frischkornbrei schmeckt mal wieder hervorragend.« Als ob sie das vor dem Tod retten könnte.

Ich ging über den nassen Sand, hörte auf das Knirschen meiner Schritte, auf das Meer und auf die Möwen, deren beständiges Kreischen alle anderen Geräusche dämpfte, so wie ein dicker Teppich, der über eine Tür gehängt wurde, alle Geräusche dämpft. Die Sohle meines rechten Stiefels löste sich; ich hatte schon lange vor, mir Sekundenkleber zu besorgen, um das zu reparieren, aber irgendwie hatte ich es bisher immer versäumt. Deswegen hatte ich jetzt bald den Sand im Schuh, spürte, wie meine Socke sich langsam mit der Feuchtigkeit vollsaugte. Meine Jacke war winddicht, ich zog sie enger um meine Schultern, denn mir war kalt und der Wind setzte mir zu.

Bald würde ich den Weg hier in- und auswendig kennen, dachte ich mir. Am Meer wohnen, wer hätte das gedacht? Am Meer wohnen, das ist schon so ein Traum, dachte ich, und auch wenn ich diesen Traum vorher nie geträumt habe, war das irgendwie, als hätte ich es geschafft. Obwohl es sich überhaupt nicht so anfühlte, als ob ich irgendetwas geschafft hätte. Ich war immer noch ich und die Chancen standen schlecht, dass sich daran noch irgendwann etwas ändern würde.

Noch zwei Stunden, bis meine erste Schicht beginnen würde. Ich zog das zerknitterte Softpack Kippen aus meiner Jackentasche und eine krumme Zigarette daraus hervor. In den vergangenen zwei Tagen hatte ich schon viel über den Wind gelernt, deswegen hatte ich mir am Mittag beim Einkaufen ein großes Stabfeuerzeug gekauft, eines in der Art, wie sie für gewöhnlich zum Anzünden der Flammen auf dem Gasherd verwendet werden. Ich erhoffte mir, dass es dem Wind besser trotzen würde als die gewöhnlichen kleinen Plastikfeuerzeuge, mit denen ich am Strand in den vergangenen Tagen immer mehrere Minuten gebraucht hatte, um meine Zigaretten anzuzünden.

Ich drehte mich mit dem Rücken zum Wasser, mit dem Rücken zum Wind und steckte die Zigarette zwischen meine Lippen, auf denen ich das Salz der See schmeckte. Meine Hände waren kalt und ich rutschte immer wieder mit dem

Finger ab, während ich versuchte, das Feuer zu entfachen. Als ich es geschafft hatte, flackerte die Flamme nur kurz auf und erlosch dann gleich wieder, aber es hatte gereicht: Meine Zigarette brannte.

Ich inhalierte tief, spürte, wie der dreckige Rauch sich in meinen Lungen absetzte und hatte das Gefühl, ich müsste weinen. Keine Ahnung, ob es das Meer war, das mich so weich machte. Vielleicht war es auch die plötzlich einsetzende Klarheit darüber, dass ich von nun an wirklich vollkommen allein war. Völlig auf mich gestellt in diesem Scheißkaff, das nicht besser war, als der Ort, aus dem ich hergezogen war. Vollkommen alleine, in diesem beschissenen Land, in dem es für mich keinen Platz gab, der nicht nach Pisse stank.

Obwohl ich außer Schwärze und ein paar blinkenden Lichtern kaum etwas sah, warf ich noch einen letzten Blick in Richtung des Meeres. Im Herbst ist das Meer ehrlicher, rauer. Die Touristenmassen sind fort, für die es im Sommer gezähmt werden muss. Nur die Fischer sind geblieben; die Fischer und die Einheimischen, die Alkoholkranken und die Verzweifelten. Jetzt, am Abend, war kein Schiff mehr auf dem Wasser, zumindest sah ich keines, aber vielleicht konnte ich auch einfach nicht weit genug sehen. Die Flut kam und mit ihr die spritzende Gischt.

Ich wandte mich zum Gehen, suchte den Übergang über den Deich. Eigentlich hätte ich am Strand fast bis zu meiner Wohnung laufen können, direkt bis zu dem breiten Betonweg, der vor den Hochhäusern zum Wasser führt. Aber zwischen mir und meiner Wohnung lag ein abgesperrtes Stück Privatstrand. Ein kleiner Abschnitt, wo der angeschwemmte Müll Tag für Tag vom Hotelpersonal weggekehrt wurde, auch jetzt im Herbst offenbar noch täglich, obwohl im Moment sowieso niemand für den makellosen Blick aufs Wasser zahlte. Am Tag war es kein Problem, an dem Stück einfach am Zaun vorbei durch das Wasser zu waten, aber jetzt war mir zu kalt, meine Füße waren bereits nass und ich musste aufs Klo.

Als ich die Treppen des Deiches nach oben lief, den Wind im Rücken und die hässliche graue Stadt vor mir, warf ich meine halbgerauchte Zigarette weg. Mir war schlecht und ich hatte nicht das Gefühl, dass Rauchen das gerade besser machen würde. In fünf Minuten würde ich zu Hause sein, wenngleich das Wort Zuhause mein Gefühl für die leere Wohnung, in der ich jetzt lebte, nicht gerade treffend beschrieb.

Zuhause – das war auch eine Sozialwohnungssiedlung. Eine andere, die aber ähnlich stank und in der die Wände ähnlich hellhörig waren. So konnte man dort an den Mittagen die anderen Kinder schreien hören, konnte hören, wie die Familien sich unterhielten, wie die Mütter kochten, wie die Irren lachten. Laute Musik dröhnte aus den Teenagerzimmern, lautes Gebrüll tönte vom Hof herauf. Wenn man aus den Fenstern schaute, die zur Straßenseite hin lagen, dann sah man von oben den Edeka. Davor die Flaschensammler, die Rentnerinnen, die Haushaltshilfen und die Besoffenen, die sich ab und an prügelten, oft nur pöbelten und meistens einfach rauchend und trinkend auf den Stufen saßen, Alkohol ausdünstend und den Frauen, die einkaufen gingen, auf den Arsch glotzend. Zerbrochene Flaschen, klebrige Bierlachen und schlecht überfärbte weiße Haare.

Es waren fast immer die Frauen, die zum Edeka gingen; für gewöhnlich mittags, kurz bevor die Kinder aus der Schule

kamen. Nur für Kleinigkeiten, für Sachen, die beim Groß-
einkauf am Wochenende vergessen worden waren, oder für
Zeug wie Klopapier und Schokolade, Zeug, das früher als geplant zur Neige gegangen war und schnell ersetzt werden
musste. Manchmal gingen auch Männer in den Edeka, meist
nur, um sich Bier zu kaufen oder Zigaretten, aber bei uns gab
es auch ein paar alleinerziehende Väter, die immer komisch
angesehen wurden, wenn sie Windeln oder Nudelsauce auf
das Kassenband packten. Es war normal für Frauen, alleine
für eine Familie verantwortlich zu sein. Nicht normal war es,
wenn ein Mann sitzengelassen worden war.

Es ist nicht so, dass ein Großteil der Menschen, die mit mir
in den Hochhäusern wohnten, misstrauisch waren oder gar
böswillig. Viele waren nur irritiert von dem, was sie nicht
kannten, und sie schätzten die Normalität, denn schon die
Normalität war scheiße genug. Die Normalität war vorher-
sehbar, planbar, aber wenn dann auch noch die Scheiße dazu
kam, die nicht normal war, dann war das zu viel. Natürlich
gab es auch bei uns Arschlöcher, blöde Säcke, die es mit Ge-
nugtuung erfüllte, anderen weh zu tun. Aber die gibt es
überall, schätze ich. Das war mit Sicherheit kein Problem, das
nur bei uns auftrat.

Zuhause, das waren die Graffiti, die sich wie wilde Tiere
über die Brückenpfeiler schlängelten, über die Hauswände
und über die Müllcontainer. Das waren die schlechten Witze
und die mit Edding auf Fensterscheiben gekritzelten Tags.
Das waren die großen Wäscheleinen, die quer über den Hof
gespannt waren, neben den Mülltonnen, die eingezäunt am
Rand standen, das war der Schulweg, der am Laden mit dem
Esspapier vorbeiführte, und der Asphalt. Zuhause, das war
meine Mutter, die selten zufrieden und nie glücklich wirkte,

stets ein bisschen gestresst, und die immer tadellos gekleidet war.

Die Wohnung, in der ich mit ihr lebte, war nicht spektakulär; weder war sie spektakulär groß, noch spektakulär klein. Sie war nicht besonders schön eingerichtet, es stand Zeug darin rum, das wir täglich benutzten, und es war gut, dass dieses Zeug da war, aber ich glaube nicht, dass meine Mutter beim Kauf unserer Möbel jemals vorrangig darauf geachtet hatte, ob sie zu den bereits vorhandenen Möbeln passen würden.

Ich hatte ein eigenes Zimmer mit meinen eigenen Sachen und meine Mutter hatte ein eigenes Zimmer mit ihren Sachen, wir hatten eine Küche und ein Bad und dann hatten wir noch ein Wohnzimmer. Das lag daran, dass ich ein Einzelkind war. Es gab ein paar Einzelkinder bei uns in der Siedlung, aber die große Mehrzahl hatte Geschwister, und weil die Wohnungen größtenteils baugleich waren, gab es in den Wohnungen, in denen mehrere Kinder lebten, häufig keine Wohnzimmer, oder die Kinder teilten sich einen Raum.

Mo lebte lange gemeinsam mit seiner kleinen Schwester in einem Zimmer. Erst als er dreizehn wurde, zog er in das Zimmer, das vorher das Wohnzimmer gewesen war. Seine Eltern stellten ihr Schlafzimmer um, so dass die Couch darin Platz fand, falls Gäste kämen. Gegessen wurde fortan in der Küche oder auf dem eigenen Bett.

Zuhause, das war ein Zuhause, das ich kannte, das ich einschätzen konnte. Es war Zuhause, weil ich immer dort gelebt hatte, aber vor allem war es Zuhause, weil ich dort Mo hatte, anstatt alleine zu sein. Weil es dort immer Mo und ich waren, wir beide gemeinsam, und da war es dann egal, ob es nach Pisse stank oder nach angebrannten Nudeln.

Das Haus am Meer, in dem ich jetzt wohnte, hatte keinen Aufzug. Im Treppenhaus war es dunkel und kalt; ich tastete lange an der rauen Wand entlang, bis ich schließlich den Lichtschalter fand. Neben den Treppen waren braune Striemen an der Wand, wie von den Krallen eines wilden Tieres; etwa auf Hüfthöhe hatte jemand mit einem schwarzen Edding ein Galgenmännchen gemalt. Die Stufen waren aus grauem Stein, sie gaben nicht ein bisschen nach, als ich auf ihnen nach oben ging. Weiße Flecken, wie Vogelscheiße, sammelten sich auf dem ersten Treppenabsatz, und ich fragte mich, was für Leute meine Nachbarn wohl waren.

Ich hatte bisher noch niemanden der anderen Bewohner des Hauses gesehen, aber ich stellte mir vor, dass im zweiten Stock, in der Wohnung gegenüber, ein älteres Straußen-Ehepaar wohnen musste. Zwei große, plumpe, graugefiederte Vögel, die nicht mehr miteinander sprachen und schon längst damit aufgehört hatten, das zerrupfte Gefieder des anderen zu liebkosen. Die sich auf diese Weise heimlich für ihren skurrilen Körperbau schämten, so wie ich mich schämte, wenn ich alleine nackt war. Ich nahm an, dass die Toiletten in dem Mietshaus wohl nicht den Ansprüchen von zwei ältlichen, inkontinenten Laufvögeln gerecht wurden und dass daher hin und wieder auf dem ersten Treppenabsatz ein Malheur passierte. Ich weiß nicht mehr, was mich dazu brachte, das zu denken. Die weißen Flecken jedenfalls waren da und ich hatte nicht vor, sie zu entfernen.

Als ich die Türe zu meiner dunklen Wohnung aufschloss, merkte ich, dass ich Hunger hatte. Den ganzen Tag über hatte ich noch nichts gegessen. Seit ich keinen wirklichen Grund mehr hatte, mich selbst am Leben zu erhalten, vergaß ich das Essen einfach immer wieder. Hauptsächlich ernährte ich mich von süßen Limonadengetränken, von Kaffee und von Zigaretten. Meist reichte mir zusätzlich dazu eine Packung billiger Schokokekse und drei oder vier Remouladen-Käse-Sandwiches, um meinen täglichen Kalorienbedarf zu decken, aber jetzt hatte ich das Gefühl, ich müsste vor Antritt meiner Schicht etwas Warmes zu mir nehmen.

Ich setzte Wasser im Wasserkocher auf und wärmte den Ofen vor. In den Backofen legte ich zwei Toastbrotscheiben, die ich mit Ketchup bestrichen und mit Schmelzkäse belegt hatte. Das Wasser schüttete ich zur Hälfte in eine Tasse, in die ich Instant-Kaffeepulver rührte; die andere Hälfte gab ich in einen Topf und schüttete den Inhalt einer Packung Tütensuppe hinein.

Während ich darauf wartete, dass mein Essen fertig würde, trank ich den heißen Kaffee in kleinen Schlucken und zündete mir noch eine Zigarette an. Mir war immer noch übel. Vielleicht wäre es keine schlechte Idee, mal so richtig zu kotzen, aber ich starrte nur gedankenverloren auf den grauen Zigarettenrauch, der sich in meinen Haaren verfing. Es gab keine Vorhänge in meiner Wohnung – eigentlich gab es noch gar nichts, außer ein paar Tassen, Töpfen und Löffeln und einer Matratze mit einem ordentlich geweißten Spannbettlaken darauf, das ich aus dem Schrank meiner Mutter hatte mitgehen lassen. Die Lichter von draußen, von der Stadt oder von der Straße, keine Ahnung, flackerten bunt an meinen Wänden. Während ich gedankenverloren zusah, kochte die Suppe über und ich nahm sie vom Herd.

Es war eigentümlich leise in dem Hochhaus. Ich glaube, dass ich in der ganzen ersten Zeit kaum Geräusche aus den anderen Wohnungen gehört habe. Kein Kindergeschrei, keine Musik, keine Streitereien wie ich es aus der Miethaussiedlung meiner Jugend kannte. Nur hin und wieder aus der Wohnung über mir ein Geräusch, als ob etwas Spitzes schnell über den Boden schleifen würde.

Vielleicht, dachte ich, ist es ja ein domestizierter, abgebrannter und abgehalfterter Tiger, der über mir wohnt. Einer, den die kleine Wohnung beengt, der sich mit seinen Tatzen Platz schaffen will und der keine richtige Lösung für sich findet, weil er irgendwie eine Ahnung davon hat, wie es sein könnte, in Freiheit zu leben, und sich doch nicht so recht traut auszubrechen, weil die Jahre der Gefangenschaft ihn abgestumpft haben. Nervös scharrt er dann mit seinen Klauen über den Boden, hofft, dass er sich so doch noch befreien kann, aber innerlich hat er längst aufgegeben – hat ob der dünnen, kalten Wände seiner Sozialwohnung, seines Gefängnisses, resigniert. Es wird immer beim Scharren bleiben; nie mehr wird er seinen Rachen in Wut aufreißen, um die in einem Leben in Gefangenschaft angestaute Beklemmung in einem furiosen Fauchen zu entladen. *Lebst du noch oder wohnst du schon?*, könnte man ihn fragen und er würde betrübt zu Boden blicken und sagen: »Warum auch sollte ich noch versuchen, weiterzuleben? Was hält mich, wenn es nicht der herbe Geschmack frischen Blutes ist, den ich niemals mehr auf meiner Zunge werde kosten können?«

Ich hätte ihn gerne kennengelernt, diesen Tiger; ich hatte das Gefühl, dass er und ich uns gut verstehen würden. Beide grimmig dreinblickend in der Erinnerung an die vorangegangene Kapitulation. Beide apathisch dahinsiechend in der Ahnung an die vor uns liegende Tristesse.

Mein Kaffee war leer, nur noch eine kleine Pfütze der braunen Brühe klebte ganz unten in der Tasse und ich schmiss die Zigarette, die ich fast bis zum Filter aufgeraucht hatte, dort hinein. Mit einem Zischen glühte sie aus und ich öffnete den Backofen, um meine überbackenen Brote herauszuholen. Rauch schlug mir ins Gesicht und brannte in meinen Augen. Am Boden des Backofens hatte sich eine kleine Pfütze aus Schmelzkäse gebildet, die gerade verbrannte, und als ich nach dem Brot griff, tropfte heißer Käse auf meine Hand. Missmutig schlürfte ich die Suppe, die zu heiß war und zu klumpig und die sehr salzig schmeckte. Ich tauchte große Brocken des gebackenen Toastbrots in die Tasse und wartete, bis das Brot sich mit der Suppe so vollgesogen hatte, dass es brach. Die Wärme des Essens tat meinem Magen gut, er entspannte sich. Keine Ahnung, ob mein Hunger wirklich gestillt war, aber ich fühlte mich besser. Als ich aufgegessen hatte, warf ich das Geschirr in das Spülbecken und zog eine neue Zigarette aus dem zerknitterten Softpack. Der Rauch, den ich nicht in Ringe blasen konnte, war grau und sammelte sich in kleinen Wolken an der Decke, wo er einfach hängenblieb und aussah wie das Mobile eines kleinen Kindes.

Mit Mo auf der Brücke war der Rauch immer weiß gewesen. Immer weißer Rauch, immer der weiße Himmel, der sich wie ein Zelt über die Stadt spannte. Ich bin mir heute recht sicher, dass das nur meiner verklärten Erinnerung geschuldet ist, aber trotzdem: Es fühlte sich weiß an. So, als ob uns die Zukunft offen stehen würde, als gäbe es tatsächlich Möglichkeiten, aus diesem Leben auszubrechen.

Die Brücke führte über die Bahngleise des stillgelegten Güterbahnhofes. Außer Mo und mir kam niemand dort hin, glaube ich. Büschelweise hohes, braunes Gras wuchs neben den Gleisen, auf die wir hinunterblickten und -spuckten. Auf der einen Seite der Brücke große rostige Lagerhallen, die schon lange leer standen. Auf der anderen Seite ein kleiner Weg, der an einigen Schrebergärten vorbeiführte, um die sich großteils niemand kümmerte. Die Tage waren lang, in der Luft hingen stromlinienförmige Rückkopplungen.

Die Brücke war unser Platz, ein geheimer, ein heiliger Ort, an dem Mo und ich viele Nachmittage verbracht haben, schweigend und redend, aneinandergelehnt und weißen Rauch in den weißen Himmel blasend.

Auf der Brücke war die restliche Welt nur ein hässlicher Film, dem man nicht allzu viel Glauben schenken musste. Das war, was Mo und mich verband, denke ich, dass er ein Träumer war, so wie ich damals auch. Wir haben beide viel zu verzweifelt versucht, uns eine Welt vorzustellen, die tatsächlich wie in den Geschichten war. In dieser Welt waren wir nicht an die Willkür der Erwachsenen gefesselt, mussten uns keinen Autoritäten unterwerfen und wir unterstanden nur unseren eigenen Regeln. Aber das waren dumme Vorstellungen, kitschig, melancholisch, unrealistisch.

Wenn ich heute an meine Jugend mit Mo denke, dann habe ich auch diese Brille auf, die alles verklärt. Wie gesagt, wahrscheinlich waren weder der Himmel noch der Rauch weiß und wahrscheinlich haben wir in Wahrheit nicht in Eintracht synchron geatmet. Aber was weiß ich schon, vielleicht war es auch so, und in jedem Fall erinnere ich es so, und sonst ist da ja eh niemand mehr, der es hätte anders erinnern können.

Keine Ahnung, was Mo von meiner Version der Ereignisse gehalten hätte (ich sage nicht: hält; so sehnsüchtig ist selbst meine Sicht auf die Dinge nicht, dass ich tatsächlich denken würde, dass er noch irgendwo da ist, auch wenn das vor allem am Anfang schwer war und ich mir noch immer hin und wieder wünsche, er wäre es, irgendwo). Vermutlich hätte Mo mir zugestimmt. Mo und ich, wir waren Menschen, die auch das Kotzen nach dem Suff für poetisch halten konnten. Unsere ganze Jugend haben wir uns als Geschichte ausgedacht, um sie ertragen zu können.

Für mein Heute gibt es keine Geschichten mehr. Es gibt nur noch mich, zynisch und einsam, und einen Himmel, der schon lange nicht mehr weiß ist, und Mo ist tot.

3

Meine erste Nacht als Nachtwächterin im Männerwohnheim verlief unspektakulär. Als ich ankam, war es ziemlich ruhig im Haus und ich verzog mich in das enge Kabuff, in die Leitzentrale. Ich füllte den Wasserkocher mit Wasser und schaltete ihn an, kippte den Inhalt eines Tütchen Kaffeepulvers in eine Tasse und suchte nach einem Löffel, mit dem ich umrühren konnte. Das Wasser kochte bereits, bevor ich einen gefunden hatte, also schüttete ich die Flüssigkeit einfach so auf das Instantpulver und nahm mir einen herumliegenden Bleistift, um zu rühren.

Mit dem Kaffee, der tatsächlich sogar etwas besser schmeckte, als jener, den ich daheim benutzte, und der Fernbedienung setzte ich mich auf die durchgelegene, fleckige Couch und begann, sinn- und gedankenlos herumzuzappen. Nachtprogramm, was hatte ich erwartet? Einige nackte Ärsche und in billig aussehende Dessous gekleidete Brüste flehten mich leise stöhnend an, sie anzurufen. Ich geiler Hengst, ich. Bei einer Dauerwerbesendung wollten zwei eklig fröhliche Moderatoren, beide mit derselben violett gestreiften Krawatte, unbedingt ein Auspuffreinigerkonzentrat loswerden; eine hässliche Flasche voll mit teurem Zeug, das praktisch komplett in den Auspuff geschüttet werden muss »um eine dauerhaft bessere Leistung zu garantieren.« Auf einem anderen Sender lief eine Quizshow, bei der die Anrufenden bestimmt horrende Summen loswurden für ihre sechs Minuten Berühmtheit und für die Chance, auszuwählen, welche der Stripperinnen (es gab auch einen Stripper) sich vor der Kamera ausziehen sollte.

Ich schaltete den Fernseher aus, nachdem ich drei Minuten an einem Historiendrama hängen geblieben war, dessen Schauspieler schlecht sitzende Kostüme trugen und noch schlechter versuchten, ihre Rollen überzeugend darzustellen. Ich starrte an die Decke, die mir erstaunlich weiß vorkam, sauber und strahlend. Draußen war es die ganze Zeit dunkel und im Haus blieb es still, niemand hatte Erwartungen an mich. Ich war auf Arbeit und konnte vor mich hinträumen, meinen Gedanken nachhängen. Für den Moment schien mir, als wäre es kaum möglich, einen besseren Job zu finden.

Als Mo mir zum ersten Mal von seinen Zukunftsplänen berichtet hatte, waren wir noch ziemlich jung, elf oder zwölf vielleicht.

»Ich will Rechtsanwalt werden, Svenja«, sagte er mir an einem Nachmittag im Frühsommer, den wir damit verbrachten, durch die verwilderte Gegend zwischen Schrebergärten und Güterbahnhof zu streifen. Damals kannten wir die Brücke noch nicht, oder vielleicht kannten wir sie, aber sie war noch nicht unser Ort, noch nicht der heilige Platz, an dem wir so viele Nachmittage sitzen würden, um Pläne zu schmieden oder um dem Atem des anderen zu lauschen.

»Rechtsanwalt?«, fragte ich ungläubig. Das erschien mir ungeheuerlich.

Rechtsanwälte waren langweilige Leute mit korrekt gebundenen Krawatten und pomadisiertem Haar. Leute, die sich nur um Geld kümmerten und eigentlich immer nur mit den Reichen zu sehen waren. Rechtsanwälte waren spaßbefreit und kümmerlich, sie trafen in großen Schwärmen in den altehrwürdigen Gerichtsgebäuden, die ich aus dem Fernsehen kannte, aufeinander und sie lösten ihre Konflikte mit Paragraphen. Rechtsanwälte hatten nichts mit Leuten wie uns zu tun und vor allem waren Rechtsanwälte keine Leute wie wir, schon gar nicht solche Leute wie Mo, der sich für Kunst interessierte und für Literatur. Der die besten dreckigen Wörter kannte und sie trotzdem nur benutzte, wenn wir alleine waren, um mich zum Lachen zu bringen. Mo hatte viele verrückte Ideen und Mo war abenteuerlustig. Mo war einer, der alle Leute bei Mario Kart abzockte, alle außer mich, denn wir hatten immer gemeinsam trainiert und ich war einfach besser als er. Er konnte sich kringelig lachen, wenn er Comics las, und bei bestimmten Fernsehsoaps fieberte er mit, fast als würde er die Protagonisten persönlich kennen. Mo war einer von den Guten, er hatte einen außergewöhnlichen Gerechtigkeitssinn und trat immer für das ein, was ihm wichtig war. So einer wie er konnte unmöglich Rechtsanwalt werden!

Mo nickte nur, kickte gegen einen Grasbüschel und ein Brocken Erde löste sich. »Ich möchte dafür sorgen, dass keine Eltern mehr in den Knast kommen, wenn es noch andere Möglichkeiten gibt«, sagte er.

Ich verstand. In der Woche zuvor war die Mutter eines Nachbarjungen wegen illegalen Medikamentenhandels verurteilt worden. Es gab in den vergangenen Tagen kein heißeres Gesprächsthema als das und der Junge war seitdem nur einmal zum Spielen nach draußen gekommen. Ein paar der größeren Jugendlichen hatten ihn aufgezogen, hatten gesagt:

»Deine Mutter ist 'ne Knastschlampe. Sag ihr, sie muss aufpassen, wenn sie sich in der Dusche bückt, sonst kommen die anderen Knastschlampen und nehmen sie durch. Die ficken sie dann richtig durch, und am Ende erkennst du sie nicht wieder, deine Knastschlampenmutter.«

Der Junge wollte erst auf die Jugendlichen losgehen, aber es waren zu viele und sie verhöhnten ihn nur. Er starrte sie an, entgeistert, fassungslos, und ich glaube, dass er sich sehr beherrschen musste, um nicht zu weinen.

»Und deine Mutter ist 'ne Fotze, die Mütter von euch allen«, murmelte er leise.

Die Jugendlichen lachten noch lauter und riefen: »Geh zu deiner Mutter heulen, geh doch an den Nippeln von deiner Schlampenmutter nuckeln, du Baby! Ach, warte, darf man das überhaupt, darf man im Knast die Titten auspacken oder sind das scharfe Waffen? Haben die deiner Mutter die Titten weggenommen, als die sie eingebuchtet haben?«

Der Junge drehte sich um, mit Tränen in den Augen, und man konnte sehen, dass er sich zusammenriss, um nicht loszurennen oder doch loszuflennen. Seine Schultern zitterten, aber er lief langsam und einigermaßen würdevoll zum Hauseingang. Mo und ich hatten neben dem Basketballkorb auf dem Boden gesessen und die ganze Szene beobachtet. Jetzt stand Mo auf, ein elf- oder zwölfjähriger Junge, der seinen schmalen Rücken gerade aufrichtete und auf die pöbelnden Teenager zuschritt. Er spuckte vor ihnen auf den Boden. »Ihr seid Arschlöcher«, sagte er und dann schaute er jedem einzeln fest in die Augen. Erst danach rannte er zu dem Jungen, der inzwischen fast den Hauseingang erreicht hatte.

Ich blieb sitzen, weil ich wusste, dass das so ein Ding von Mo war, bei dem ich sowieso nicht viel ausrichten oder tun könnte. Er kümmerte sich um alle, wollte Ungerechtigkeiten richten und ich rückte dann in den Hintergrund. Die Jugendlichen riefen Mo ein paar Beschimpfungen hinterher, aber niemand stand auf, um ihm nachzulaufen. Vielleicht hatte er mit der Aktion ihren Respekt verdient, vielleicht waren sie auch einfach nur zu lethargisch, um sich zu rächen.

Mo blieb dann eine ganze Weile weg, keine Ahnung, ich glaube, er hat den Jungen in seine Wohnung begleitet und wahrscheinlich hat er ihm dann dort die ganze Zeit nur zugehört, denn darin war er fantastisch. Auch was der Junge erzählt hat, weiß ich nicht. Mo konnte Geheimnisse für sich behalten, und weil ich das an ihm mochte, respektierte ich das auch.

Erst eine Woche später kamen wir also wieder indirekt auf das Thema zu sprechen, an dem milden Frühsommernachmittag, an dem die Luft nach blauen Blumen, nach wilden Gräsern und nach schneller Musik schmeckte und an dem Mo mir sagte, er wolle Rechtsanwalt werden. Ich fand die Idee nicht gut, schon allein deswegen nicht, weil ich Angst davor hatte, dass Mo sich dann vielleicht verändern würde, aber ich kannte ihn: Er würde sich nicht von seinen Plänen abbringen lassen, von niemandem, auch nicht von mir. Ich dachte aber auch nicht, dass es von nun an dabei bleiben würde, schließlich waren wir erst elf und so, unsere Zukunft war noch meilenweit entfernt, sicher würde Mo schon morgen Pilot werden wollen und übermorgen Tierarzt.

Tatsächlich hat er sich aber nicht anders entschieden. Er wollte Rechtsanwalt werden, das hatte er einmal so für sich bestimmt und dabei blieb er dann auch.

Ich selbst hatte nie so eine genaue Vorstellung von meiner Zukunft. Ich dachte, ich mache irgendwann mein Abi und gut ist's. Dann werden mir schon alle Türen offen stehen, alle wollen mir mit Kusshand Jobs andrehen, und entscheiden kann ich dann immer noch.

Eigentlich hatte ich nur die diffuse Vorstellung, dass ich gerne Geld haben würde; ich wollte nicht unbedingt reich sein, aber in jedem Fall finanziell unabhängig. Von Sorgen und Familienpackungen Spinatlasagne hatte ich genug. Wahrscheinlich habe ich mich in einem Bürojob gesehen, ohne dass ich genau wusste, was all die Leute in all ihren Büros den ganzen Tag tun außer E-Mails lesen und versenden. Hauptsache Geld, dachte ich, Arbeit ist nicht so wichtig, und Hauptsache, ich bleibe in der Nähe von Mo.

Dass ich meine Brötchen einmal in einem Nachtasyl am Meer verdienen würde, damit hatte ich tatsächlich nicht gerechnet. Doch jetzt lag ich hier in der dunklen Leitzentrale, auf einer Couch, die vermutlich älter war als ich, hatte einem lächerlich geringen Gehalt zugestimmt und dachte mir, dass das ein Job war, den ich wirklich in Ordnung fand.

Es war ein Wochentag, vielleicht lag es daran, dass es für mich nichts zu tun gab. Marc hatte mir die Listen gezeigt, auf denen vermerkt war, welche Leute heute Nacht hier schliefen. Das war wichtig, denn im Falle eines Brandes müsste ich diese Listen der Feuerwehr aushändigen, damit sie sehen konnten, ob sich noch Leute im Haus befänden. An den Wochenenden, hatte Marc gesagt, waren es meistens deutlich mehr Übernachtungsgäste, deutlich mehr Klienten, die das Angebot des Männerwohnheims nutzten. Er sagte: »Auch die Obdachlosen wollen eben Wochenendausflüge ans Meer machen«, und lachte dann.

Ich denke, dass ich den Rest der Nacht in einem Dämmerzustand verbracht habe, die wenigen Geräusche, die zu mir drangen, die leuchtend weiße Zimmerdecke, das Flackern der Lichter, wenn draußen ein Auto vorbeifuhr, und die Schatten, die an den Wänden des Hausmeisterkabuffs tanzten – all das vermischte sich mit den Gespenstern, die in meinen Träumen herumspukten, mit den Monstern und albtraumhaften Gedanken, die mich in jeder Nacht heimsuchten. Es war ein seltsam friedliches Gefühl, auf diesem ausgeleierten Sofa zu liegen und meine Ängste auf mich wirken zu lassen, ohne mich mit ihnen auseinanderzusetzen, während die Nacht draußen voranschritt. Es tat mir gut, zu wissen, dass ich nicht alleine in diesem Gebäude war, dass es da noch andere gab, die ihre Nacht hier herumzukriegen versuchten, und ich stellte mir vor, dass die Klienten ebenso einsame Seelen waren wie ich.

Es begann gerade erst hell zu werden, als Jenny kam. Sie war früh dran, es war noch nicht einmal sieben, als ich hörte, wie ihr Schlüssel sich im Schloss der Eingangstüre drehte. Bevor sie in das dunkle Zimmer kam, in dem die Feuchtigkeit meines Atems während der Nacht an den Fensterscheiben kondensiert war, klopfte sie an und unterbrach den dunklen, unzusammenhängenden Strom meiner Gedanken. Ich richtete mich auf, strich meine Jeans an den Oberschenkeln glatt. »Ja?«, rief ich und meine Stimme klang noch rau von den vergangenen Stunden, in denen ich sie nicht benutzt hatte.

»Ich bin's, Jenny«, rief Jenny fröhlich und fragte, »kann ich hereinkommen?«

Ich nickte erst, bevor mir einfiel, dass sie mich ja nicht sah. »Klar«, sagte ich halblaut.

Der Schlüssel drehte sich im Schloss und ich versuchte, mir den Schlaf aus dem Gesicht zu streichen. Langsam wurde mir bewusst, wie muffig es in dem kleinen Kabuff riechen musste. Bei meinem ersten Versuch, aufzustehen, stieß ich mit meinem Fuß an die Kaffeetasse, sie wackelte, aber fiel nicht um. Ich sprang beinahe auf, um das Fenster zu öffnen.

»Guten Morgen, Svenja«, singsangte Jenny, als sie hereinkam.

»Guten Morgen«, gab ich zurück und ließ die frische, kalte Luft hereinströmen.

Jenny ließ sich nicht anmerken, ob sie irritiert davon war, wie verschlafen ich wirkte und wie stickig es in dem kleinen Raum war. »Hattest du eine gute Nacht?«, fragte Jenny.

Ich nickte. Es war zu früh für mich. Die Umstellung vom alleine sein zu der heiteren Gesellschaft Jennys, das war zu schnell, zu viel auf einmal. Ich fühlte mich unfähig zu einer Konversation.

»Es war wahrscheinlich ruhig heute, hm?«, fragte Jenny und ging zum Wasserkocher.

Ich nickte wieder. Es war das erste Mal, dass ich Jenny persönlich begegnete. Einmal hatten wir telefoniert, quasi als Einstellungsgespräch, aber getroffen hatte ich sie vorher noch nicht. Ihre Schultern waren breit; in ihrem ganzen Auftreten wirkte sie stämmig, sehr kräftig, als könnte sie anpacken. Auf eine selbstverständliche Weise war sie dick und das stand ihr. Ihre blondgefärbten Haare waren schon lange nicht mehr geschnitten worden und der dunkelgraue Haaransatz war zu sehen. Der graue Strickpullover, den sie trug, wirkte eigentümlich elegant für ihr Auftreten, ich hätte an ihr eher ein einfaches Sweatshirt erwartet, ein Kleidungsstück, in dem auch schmutzigere Arbeiten möglich wären. Die Jahre waren ihrem freundlichen Gesicht anzusehen und ich konnte nicht sagen, ob sie ein glücklicher Mensch war.

Da waren zwar Lachfalten um ihre Augen, aber neben den Lippen sah ich auch Falten der Verbitterung.

Jetzt grinste sie, während sie den Kaffee aufgoss und sich dicke Dampfwolken bildeten.

»Es ist schön, dich mal persönlich kennen zu lernen, Svenja. Bleibst du noch auf einen Kaffee?«

Diesmal räusperte ich mich, nickte erst und sagte dann: »Klar, warum nicht? Gerne.«

Langsam wich die Nacht von meinen Schultern zurück, zum Fenster kam das immer heller werdende Morgenlicht zusammen mit der kühlen Luft hinein und verdrängte die Enge, die Schatten und die Dunkelheit aus dem Raum. Der Duft des Kaffees und Jennys Geschäftigkeit machten mich wach und nahmen mir gleichzeitig die Anspannung. Jenny war mir angenehm, das merkte ich jetzt und ich wunderte mich darüber. Ich war eigentlich kein Mensch mehr, der andere mochte, und nun hatte ich innerhalb von zwei Tagen zwei Leute kennengelernt, die mir sympathisch erschienen. Jenny und Marc, meine Vorgesetzten – oder meine Kollegen? –, keine Ahnung, wie das hier genau gehandhabt wurde.

Jenny füllte den heißen Kaffee in zwei frische Tassen. Eigentlich hatte ich aus der Tasse trinken wollen, die ich am Abend vorher benutzt hatte, aber sie war mir zuvorgekommen. Nun stellte ich meine alte Tasse in die Spüle und beobachtete diese Frau, deren Bewegungen mir noch fremd waren, wie sie zwei Löffel aus einer Schublade holte. Da waren also die Löffel.

»Hast du schon einen der Klienten kennengelernt?«, fragte Jenny, knallte die Kaffeetassen auf den Tisch und zog ein Päckchen Tabak aus der Tasche ihrer Jeans.

»Nee, noch nicht«, sagte ich, während ich auf der Couch

nach meinen Zigaretten suchte. »Ich glaube, es war kaum etwas los, heute Nacht. Es war sehr ruhig, wahrscheinlich haben alle nur geschlafen, so wie ich.«

Jetzt nickte Jenny. Sie setzte sich an den Tisch und begann, sich eine Zigarette zu rollen. Ich setzte mich zu ihr und wärmte meine Hände an der Kaffeetasse, holte dann mein Stabfeuerzeug hervor und zündete mir eine Kippe an. Jenny beobachtete mich dabei. »Warum bist du hergekommen, Svenja?«, fragte sie.

Ich starrte auf den Kaffee vor mir, auf die Zigarette in meiner Hand, schwieg.

»Erzähl mir, was eine wie dich hier zu uns verschlägt, in unser beschauliches Örtchen hier ... Was ist deine Geschichte?«, hakte Jenny nach, als sie merkte, dass ich nicht vor hatte, auf ihre Frage zu reagieren.

»So eine wie du kommt nicht einfach hierher, weil ihr sonst nichts einfällt, was sie mit ihrem Leben anstellen könnte. Eine wie du kommt nur mit einem guten Grund her. Kommt, um irgendetwas zu suchen oder um vor irgendetwas davonzulaufen. Was ist das, Svenja? Erzähl mir, warum du hergekommen bist.«

Sie sagte nicht: »Erzähl es mir, wenn du möchtest« oder »Fühl dich nicht von mir bedrängt.« Sie sagte einfach: »Erzähl es mir.« Und ich weiß nicht warum, aber nach dieser Nacht und nach dieser Aufforderung, da erzählte ich. An diesem kühlen Spätherbstmorgen, an jenem ersten Morgen, als ich Jenny gerade erst kennengelernt hatte, erzählte ich all diese Sachen, die ich eigentlich immer hatte für mich behalten wollen, die niemanden etwas angingen und schon gar niemanden Fremden, und meine Zigarette brannte langsam ab und die Asche fiel auf den Tisch.

4

»Es ist wegen Mo«, begann ich: »Mo. Mein bester Freund. Er hat sich umgebracht.«

Ich beobachtete Jenny, aber ihre Miene zeigte keinerlei Regung. Sie wirkte nicht schockiert, nicht bestürzt, traurig oder mitfühlend. Stattdessen lächelte sie immer noch ein bisschen; erwartungsvoll.

»Mo war verrückt.« Meine Stimme klang hart. »Völlig durchgeknallt ... Also, ich meine, er war wirklich sowas von daneben. Am Schluss ... Keine Ahnung, wie ich das erklären soll, er wirkte gar nicht mehr wie früher. Es war irgendwie, als wären Aliens gekommen, ich meine, als wenn die Aliens ihn entführt hätten, um alles aus ihm herauszusaugen, was ihn ausgemacht hat. Und dann haben die Arschlöcher einen paranoiden Scheißkerl in seinen Körper gesetzt und ihn wieder freigelassen.«

Jenny war nicht so leicht aus der Ruhe zu bringen. Noch immer lächelte sie, und ich fühlte mich sofort mies, so über Mo hergezogen zu haben. Er war so viel mehr gewesen als das fiese Arschloch, das ich Jenny vormachen wollte. Mo war ein lieber, sensibler und mutiger Junge gewesen, mein bester Freund und Seelenverwandter. Aber es stimmte, dass er sich vor seinem Tod verändert hatte. Seine Launen waren sprunghaft und sein Blick auf die Welt war nicht mehr so liebevoll, wie er immer gewesen war, sondern düster. Bis zum Schluss hatte er gute Momente gehabt, liebenswerte Momente, und ich hatte mir bis zum Schluss irgendwie eingeredet, dass alles normal sei. Bis zum Schluss habe ich einfach so getan, als hätte sich nichts geändert, weil ich es nicht wahrhaben wollte. Aber innerlich habe ich um ihn gebangt. Ich hatte eine riesige Angst, und diese Angst hat sich auch in mein Bild von Mo gefressen. Im Nachhinein hat sie die ganzen letzten Monate überlagert, die ich mit ihm verbracht habe – und das nahm ich ihm heute übel.

Ich nahm ihm auch übel, dass es nach seinem Tod nur um ihn gegangen war. Nur »der arme Junge« und »aus ihm hätte doch was werden können« und »wie konnte es nur dazu kommen, wie konnte er sich das antun?« und dann höchstens noch ein »seine arme Mutter.« Niemand hat an mich gedacht, daran, dass mein Leben jetzt auch im Arsch war. Mein bester Freund war tot, ohne ihn hatte ich keine Anhaltspunkte für mein Leben. Und niemand kümmerte das, ich musste alleine damit klarkommen.

Ich versuchte es anders: »Weißt du, es waren immer Mo und ich. Immer wir beide, gegen alle und so. Wie im Film. Es war völlig klar, dass es auch immer so bleiben würde; mir zumindest, aber Mo hat das offensichtlich anders gesehen. Er hat mir das alles weggenommen.«

Ich schluckte, als ich sah, dass Jenny auch jetzt noch lächelte. Es war, als würde sie mir nicht zuhören oder als würde sie meine Worte nicht verstehen, ich konnte es nicht fassen. Sie hatte mich doch nach meinem Grund gefragt und jetzt erzählte ich ihn ihr und sie saß da, schweigend und lächelnd.

Ein weiterer Anlauf: »Ich habe immer gedacht, dass Mo mal erschossen wird, weil er sich vor jemanden anderen wirft, um ihn zu retten. Er war nämlich ein guter Mensch, so was von. Also, zumindest die meiste Zeit. Er hat immer allen geholfen. Nur auf mich hat er am Schluss dann geschissen. Ich hätte nie gedacht, dass er so egoistisch sein könnte, mich einfach alleine zu lassen.«

Endlich regte sich etwas in Jennys Gesicht. Noch immer blickte sie freundlich, nahm ab und zu einen Zug von ihrer Zigarette und beobachtete mich, so wie ich sie beobachtete. Aber jetzt klang ihre Stimme viel ernster, als sie es noch vor ein paar Minuten getan hatte: »Svenja, du weißt bestimmt, dass es bei einem Selbstmord nicht um andere geht. Dein Freund hat sich nicht umgebracht, weil er dir wehtun wollte. Vielleicht fühlt sich das für dich jetzt so an, aber wenn jemand bei dieser Sache egoistisch ist, dann bist du es, weil du ihm diesen Vorwurf machst.«

Meine Brust und mein Hals wurden eng, ich spürte, dass sie mich getroffen hatte. Was dachte diese blöde Kuh, wer sie war? Natürlich ging es nicht um mich, es ging nie um mich. Immer nur um Mo, Mo, Mo, diesen blöden Arsch, und darum, wie schlecht es ihm ging, und Mo selbst hat nicht einmal an mich gedacht, und da sollte ich ihm keinen Vorwurf machen? Ich hätte mich nicht umbringen können, allein weil ich Angst gehabt hätte, Mo wehzutun. Warum durfte er das dann? Warum hatte er das dann gemacht? Tränen schossen in meine Augen, das wollte ich eigentlich nicht, aber da waren sie und bestimmt glitzerten sie im hereinbrechenden Morgenlicht. »Aber er hat mich alleingelassen«, entgegnete ich mit zitternder Stimme.

»Bestimmt wollte er das nicht, Svenja. Aber ich glaube, er konnte nicht anders.« Jetzt klang ihre Stimme wieder sanfter, weicher.

»Doch. Er hätte gekonnt. Fuck. Er hätte sich nur zusammenreißen müssen«, sagte ich und schluckte wieder. Meine Augen brannten, aber es kamen keine weiteren Tränen nach. Darüber war ich erleichtert.

Jenny saß wieder stumm da und blickte mich an. Ich kann nicht sagen, ob ich mir dieses verdammte Lächeln nur eingebildet habe oder ob es wirklich die ganze Zeit über in ihrem Gesicht geklebt hat, doch es machte mich rasend. Gleichzeitig brachte es mich dazu, viel mehr zu erzählen, als ich eigentlich wollte.

»Ich fang mal von vorne an«, sagte ich und überlegte kurz. »Wir haben uns am Anfang der Ersten kennengelernt. Also, am Anfang der ersten Klasse, meine ich. Keine Ahnung, warum wir uns davor nicht gekannt haben, wir waren Nachbarn und ich habe ihn auf jeden Fall davor schon gesehen und er mich bestimmt auch. Vielleicht haben wir auch mal Brennball zusammen gespielt oder Fangen, aber da waren immer andere Kinder dabei, das gilt ja eigentlich nicht. Aber jedenfalls, dann am Anfang der ersten Klasse, da waren wir beide ganz neu auf der Grundschule und ich war damals ziemlich schüchtern und irgendwie stand ich meistens alleine auf dem Pausenhof rum und bin auch meistens alleine heimgelaufen, und da ist er mir zum ersten Mal richtig aufgefallen.

Er war ziemlich klein für sein Alter und er trug eine Brille, das war irgendwie ungewöhnlich für Kids aus unserer Gegend. Also bestimmt hatten einige eine Brille, aber Mo hatte so eine wie ein Streberkind, keine Ahnung, ob man das so sagen kann, aber das war so eine runde Brille mit einem dünnen goldfarbenen Rand, das war wirklich ungewöhnlich. Dann hatte er ganz kurz geschnittene braune Haare, fast abrasiert, und außer der Brille wirkte er absolut nicht wie ein

Streber, eher so White-Trash-mäßig. Er hatte so ein ausgeleiertes lila Sweatshirt an, da stand *technicolor* drauf, das weiß ich nur deswegen noch, weil später seine kleine Schwester das gleiche Sweatshirt angezogen hat. Keine Ahnung, woher er das hatte. Wahrscheinlich trug er das auch gar nicht immer, aber ich erinnere ihn als kleinen Jungen vor allem in diesem Sweatshirt und mindestens an dem Tag, an dem er mir zum ersten Mal wirklich aufgefallen ist, hat er es getragen, auch wenn ich da ja noch gar nicht lesen konnte, was draufstand. Er hatte tiefe Augenringe unter seinen dicken Brillengläsern, deswegen sah er ohne Brille auch immer so ein bisschen aus wie ein Schlägertyp, aber das war er nie. Und seine Hosen, das war irgendwie witzig, denn daran erkannte man gleich, dass er aus unserer Gegend kam. Wir hatten alle solche Hosen, ausgebeulte Jeans voller Löcher, die unsere Mütter einfach mit so Micky Maus-Aufnähern geflickt haben.

Jedenfalls stand er dann da, so ein kleiner Erstklässler genau wie ich, stand am Schultor und sagte jedem, der hinausging: »Tschüss.« Einfach so. Manche lachten ihn aus, aber die meisten waren irritiert oder freuten sich, was weiß ich. Als ich an ihm vorbeiging, hat er auch mich freundlich angelächelt und mir auch Tschüss gesagt. Ich war völlig baff. So ein kleiner Scheißer, der sich sowas traut, und ich war so doof, immer nur alleine rumzustehen, völlig bescheuert. Also habe ich dann beschlossen, dass ich ihn kennenlernen möchte. Wie, das wusste ich nicht wirklich, aber ich bin mir recht sicher, dass ich den ganzen Nachhauseweg damit verbracht habe, mir eine Strategie nach der anderen zurechtzulegen. Als er dann am nächsten Tag, oder ich weiß nicht, vielleicht auch ein paar Tage später, wieder am Schultor stand und sich von jedem persönlich verabschiedete, habe ich ihn einfach gefragt, ob wir zusammen nach Hause laufen sollen. Das war so: Er sagte zu mir, wie zu jedem anderen auch: »Tschüss.« Und ich sagte: »Selber Tschüss.« Und dann war ich mutig und blieb einfach stehen und sagte: »Oder willst du mit mir heimlaufen?« Und dann nickte er einfach, grinste und nahm seine Schultasche und wir gingen zusammen heim. Ich glaube, da wussten wir noch gar nicht, dass wir Nachbarn waren, aber das haben wir dann ja gemerkt.«

Ich machte eine Pause. Es war so merkwürdig, sich an Mo als Schulkind zu erinnern. So, als wäre das ein ganz anderer Mensch. Nicht der, mit dem ich heimlich die erste Zigarette geraucht hatte, und schon gar nicht der, der Jahre später selbst sein Leben beendet hatte.

Jenny sah mich an: »Und danach wart ihr dann Freunde fürs Leben?«

Mir war völlig unklar, ob sie das ernst meinte oder ob sie mich heimlich auslachte, mich naiven und sentimentalen Trottel, der ich war, weil ich an eine solche Unsinnigkeit wie Freundschaft glaubte. Trotzdem beschloss ich, ihr zu antworten.

»Freunde fürs Leben.« Ich wiegte meinen Kopf ein klein wenig zu theatralisch hin und her und zog an meiner Zigarette, die mittlerweile nicht mehr brannte und nur nach kalter Asche schmeckte: »Fuck ja. Das klingt scheiße, aber genauso war es halt. Wir waren Freunde fürs Leben; also zumindest für seins.«

Wir schwiegen beide eine kurze Weile. Ich schnippte die Zigarettenasche vom Tisch, legte die abgebrannte Kippe neben meine Kaffeetasse und nahm mir eine neue. Bevor ich sie anzündete, fuhr ich fort: »Ich weiß nicht, was in ihn gefahren ist. Er ist angeblich ganz methodisch vorgegangen, ganz geplant. Und irgendwie war sein Abgang typisch für ihn: Er hat sich nicht die Pulsadern aufgeschnitten oder ist von einem Hochhaus gesprungen oder sowas, sondern er hat eine große Menge Schlafmittel genommen. Mit Rum hat er das runtergespült ,und er hatte sogar solche, keine Ahnung wie das heißt, diese Pillen, die dafür sorgen, dass man nicht kotzen muss. Ich glaube, dass er das so gemacht hat, weil er ja wusste, dass ihn irgendwer findet, und wahrscheinlich wollte er dem dann einen schlimmen Anblick ersparen. Und er hat das nicht zu Hause gemacht, absichtlich, damit seine Eltern oder seine Schwester ihn nicht finden mussten. Auch an keinem von den Orten, an dem er und ich immer rumhingen, weil er sicher wusste, dass ich dort nach ihm suche, wenn ich nichts von ihm höre.

Er hätte natürlich eigentlich die Wohnung von Deer – das war sein Freund – für seinen Abgang wählen können, der war an dem Wochenende nicht da, da hätte er seine Ruhe gehabt und er hatte einen Schlüssel. Aber dann wollte er eben auch Deer natürlich nicht erschrecken. Deswegen ist er aus der Stadt rausgefahren, mit seinem Rucksack voller Medikamente und so. Das war am Freitagabend, da wussten wir alle natürlich noch von nichts. Da ist er dann über den Zaun des Elektrowerks geklettert, weil er wusste, dass da am Wochenende niemand ist, oder vielleicht hat er sich das auch nur gedacht, keine Ahnung, aber Mo war klug.

Wie er's dann genau gemacht hat, weiß ich gar nicht, aber ich nehm' an, dann hat er sich gleich die volle Ladung reingehauen. Ich denk mal, ohne vorher nochmal groß über seinen Entschluss nachzudenken. Er war sich da wahrscheinlich völlig sicher. Er hatte sogar vorher eine Mail an die Polizei geschrieben, aber er hat das so gemacht, dass die erst am Sonntag versendet wurde. Da stand drin, wo er zu finden sei und dass er sich umgebracht hätte. Mehr hat er nicht reingeschrieben. Und dann haben sie ihn dort gefunden, am Sonntagmittag. Die Tage vorher wussten wir alle nicht, wohin er plötzlich verschwunden war. Fuck, damit hätte ich zumindest absolut nicht gerechnet. Dass er tot ist. Ich mein', dass er irgendeinen Scheiß gebaut hat oder so, das hab ich schon irgendwie befürchtet, nach allem was war. Aber dass er tot ist ...«

Jetzt zündete ich meine Zigarette an und nahm einige tiefe Züge. Jennys Gesichtsausdruck war mir ein Rätsel, ich sah Interesse darin und Ernst, aber noch immer lag da dieses Lachen auf ihren Lippen, das mir zuwider war. Trotzdem konnte ich sie nicht wirklich unsympathisch finden, ich weiß nicht, wieso. Vielleicht, weil sie mir zuhörte, oder vielleicht auch nur, weil ich mich bei ihr zu erzählen traute.

»Mo war eigentlich nicht wirklich unglücklich, dachte ich. Wir hatten gerade das Abi geschafft. Ich war am Schluss nicht mehr so gut in der Schule; das heißt, in den Fächern, für die ich mich nicht interessiert habe, hab ich nachgelassen. Mo hat die ganze Zeit durchgehalten. Ein Wunderkind aus dem Viertel der Asozialen. Er hatte was mit Einskomma, das war eigentlich vorher schon abzusehen, und Mo hat das auch so hingenommen, als wäre es selbstverständlich. Bei mir steht ja immerhin die zwei vor dem Komma, das weißt du ja, das war okay so, es hat halt irgendwie gereicht, denke ich. Aber für Mo standen jedenfalls alle Türen offen, schätze ich mal. Er hätte gut Jura studieren können, da wäre er sicher der Überflieger gewesen. Das wollte er nämlich eigentlich. Und dann hatte er ja Deer, mit dem war er schon fast ein Jahr zusammen, und eigentlich war Deer gar nicht so übel. Klar, Mo musste das geheimhalten, mit dem ganzen Schwulsein und so, also auch das mit Deer, weil er dachte, dass seine Eltern schockiert wären und natürlich auch die anderen Leute aus unserem Haus. Vielleicht wäre er verprügelt worden oder so. Ich fand das ja auch zuerst komisch, bis ich mal gemerkt habe, dass Mo immer noch derselbe ist. Trotzdem. Aber ich dachte eigentlich nicht, dass ihm das alles groß was ausgemacht hat. Er hatte ja mich und Deer und eigentlich gar keine so üblen Zukunftsaussichten und alles.«

Ich merkte auf einmal, wie müde ich war. Trotz des vielen Kaffees. Das Erzählen und all die Erinnerungen strengten mich an; in der Nacht hatte ich wahrscheinlich auch nicht allzu tief geschlafen, keine Ahnung. Ich rauchte meine Zigarette bis zum Filter zu Ende und drückte sie dann in der Kaffeetasse aus, so wie auch Jenny das vorher schon gemacht hatte.

»Na dann ...«, sagte ich abrupt, »ich pack's mal. Ich bin völlig geschafft und ich will dich ja auch nicht zu lang von der Arbeit abhalten.«

Jenny blickte mich fröhlich an »In Ordnung, Svenja. Dann pack du es mal. Schön, dass du dir die Zeit genommen hast, mir ein bisschen von dir zu erzählen. Ich hoffe, wir trinken mal wieder einen Kaffee.«

Ich hatte das Gefühl, als würde sie irgendetwas von dem, was sie sagte, ironisch meinen. Was das sein könnte, wurde mir allerdings nicht klar; es könnte möglicherweise auch sein, dass ich mir den ironischen Klang ihrer Stimme nur einbildete, denn ihre Augen wirkten aufrichtig. Beim Aufstehen merkte ich, dass mir die Glieder schmerzten. Die Couch, auf der ich die Nacht verbracht hatte, war nicht sonderlich bequem und offenbar auch nicht sonderlich gut für den

Rücken. »Einen schönen Tag noch«, sagte ich und war auf einmal verlegen, wie man es oft ist, wenn man zu viel von sich preisgegeben hat.

Jenny strahlte mich an. »Dir auch einen klasse Tag, Svenja.«

Draußen war es nun völlig hell und der Wind war stark. Ich probierte gar nicht erst, eine Zigarette anzuzünden, sondern wartete, bis meine dunkle Wohnung mich wieder umfing.

5

Aus der Wohnung des Tigers war kein Scharren zu hören. Möglicherweise hatte er endgültig kapituliert, hatte seine perverse Gefangenschaft akzeptiert und gab nunmehr nicht einmal mehr vor, sich befreien zu wollen. Ich dachte mir, dass ich einmal bei ihm klingeln könnte, ihn fragen, ob er sich noch an ein Leben in freier Wildbahn erinnern könne, ob das Gefühl der Freiheit noch irgendwo da sei, als Erinnerung in seinen Genen, als Vermächtnis seiner Ahnen.

Fürs Erste war ich allerdings zu müde dazu und selbst, wenn ich fit gewesen wäre, hätte ich mich wohl nicht getraut.

Als ich in meiner stickigen Wohnung ankam, setzte ich mich gleich auf meine Matratze und versuchte, eine Zubettgeh-Zigarette zu rauchen und gleichzeitig meine Schuhe abzustreifen. Ich schlief ein, kaum hatte ich die Kippe im Aschenbecher ausgedrückt.

Morgenlicht von draußen. Es war hell und immer wieder flackerten Schatten unruhig an meinen Wänden entlang, Flugzeuge, die zu tief flogen, oder Vögel, die vor meinem Fenster über den stahlblauen Himmel flitzten. Ich erinnere mich, dass ich noch nicht lange schlief, als der Tiger in meine Wohnung kam, geleitet von einer Entourage aus dunklen Schatten. Er bat mich um Verzeihung, sagte, er hätte es gerne gesehen, wenn sich eine gute Nachbarschaft zwischen uns entwickelt hätte und ich erschiene ihm überdies als eine vernünftige Gesprächspartnerin. Doch sie lägen – und der Tiger bitte mich inständig, das einzusehen – einfach nun mal in seinem Naturell, die Mordgelüste und der Blutdurst.

Ich nickte verständig, sagte: »Ja, das kann ich gut nachvollziehen, es gibt wohl in unser aller Leben unabänderliche Wahrheiten, denen wir nicht entfliehen können.«

Der Tiger seinerseits blickte mich höflich an, die Schattenarmee klatschte Beifall und das Raubtier begann, meine Brust zu zerfleischen. Erst im Moment meines Todes merkte ich, dass ich ihn auch hätte aufhalten können, dass ich nur ein bisschen weniger verständig hätte sein müssen. Dann würde er sich jetzt nicht über meine Eingeweide hermachen, dann würde mein Blut jetzt nicht über den schmutzigen Teppichboden spritzen. »Stop!«, wollte ich rufen. »Stop, hör bitte auf, das ist ein Missverständnis, mein Leben ist mir zwar weder lieb noch teuer, aber dieses Ende möchte ich auch nicht erleben.« Aber meine Stimme versagte; schon hatte ich keine Stimme mehr, mit der ich mich hätte wehren können, aus meiner Kehle kamen nur dunkle, grauenvolle Laute.

Und in dem Moment, in dem ich nicht mehr sprechen konnte, wurde mir klar, dass Mo sich das Leben nicht freiwillig genommen hatte. Er war dazu getrieben worden, der Tiger war schuld, das sah ich jetzt deutlich, der Tiger hatte ihn verfolgt, gejagt, gehetzt. Er hatte Mo das Leben genommen, wie er mir jetzt auch das meinige nahm. Ich sah es deutlich vor mir: Mo auf dem Fabrikgelände des Elektrowerks, wie er dasaß, angelehnt an die Mauer. Die Flasche mit dem Rum neben ihm und in seiner zitternden Hand die Medikamente. Doch statt der verunstalteten Fratze des Todes ins

Gesicht zu sehen, sah er nur das sanfte Lächeln des Tigers, der ihn inständig bat, anstatt ihm zu drohen.

Ein charmantes Raubtier, ein hinterlistiges Biest mit Manieren. Es war mir jetzt vollkommen klar; es war die Schuld des Tigers und ich hätte nur da sein müssen, dann hätte ich Mo retten können. Die monströsen Wellen des Meeres brachen an der Brücke, an den Stegen, bäumten sich noch einmal auf, bevor sie in sich zusammenfielen, und ich musste immerzu daran denken, mit welcher Selbstverständlichkeit ich jetzt zu Asche und zu Sand werden würde. Kein Leben war mehr unter meiner Haut zu erkennen, nur Mikroorganismen, die sich sammelten, die sich bereit machten, zu demonstrieren, falls mein Körper der Verwesung anheimfallen würde, bevor sie sich an dem Festmahl ausreichend gütlich getan hätten.

Ich konnte ganz klar spüren, dass mein Herz nicht mehr schlug, doch erstaunlicherweise machte mir das nun nichts mehr aus. »Ich verstehe, warum du das tun musstest, Tiger«, sagte ich, aber der Tiger hörte mir schon nicht mehr zu.

Er hatte sich abgewandt, blickte aus dem Fenster, durch das nur der graue Beton des danebenliegenden Hauses zu sehen war. Der graue Beton, der nie den Blick auf das Meer freigab. Als er sich zu mir umdrehte, sah ich, dass sich das Gesicht der Raubkatze verändert hatte. Es war immer noch der Tiger, das war mir klar, aber nun waren es Jennys Augen, die mich aus seinem Kopf anblickten.

»Ich habe dir dein Herz gestohlen«, sagte Jenny, und unter der nächsten Welle wurden wir begraben. Wir schluckten Schlamm und Schlick, unsere Lungen füllten sich mit Salz und ich hielt mein totes Herz in der Hand, hielt es ganz fest, damit es nicht vom Wasser fortgerissen würde.

Kurz nachdem wir uns kennengelernt hatten, konnte ich Mos Mut zum ersten Mal miterleben. Es war Januar oder Februar, der Boden war matschig und auf den Straßen lagen vertrocknete Nadelbäume mit zersplittertem Baumschmuck neben abgerissenen Fetzen von Weihnachtsplakaten. Irgendwer hatte Fahnen aus Lumpen gebastelt und in den Schuleingang gehängt, in den Bäckereien und im Supermarkt gab es jetzt Berliner mit verschiedenen Füllungen.

Zu Fasching sollten wir Kinder uns alle verkleiden, es gab da einen Tag an der Schule, da hatten wir keinen Unterricht, zumindest nicht den ganzen Tag, sondern feierten ein Faschingsfest und aßen Krapfen. Das war so ein Ding von unserem Grundschuldirektor, dem zwar theoretisch klar war, dass seine Schule in einem sogenannten Brennpunktbezirk lag, der aber trotzdem noch irgendwie an der Hoffnung festhielt, dass seine pädagogisch wertvollen Maßnahmen aus uns eines Tages ehrbare Bürger machen würden. Er wollte uns eine heile Kindheit schenken oder so, und das war eigentlich lächerlich und traurig, weil viele von uns ganz genau wussten, wie es ist, besoffene Eltern zu haben oder geschlagen zu werden.

Das soll jetzt nicht so klingen, als wären unsere Eltern allesamt Unmenschen gewesen. Das waren sie nicht. Die meisten waren sehr nette, besorgte Leute. Meine Mutter hat mich nie geschlagen, sie hat immer nur gearbeitet und das Geld hat sie nicht für Alkohol oder anderen sinnlosen Scheiß ausgegeben, sondern für Milch und Cornflakes und Nudeln. Und Mos Eltern waren zwar nicht gerade für ihre liberalen Ansichten bekannt, sie waren ziemlich streng, aber es waren eben auch Eltern, die ihren Kindern gerne mehr gegeben hätten. Die ihre eigenen Wünsche zurücksteckten, damit sie die ihrer Kinder zumindest ein bisschen wahrmachen konnten.

Trotzdem kannte ich niemanden mit einer sogenannten heilen Kindheit. Was auch immer das bedeuten sollte. Ich stellte mir Familienabendessen darunter vor, das gemeinsame Erörtern der Ereignisse des Tages bei warmem Licht und warmer Suppe. Zusammen Kerzen basteln, Drachen steigen lassen, Gutenachtgeschichten und feste Fernsehrituale. Verheiratete Eltern, heterosexuelle Paare, ineinander verliebt, beide gingen arbeiten, aber beide nicht voll und deswegen war da genug Zeit für die Kinder und für Hilfe bei den Hausaufgaben.

Meine Mutter arbeitete fünfmal in der Woche frühmorgens in der Bäckerei im Edeka und viermal in der Woche nachmittags in einem Waschsalon. Sie gab sich Mühe, an den Wochenenden für mich da zu sein, aber je älter ich wurde, desto häufiger blieb sie wegen der Kopfschmerzen im Bett. Sie war jung für eine Mutter, aber mir kam sie natürlich unendlich alt vor. Manchmal bestellten wir Pizza oder wir holten uns Burger, das waren Festtage, an denen wir uns gemeinsam vor den Fernseher kuschelten und hinterher Schokoriegel oder Eiscreme in uns reinstopften.

Meine Kindheit war absolut nicht völlig beschissen, so kam sie mir nie vor, und im Nachhinein würde ich sagen, dass meine Mutter wirklich gute Arbeit geleistet hat. Aber diese heile Welt, von der unser Grundschuldirektor träumte, war es eben auch nicht.

Jedenfalls sollten wir uns zu Fasching alle verkleiden, und unsere Eltern steckten uns pflichtbewusst in kratzende Plastikkostüme. Die meisten Jungs gingen als Polizisten, die meisten Mädchen waren Prinzessinnen. Das hatte sich seit dem Kindergarten nicht großartig geändert. Mir hatte meine Mutter ein Marienkäferkostüm übergestülpt, Mo kam als cooler Gangster. Alles in allem war klar, wer was sein durfte. Als ich die Verkleidung eines Jungen aus der Parallelklasse sah, war ich schockiert: Er war als pinkfarbene Fee gekommen. So richtig, mit Zauberstab, glitzerndem Zauberhütchen und Tüllrock und so. Und Strumpfhose.

Klare Sache, was für ein Loser. Was machte einer wie der bei uns auf der Schule, war das überhaupt erlaubt? Ich wusste nicht, was ich tun sollte, wie ich ihn anblicken könnte, ohne dass mir die Schamröte ins Gesicht stiege. Sicher pinkelte er nachts auch noch ins Bett, so ein Baby. Für Mädchen war es schon damals keine große Sache, sich auch mal als Feuerwehrfrau zu verkleiden, oder als Astronautin. Aber wenn ein Junge das machte – was hatten sich seine Eltern bloß dabei gedacht? War das überhaupt noch ein Junge?

Ich war verwirrt, fühlte mich vor den Kopf gestoßen, und wie mir ging es den meisten anderen Kindern. Also taten wir, was Kinder in so einem Fall tun: Wir mobbten den Feen-Jungen. Wir lachten ihn aus, demütigten ihn öffentlich, wir pissten in seinen Apfelsaft und riefen laut, wenn er vorbeikam, dass seine Eltern Schleimmonster seien und er das Schleimkind. Dass er eine Arschgeburt wäre. Dass er beim Pinkeln entstanden sei.

Dann, in der großen Pause, rissen wir ihm das Zauberhütchen vom Kopf weg und spuckten darauf. Der Junge stand nur fassungslos in unserer Mitte, war nicht fähig, zu reagieren. Weder wehrte er sich, noch weinte er. Meine Marienkäferfühlerchen zitterten, als ich den Jungen aufgeregt anbrüllte, dass er eklig sei und stinken würde und überhaupt, er wäre ja voll das Mädchen. Die Polizisten und Prinzessinnen um mich waren ebenso in Rage, ihre jungen Münder formten all die Beleidigungen, deren Bedeutungen sie höchstens erahnten. Kackstinker. Arschficker. Hurensohn. Das Konfetti vom Fest rieselte von unseren Haaren herab.

Und dann kam Mo. Ich weiß gar nicht, wo er davor gewesen war und warum ich den Morgen über nicht mit ihm rumgehangen bin. Ich weiß auch nicht, wie lange er unsere grausamen, unnötigen Schikanen beobachtet hat. Ich stelle mir vor, dass er höchstens zehn Sekunden lang da stand, noch einige Schritte entfernt, mit gerunzelter Stirn und seinem leicht besorgten Gesichtsausdruck. Und dann ist er bestimmt losgelaufen, ohne auch nur einen Moment zu zögern.

Er bahnte sich den Weg durch den wütenden Mob, er ignorierte alle, ignorierte auch mich. Er ignorierte vor allem mich. Ich weiß nicht, wie er es durch den pöbelnden Auflauf verkleideter Grundschüler geschafft hat, in meiner Erinnerung hat er mit niemandem gesprochen, hat auch niemanden berührt. Wie Moses angeblich das Meer, so teilte Mo uns Kinder.

Er ging geradewegs auf den Feen-Jungen zu. Mir kommt es vor, als wären alle anderen Stimmen leise geworden, so als hätte sie jemand ausgefadet. Mein Herz steckte in meinem engen Hals fest, ich spürte, dass ich es gerade verkackt hatte bei ihm. Bei diesem etwas kleingeratenen, entschlossenen Erstklässler, der selbstsicheren Schrittes durch die Masse ging. Ich bin mir im Nachhinein recht sicher, dass alle den Atem anhielten in dem Moment, als Mo den Feen-Jungen erreichte. Seine Stimme hallte laut und klar über den Schulhof. Ich schwöre, jeder konnte ihn hören. Mit seiner freundlichen Stimme sagte er zu dem Gedemütigten: »Dein Rock ist cool, woher hast du den denn?«

Und das war der Wendepunkt, irgendwie. Keine Ahnung, wie es Mo geschafft hat, nicht selbst ins Fadenkreuz zu geraten. Er war nur ein schmächtiger Grundschüler mit zu großen Hosen, genau wie wir. Er hatte diese runde, goldumrandete Brille auf der Nase und heute trug er wegen des Faschingsfestes eine Nadelstreifen-Weste und einen Schnurrbart, den ihm seine Mutter aufgemalt hatte. Sicher war er nicht gerade das, was als cool galt, schon damals nicht, aber irgendwie wurde er respektiert. Und mit ihm der Feen-Junge, der zwar künftig noch als ein bisschen absonderlich galt, der aber auch heimlich für seinen Mut bewundert wurde. Wir haben ihn fortan in Ruhe gelassen, selbst an dem Tag, an dem er zum ersten Mal mit Haarspängchen in die Schule kam.

Meine Hand würde ich nicht dafür ins Feuer legen, aber ich nehme an, dass auch die anderen Kinder sich nach diesem Vorfall ziemlich schlecht gefühlt haben. Mos Einschreiten hatte uns irgendwie vor Augen geführt, dass es nicht richtig gewesen war, was wir getan hatten. Nach diesem Erlebnis habe ich nie wieder absichtlich jemanden verletzt. Mo war schon immer besser als wir anderen.

Übrigens hat es dann eine ganze Weile gedauert, bis Mo und ich wieder miteinander sprachen. Es hatte keinen Streit gegeben, er hat mich auch nicht einfach weiter ignoriert. Nachmittags hat er am Schultor auf mich gewartet, stand ganz ruhig da und sagte mit trauriger Stimme: »Ich hätte nicht von dir gedacht, dass du bei so was mitmachst, Svenja, das ist doch voll gemein gewesen.«

Ich wollte mich rechtfertigen, wollte ihm erklären, dass es doch nicht normal sein konnte, wenn ein Junge sich so verkleidet, wie Mädchen es normalerweise tun. Aber Mo wandte sich schon ab von mir und ging mit schnellen Schritten fort. Nach Hause. Ohne mich.

In den nächsten Tagen hing er viel mit dem Feen-Jungen rum, der damals noch Timo hieß und auch später noch eine gute Freundin von Mo bleiben sollte. In den Pausen beobachtete ich die beiden und traute mich nicht, zu ihnen zu gehen. Ich war ziemlich alleine.

Erst, nach ein paar Wochen, als ich das Gefühl hatte, dass die Schuldgefühle nicht weggehen würden, sammelte ich meinen Mut zusammen und ging zu Timo, um mich zu entschuldigen. Er muss gemerkt haben, dass ich es ernst meinte, nehme ich an, oder es reichte, dass ich überhaupt von selbst gekommen war. Wahrscheinlich hat er Mo dann davon erzählt, denn am Tag darauf wartete mein bester Freund am Schultor auf mich, nickte mir freundlich zu und fragte mich, ob wir gemeinsam heimlaufen.

6

Die nächsten Arbeitsnächte im Männerwohnheim ähnelten einander. In der Nacht wurde ich von wilden Gedanken verfolgt, von meinen alten Gespenstern heimgesucht, und am Morgen trank ich todmüde meinen Kaffee mit Jenny.

Auf Mo kam das Gespräch erst einmal nicht mehr. Stattdessen erzählte mir Jenny ein bisschen von sich, von ihrem ebenfalls gescheiterten Leben, aber mehr noch erzählte sie mir von den Klienten des Heims. Sie erzählte mir von Polizeikontrollen und von prügelnden Jugendlichen, sprach von der Solidarität, die bei manchen in der Gosse untereinander herrschte und bei anderen ganz fehlte. Sie erzählte mir, dass es oft schwierig war mit der Sprache, weil das Geld für professionelle Übersetzungen meist fehlte und dass es dann doch irgendwie ging, mehr schlecht als recht. Durch Jenny erfuhr ich mehr über die Dynamik im Leben der Obdachlosen, bekam eine Ahnung davon, wie schwierig es war, ohne festen Wohnsitz am Alltäglichen teilzuhaben, und dachte mir immer wieder, dass ich es doch gar nicht so übel getroffen hätte, in meinem grauen Betonklotz.

Ein paar der Klienten lernte ich in der ersten Zeit kennen, wenn sie abends bei mir klopften, um nach Kaffee zu fragen oder nach Klopapier. Tatsächlich wollten viele nur reden, und weil das Reden zu meinem Job gehörte, stellte ich mich den Gesprächen. Bald merkte ich, dass sie mir guttaten. In Nächten, die damit begannen, dass ich mich mit Übernachtungsgästen unterhielt, plagten mich seltener schlimme Gedanken, als in den anderen Nächten.

So war das zum Beispiel mit Uwe, mit dem ich sehr bald regelmäßig abendliche Gespräche führte. Ich begegnete ihm zum ersten Mal an einem Tag, der sehr viel kälter war als die vorhergehenden. Der nahende Winter lag in der eisdünnen Luft und Marc hatte mich vorgewarnt: »Ab jetzt werden die Betten meist voll belegt sein.«

Tatsächlich traf es zu, dass es nun nicht mehr so ruhig im Haus war. Marc und Jenny kamen am Abend noch einmal mit ihrem alten Opel vorbei, um eine große Pumpkanne vorbeizubringen und in den Aufenthaltsraum zu stellen. »Meistens füllen wir da heißen Tee rein«, erklärte mir Jenny, als sie das enorme Ding auf die Theke verfrachtet hatten. »Aber an den Adventssamstagen gibt's bei uns auch Glühwein, das ist so Tradition und das wissen hier alle.« Sie zwinkerte mir zu.

Kurz nachdem meine beiden Chefs – oder Kollegen, ich konnte das noch immer nicht wirklich einschätzen, glaube aber, dass es Marc und Jenny herzlich egal war, wie ich sie bezeichnete – wieder gegangen waren, klopfte es an der Tür der Leitzentrale. Es war noch nicht spät, meine Schicht hatte erst begonnen. Statt durch die Jalousie zu lugen, machte ich die Türe einfach gleich auf. Ich habe nie viel auf meine Menschenkenntnis gehalten und was brächte es schon, im Vorhinein zu wissen, mit wem ich es gleich zu tun haben würde? Der Bärtige vor der Türe sah schüchtern aus: »Ich wollte fragen, ob es denn heute schon Tee geben wird, ich habe die Kanne im Aufenthaltsraum gesehen.«

Der Mann war noch nicht besonders alt, ich schätzte, dass

er höchstens zehn Jahre älter war als ich. Sein ganzes Gesicht war Bart, ein hellblonder Bart, der an einigen Stellen allerdings schon von weißen Strähnen durchzogen war. Es war schwierig zu sagen, wo sein Bart endete und wo die Haare begannen, die ebenfalls blond waren, akkurat geschnitten bis zu den Ohren und irgendwie an die Frisur eines Ritters erinnerten. Seine Haut war so hell wie sein Haar und im Gesicht hatte er unter dem Bart schon einige Falten. Er trug saubere Kleider, aber das wunderte mich nicht. Viele der Klienten waren sehr reinlich und achteten darauf, tadellose Kleidung anzuhaben. Häufig war ihnen nicht anzusehen, dass sie auf der Straße lebten. Der Mann, der mir gegenüber stand, hätte in seinem schlabbrigen Sweatshirt und der ausgebleichten Jeans gut als Softwareentwickler durchgehen können oder als Langzeitstudent.

»Ich weiß nicht, ob es Tee gibt«, sagte ich verwirrt. Hatten Marc und Jenny mir einen Auftrag in diese Richtung gegeben? »Ich kann aber welchen machen, wenn es dringend ist.«

Ich fühlte mich unwohl, weil ich nicht wusste, wie ich den Mann anreden sollte. Bis jetzt war ich mit jedem hier per Du, aber bis jetzt hatten mich auch alle zuerst angesprochen. Ich versuchte fürs Erste, eine direkte Anrede zu vermeiden.

»Dringend ist es nicht«, sagte der Mann leise, sehr zögerlich. »Es wäre aber schön, so ein Tee. Das wäre schön. Wenn es ... wenn es keine Umstände macht?« Offenbar versuchte auch er, nicht derjenige zu sein, der zuerst festlegte, ob wir uns duzten oder nicht.

Ich fühlte mich meist gekränkt, wenn ich gesiezt wurde: So alt war ich doch nun wirklich noch nicht. Ich könnte mir gut vorstellen, dass es ihm genauso ging, schließlich war auch er höchstens Anfang dreißig. Andererseits wollte ich ihm nicht das Gefühl geben, ich würde ihn nicht respektieren, und manchmal ist es ja auch ganz gut, eine höfliche Distanz zu wahren.

»Nein, es macht keine Umstände, eigentlich«, sagte ich und versuchte ein Lächeln. Ich ging in das Kabuff hinein, um Wasser in den Kocher zu füllen; der Mann blieb im Türrahmen stehen.

»Was für ein Tee soll es denn sein?«, fragte ich, während ich in den Vorräten wühlte, die wohl Marc und Jenny irgendwann einmal angelegt haben mussten. Es gab billigen Schwarztee, Pfefferminz- und Kamillentee in labbrigen Beuteln und einen offenen Früchtetee, zu dem ich kein Sieb fand.

»Das ist eigentlich ganz egal«, sagte der Mann, wieder mit seiner schüchternen Stimme. »Ich freue mich über alles.«

Ich schmiss einen der Pfefferminzteebeutel in eine Tasse und goss das heiße Wasser darüber, als es kochte. Der Tee dampfte und der heiße Dampf kondensierte an meinem Gesicht. Mit dem Handrücken wischte ich mir über die Augen und brachte dem Mann die Tasse. »Es wäre nett, wenn ich die Tasse heute Abend noch zurückbekomme.«

Der junge Mann sagte, er werde die Tasse bringen, sobald er den Tee ausgetrunken habe. Anstatt sich aber zum Gehen zu wenden, blieb er unschlüssig in der Türe stehen. Seine wässrig-blauen Augen wanderten nervös im Raum umher. Er sah so aus, als fühlte er sich unwohl in seiner Haut, seinem Körper und so, als wolle er noch etwas sagen. Irgendwie hatte ich das Gefühl, dass er nicht so richtig wusste, wie er seinen Körper benutzen sollte, als würde ihm einfach eine Bedienungsanleitung dafür fehlen oder so irgendwie, jedenfalls sahen seine Arme ziemlich nutzlos aus, wie sie an seinen Seiten herunterhingen, und ich kannte dieses Gefühl nur zu gut. Fremd im eigenen Körper zu sein oder vielmehr: Den Körper als Fremdobjekt wahrzunehmen.

»Es ist auch möglich, den Tee hier zu trinken«, sagte ich; immer noch ohne an ihn direkt zu adressieren. Ich hoffte einfach, er würde sich von meiner allgemeinen Formulierung angesprochen fühlen.

Ein wenig erleichtert wirkte er, aber entspannt war er noch immer nicht. Er ging einen zaghaften Schritt nach vorne. Eigentlich kann man das nicht so sagen, er ging nämlich nicht wirklich einen Schritt, vielmehr schob er seinen Körper ein Stück in Richtung des offenen Zimmers, ohne dabei seine Füße tatsächlich zu bewegen. »Wenn die Umstände ... ich meine, wenn die Umstände nicht zu groß sind. Ich kann auch in den Aufenthaltsraum gehen.« Er blickte den Boden an.

Der Kerl war ein komischer Kauz, aber ich fühlte mich ähnlich, wie er sich fühlen musste. Unwohl, die ganze Zeit, und fehl am Platz. Ich wollte ihm das Gefühl geben, dass er hier sicher war. »Es macht keine Umstände, wirklich nicht. Tatsächlich würde ich mich sogar über etwas Gesellschaft freuen«, sagte ich und versuchte, die Freude, von der ich sprach, auch im Klang meiner Stimme deutlich zu machen.

Es wäre zu viel zu sagen, dass sein Gesicht sich aufgehellt hätte. Aber immerhin war eine kleine Veränderung zu sehen, und als er sich diesmal bewegte, hob er tatsächlich seine Füße. Er ging zu dem vollgestellten Tisch in der Mitte des Raumes und setzte sich auf den Rand eines Holzstuhls. Seine Teetasse stellte er auf dem Tisch ab und legte seine Hände darum, als würde er sie wärmen.

Während ich durch den Raum ging, beobachtete ich ihn.

Er zuckte nicht zusammen, als ich die Türe schloss. Ich holte eine Plastikflasche mit Orangenlimonade aus dem kleinen Kühlschrank – längst hatte ich ihn mit den Getränken bestückt, mit denen ich einen relativ großen Teil meines täglichen Energiehaushaltes deckte – und setzte mich auf die andere Seite des Tisches. Die Vorstellung, dass ich jetzt ein Gespräch anfangen würde, war absurd. Ich war kein Mensch, der irgendeine Ahnung von Gesprächen hatte, ich hatte einfach kein Gefühl dafür. Der Mann wirkte, als ginge es ihm genau so. Also schwiegen wir uns an.

Ich trank in kleinen Schlucken mein Getränk aus Zucker, Orangensaftkonzentrat, Zitronensäure, Kohlen- und Ascorbinsäure, Farbstoff und Antioxidationsmittel. Er trank in kleinen Schlucken seinen Tee. »Schmeckt's?«, fragte ich irgendwann probeweise.

Er nickte.

Ich strich die Papiere glatt, die sich auf dem Tisch ansammelten. Immer war dieser Tisch voll mit Massen von Papier, ich wusste nicht, woher das kam. Ich stellte mir Marc vor, wie er eine kleine Lesebrille trug, wenn er irgendwelche wichtigen Dinge mit diesen Papieren machte. Das passte nicht zu ihm, überhaupt nicht, aber gerade deswegen ahnte ich, dass er so eine Lesebrille wahrscheinlich tatsächlich manchmal benutzte. Seit ich hier arbeitete, traute ich mich nicht, die Papiere genauer anzusehen. Ich wollte nicht versehentlich lesen, was darauf stand; vielleicht waren es vertrauliche Informationen, und wer sagte, dass man mir vertrauen konnte? Ich hatte nie eine Sicherheitsfreigabe bekommen oder sowas, keine Ahnung, ob das in einem Nachtasyl für Obdachlose zum Standardprogramm gehört, aber auch die Obdachlosen müssen ja irgendwie ein Recht auf Privatsphäre und Datenschutz haben, dachte ich mir. Wenn ich in die Nähe der Papiere kam, fühlte ich mich immerzu, als sei ich eine Diebin, die im nächsten Moment auf frischer Tat ertappt werden könnte, als sei ich eine Betrügerin, deren Betrug nur durch Zufall noch nicht aufgedeckt worden war. Normalerweise versuchte ich deswegen, mich auch vom Tisch fernzuhalten, wenn nicht gerade Marc oder Jenny anwesend waren. Die konnten dann schließlich kontrollieren, dass ich nicht auf unerhörte Weise versuchte, die privaten Informationen der Klienten abzugreifen.

Ich rückte meinen Stuhl nach hinten, stand auf, um meinen Tabak von der Couch zu holen. Ein paar Tabakkrümel fielen auf den Tisch, als ich mir eine Zigarette drehte. Früher habe ich eigentlich immer gedreht, Mo auch, wir hatten uns manchmal eine Dose Stopftabak gekauft, weil der am günstigsten war, und behaupteten dann, wir würden die Kippen des Geschmackes wegen selber drehen. Nachdem wir angefangen hatten, im Edeka und im Aldi zu klauen, ließen wir auch immer nur den Drehtabak mitgehen, nie fertige Zigaretten, denn die gab es nur an der Kasse, während der Tabak einfach so bei den Süßigkeiten vor der Kasse herumstand, ohne besonders gesichert zu sein oder so. Inzwischen rauchte ich meistens gestopfte Zigaretten und hin und wieder gönnte ich mir Fertigkippen im Softpack, aber durch Jenny war ich wieder aufs Drehen gekommen und so hatte ich mir zumindest für die Arbeit ein Päckchen Tabak gekauft.

»Stört es, wenn ich rauche?«, fragte ich den schüchternen Teetrinker.

Er sagte erst einmal wieder nichts, schüttelte nur den Kopf, aber diesmal hellte sich sein Gesicht wirklich merklich auf. »Dann stört es auch nicht, wenn ich rauche?«, fragte er.

»Aber nein«, sagte ich.

Er begann umständlich, in der Bauchtasche seines Sweatshirts zu wühlen und zog ein kleines, silbernes Zigarettendöschen und eine dicke Kippe daraus hervor. »Darf ich das Feuer benutzen?«, fragte er und schien mit einem Mal fast redselig, völlig aufgetaut, so als hätte die Entdeckung, dass ich ebenfalls eine Raucherin war, mich zu einem vertrauenswürdigeren Menschen für ihn gemacht.

»Klar doch«, sagte ich, zündete meine Kippe an und schob das Feuerzeug über den Tisch zu ihm herüber.

Einige Atemzüge lang rauchten wir nur, atmeten synchron, so schien es mir, und mich erfasste eine angenehme Ruhe, die mich an die Ruhe erinnerte, die ich auch an den Tagen gefühlt hatte, als ich mit Mo auf der Brücke gesessen hatte; rauchend, schweigend, eingehüllt in weißen Rauch unter dem unendlichen weißen Himmel, abgeschieden von dem Elend der restlichen Welt. »Wie ist denn der Name?«, unterbrach der Bärtige die Stille und ich glaube, ich bin ein bisschen zusammengezuckt.

Es ärgerte mich, dass er jetzt plötzlich sprechen wollte, ich fand es nicht richtig, dass er die weiche, feste Mauer aus Ruhe, die ich mir gerade errichtet hatte, nun mit seinem Bedürfnis zu reden, durchbrach. »Svenja«, sagte ich trotzdem, weil ich wusste, dass es nichts nützte, einfach nicht zu antworten, und weil sie sowieso nur Einbildung gewesen war, die Ruhe. Er war nicht Mo, hier war nicht die Brücke und ich war inzwischen sozusagen ein alter Sack.

»Ich ... ich bin Uwe«, sagte Uwe, offenbar verunsichert, weil ich ihm keine Gegenfrage gestellt hatte.

»Okay«, sagte ich.

Uwe war ein neuer Klient im Männerwohnheim, er war noch nicht ganz zwei Jahre auf der Straße und zum ersten Mal bei uns. Tatsächlich kam er zwar hier aus dem Ort; das vergangene Jahr hatte er aber in anderen Städten verbracht, weil ihn die Vergangenheit hier zu sehr übermannte, wie er sagte. Jenny hatte mir nichts über ihn erzählen können. Alles, was ich über Uwe wusste, wusste ich von Uwe. Bald war das eine ganze Menge. Er kam nach diesem ersten Abend, an dem unsere Bekanntschaft so schüchtern begonnen hatte, fast jeden Abend zu mir in die Leitzentrale, um sich zu unterhalten und Tee dabei zu trinken. Anfangs waren unsere Gespräche noch zögerlich, aber wir tauten beide bald auf und sprachen miteinander wie Vertraute. Das heißt: Meistens sprach Uwe, er erzählte davon, wie er auf der Straße gelandet war, erzählte von seinen Nöten, seinen Sorgen und vor allem erzählte er von der Liebe.

Uwe war einer, dem die Liebe sehr wichtig war. Von Sex hielt er nicht so besonders viel, keine Ahnung, ich denke, dass es ihn einfach nicht so wirklich erregte, mit jemandem ins Bett zu gehen oder so. Aber die Liebe, die war ihm wichtig. Er war immerzu verliebt, schon immer in seine große Liebe, die Eine, wie er sagte, und dann immer wieder spontan und heftig in Frauen, denen er irgendwo begegnet war. Seine Momentfrauen, sagte er. Er trauerte nie einer nach, zumindest sprach er nicht davon, aber so lange die Liebe andauerte – und das waren meistens ein oder zwei Tage und manchmal eine ganze Woche – sprach er kaum von etwas anderem. Ich glaube, in mich ist Uwe nie verliebt gewesen. Dann hätte er wohl kaum so offen mit mir darüber gesprochen, denke ich. Denn das war auch so eine Sache: Uwe traute sich nie, die Momentfrauen anzusprechen. Wahrscheinlich hätte er bei einigen keine schlechten Karten gehabt, immerhin sah er gar nicht mal so übel aus und war freundlich, aber er war eben auch wirklich verdammt schüchtern. Die Eine hingegen war einmal seine feste Freundin gewesen, mit ihr hatte er sogar ein Kind. Trotzdem: Sie zu besuchen, traute er sich erst recht nicht. Die beiden, Kind und Frau, würden ohne ihn besser zurechtkommen, sagte er, und obwohl er wirklich viel redete, sagte er dazu nie mehr.

Manchmal kamen noch andere Klienten in die Leitzentrale, dann waren die Treffen, bei denen häufig jemand Branntwein dabei hatte, fast wie kleine Partys. Im Allgemeinen verabscheute ich Partys, wie ich auch große Mengen von Menschen verabscheute, aber die Abende mit den Klienten waren mir recht. Das lag vielleicht daran, dass es meine Arbeit war, oder vielleicht auch nur daran, dass ich bei Wohnungslosen nicht das Gefühl hatte, dass ich mich verstellen müsste. Ich war eine Pennerin unter Pennern und es war allen scheißegal, ob ich studierte oder nagelneue Sneakers trug oder schon mal Asien besucht hatte.

Uwe trank keinen Alkohol, keine Ahnung, wieso nicht, er war nicht muslimisch oder sowas, ich nehme mal an, dass das wie mit dem Sex bei ihm war: Er stand einfach nicht drauf. Ich dagegen trank viel und gerne und die meisten anderen Klienten auch. Mir hatte niemand gesagt, dass ich das während der Arbeitszeit lassen sollte, also ließ ich es auch nicht. Wir kippten uns Schnaps in die Teetassen und dampfendes Wasser drüber.

»Grog«, sagte Achim, der früher einmal zur See gefahren war, damals, als die Fischerei sich noch gelohnt hatte. Das war noch, bevor all die großen Kutter kamen und die Meere leer fischten, nichts mit Nachhaltigkeit, sondern Schleppnetze und tote Robbenbabys, damit wollte Achim nichts zu tun haben, wie er mir mal erzählte. Er hatte sich seither nicht vom Meer trennen können, auch wenn eine entfernte Cousine oder irgendwie so jemand in der Art von ihm reich war und ihm immer mal wieder anbot, in ihrem Gartenhaus zu wohnen, wenn er dafür die Einfahrt putzte oder so. Die wohnte aber im Süden und in den Süden wollte Achim auf keinen Fall. »Bekloppt bin ich ja auch wieder nicht«, sagte Achim, seine Fahne erschlug mich fast, und wir anderen stimmten ihm zu.

Mit der Zeit verstand ich, weshalb Jenny und Marc sich so für das Männerwohnheim einsetzten, wieso sie ihr Herzblut und viel Freizeit in die Arbeit hier steckten: Die Leute waren so nett, dass es sich lohnte. Die meisten zumindest.

So gut Uwe und ich miteinander klarkamen und so gut ich mich auch mit dem Großteil der anderen Klienten verstand: so gesprächig wie bei Jenny bin ich nicht wieder geworden. Ich habe niemandem von Mo erzählt und schon gar niemandem von Mos Tod, auch Uwe nicht. Aus meiner Vergangenheit erwähnte ich nur die Eckdaten: in welcher Stadt ich aufgewachsen war, bis wann ich zur Schule gegangen war, dass ich eigentlich mein ganzes Leben lang alleine mit meiner Mutter zusammengelebt habe.

7

In der Zeit, als ich mich mit Mo anfreundete, war meine Mutter zum zweiten Mal schwanger. Keine Ahnung von wem, ehrlich nicht. Den Stecher, den sie später irgendwann hatte, kannte sie damals noch nicht, glaube ich.

Jedenfalls war das die Zeit, als sie begann, nachmittags im Waschsalon zu arbeiten. Vorher war da nur die Arbeit in der Bäckerei gewesen, aber für drei würde das Geld nicht mehr reichen, wie sie sagte. Sie freute sich ziemlich, als sie das mit der Schwangerschaft erfuhr. Ich freute mich auch, glaube ich, aber so richtig vorstellen konnte ich mir nicht, was es bedeuten würde, wenn da auf einmal noch ein Mensch mehr bei uns leben würde.

»Svenja«, sagte meine Mutter, »du bist bald eine große Schwester. Das bedeutet, dass du mehr Verantwortung übernehmen musst.«

Ich würde ja sowieso von der Schule alleine nach Hause laufen und auf dem Weg könnte ich ja auch gut beim Edeka vorbeigehen und mir etwas zu essen kaufen. Pizza oder Lasagne oder sowas. Wie der Ofen funktionierte, zeigte sie mir. Sie würde mir das Geld auf den Esstisch legen und obendrein versprach sie mir, morgens weiterhin ein süßes Teilchen vom Bäcker mitzunehmen, das ich am Nachmittag essen könnte.

»Es ändert sich erst einmal nicht so viel, ich bin dann nur

nach der Schule nicht mehr daheim. Wir essen dann abends zusammen, ja?«

Sie erklärte mir nicht, wie sie es nach der Schwangerschaft machen wollte, ob sie dann Sozialhilfe nehmen würde oder trotzdem noch arbeiten, falls das überhaupt ging. Vielleicht war es dazu noch zu früh, keine Ahnung, jedenfalls kam sie dann auch nicht mehr dazu, weitere Pläne zu machen. Bevor sie ihre Fehlgeburt hatte, ging ich nach der Schule eifrig in den Edeka, kaufte mir Cornflakes und Milch und setzte mich den ganzen Nachmittag vor den Fernseher oder traf mich mit Mo zum Spielen. Ich fühlte mich sehr verantwortungsbewusst in diesen wenigen Wochen, aber als meine Mutter mir dann erzählte, dass wir wohl doch weiter zu zweit bleiben würden, dass das Baby in ihrem Bauch sich entschlossen hätte, nicht zu uns herauszukommen, hatte ich das Gefühl, dass ich wohl doch nicht genug Verantwortung übernommen hatte. Dass ich, hätte ich das Amt der großen Schwester nur wirklich und wahrhaftig ernst genommen, vielleicht tatsächlich große Schwester geworden wäre.

Mo meinte, das sei Quatsch. Er las immer schlaue Bücher, das war auch so eine ungewöhnliche Sache an ihm, und eine, die ich sehr an ihm liebte. Er hatte immer eins dieser Bücher dabei, in der Schule und überall; Werwiewas hießen die oder so in der Art und da ging es dann um die Faszination des Insektenreiches oder um Bullshit von diesem Kaliber, und Mo fand das wirklich interessant. Vielleicht war er deswegen so gut in der Schule, weil das Lernen ihm Spaß machte, keine Ahnung woher er das hatte, aber jedenfalls hatte er auch auf viele Fragen eine Antwort.

Manchmal antwortete er auch, wenn man gar nicht gefragt hatte. So wie ich, nach der Fehlgeburt meiner Mutter.

Wahrscheinlich hatte Mo gemerkt, dass ich mir Vorwürfe machte oder so, denn er fragte nach. Da waren wir noch Erstklässler, das war noch vor dem Vorfall mit dem Feen-Jungen an Fasching, unsere Freundschaft hatte gerade erst begonnen. Heute denke ich, dass ich deswegen immer so große Stücke auf Mo gehalten habe, weil er mir damals beistand, weil ich also schon damals, als alles anfing, Mos größte Stärke selbst erlebte: Seine Art, Trost zu spenden.

»Wie geht es dir?«, fragte Mo, direkt am Tag nachdem meine Mutter mir erzählt hatte, dass ich doch keine große Schwester sein würde.

»Keine Ahnung«, sagte ich, »meine Mama hat mir gestern gesagt, dass sie doch kein Baby bekommt.«

»Oh«, sagte Mo und wartete ab, ob ich noch etwas zu sagen hätte.

»Ja«, sagte ich.

Er rückte näher zu mir heran, wir saßen da auf dem Sofa in der kleinen Bibliothek unserer Grundschule, die wahrscheinlich auch nur existierte, um die pädagogischen Ambitionen unseres Schulleiters zu erfüllen. Die meisten Kinder kamen nicht hierher und wer doch kam, lieh sich Videokassetten aus oder war ein Streber. Für uns war die Bibliothek damals so eine Art Geheimversteck, weil wir genau wussten, dass wir hier ungestört reden konnten, und Mo kam sowieso immer wieder her, um sich neue Bände von seinen Werwiewas-Büchern zu holen, deswegen kannten wir den Raum überhaupt, glaube ich.

»Ich denke«, begann ich zögerlich, »also ich bin mir nicht sicher, ob das Baby nicht doch zu uns gekommen wäre, wenn ich irgendwas anders gemacht hätte.«

»Was hättest du denn anders machen sollen?«, fragte Mo.

»Ich hätte eine bessere große Schwester sein können«, flüsterte ich traurig.

»Aber Svenja, das Baby war doch noch gar nicht da. Wie hättest du denn da eine bessere Schwester sein können?«

»Meine Mama hat gesagt, ich soll mehr Verantwortung übernehmen.«

»Das hast du doch, Svenja, das hat deine Mama doch ganz sicher gemerkt.«

»Keine Ahnung ...«, sagte ich, »kann sein.«

»Und überhaupt: Selbst wenn du so viel Verantwortung übernommen hättest, dass es für die ganze Welt gereicht hätte, hättest du nicht dafür sorgen können, dass das neue Baby kommt.«

»Vielleicht hat es gedacht, dass ich mich nicht freue?«

»Sicher nicht. Es gibt ja auch Leute, die kriegen Kinder, obwohl sie sich überhaupt nicht freuen. Da kommen die Babys doch auch trotzdem auf die Welt.« Mo sagte lauter Sachen, die irgendwie logisch und ziemlich erwachsen klangen, wie ich fand, und er sagte sie mit seiner netten Mo-Stimme, in diesem Flüsterton, in dem man automatisch spricht, wenn man in Bibliotheken ist. Das heißt: Bei uns in der Schulbibliothek sprach fast niemand so, außer die Bibliothekarin und die Streber und Mo. Aber jedenfalls beruhigte mich der warme Klang seiner Stimme.

»Trotzdem«, sagte ich.

»Quatsch«, sagte Mo.

»Keine Ahnung«, sagte ich und Mo nahm mich ungeschickt in den Arm.

»Kommst du nachher zum Nintendo spielen zu mir?«, fragte ich.

Ich glaube, dass er mich in den folgenden Tagen und Wochen immer wieder absichtlich gewinnen ließ, wenn wir Mario Kart oder Mensch ärgere dich nicht spielten, aber ehrlich gesagt, störte mich das kein bisschen.

Uwe erzählte mir von der Einen, von seiner Ex-Freundin, die, mit der er ein Kind hatte: »Sie hat sich immer so um ihr Zahnfleisch gesorgt«, sagte Uwe und trank einen großen Schluck Tee. Ich dachte, dass der Tee noch ganz schön heiß sein müsste und warum es seinem Gesicht nicht anzusehen war, dass er sich verbrannt hatte, aber vielleicht hatte er sich ja auch gar nicht verbrannt.

»Wieso das?«, murmelte ich geistesabwesend. Jenny hatte mir am Morgen begeistert erklärt, dass heute zum ersten Mal in diesem Jahr der Glühwein bereitstehen würde und Marc hatte mir in der vorigen Woche etwas besorgt am Rande mitgeteilt, dass an den Adventssamstagen, an denen es den Glühwein gab, häufig eine Unruhe im Haus herrsche. Den Glühwein bezahlten Jenny und Marc aus eigener Tasche, und weil sie auch nicht so viel Geld hatten, gab es nie so viel, wie eigentlich schön gewesen wäre; nie genug, weswegen sich immer irgendwer übergangen fühlte. Immer der, in dessen Tasse nur der Boden mit dem mickrigen Rest des klebrigen Glühweins bedeckt war. Dann würde es vielleicht zu Schlägereien kommen und ich würde tatsächlich einmal in die Rolle der Schlichterin geraten. Je länger ich hier arbeitete, desto mehr machte mir der Gedanke etwas aus. Das waren schließlich nicht die Streitigkeiten von Fremden, die ich hier schlichten sollte. Die meisten Männer hier kannte ich, sie kamen immer wieder, vor allem jetzt im Winter, da war es meistens so, dass es hier so eine Art Stammpublikum gab. Von Jenny oder von ihnen selbst kannte ich ihre Geschichten und wie könnte ich da dann beschwichtigend auf sie zugehen und ihnen erzählen, dass ein Schluck Glühwein den ausgeschlagenen Zahn nicht wert sei?

»Parodontitis«, sagte Uwe.

»Was?«, sagte ich.

»Das Zahnfleisch. Die Eine hatte Parodontitis«, erläuterte Uwe.

»Okay«, sagte ich.

»Sie meinte, dass das von der Schwangerschaft käme, ihr Zahnfleisch hätte sich gelockert, sagte sie. Ihre Spucke hat sich wie Säure in ihrem Mund angefühlt, so als würde sie ihr alles wegätzen, das hat sie zumindest behauptet, aber ich habe das nie so richtig ernst genommen.«

»Okay«, sagte ich.

»Ich meine, ich hab sie ja nach der Schwangerschaft kaum mehr gesehen, vielleicht ist das inzwischen auch wieder besser, aber ich wüsste schon gerne, wie es ihrem Zahnfleisch geht.«

Uwe machte eine Pause und fuhr konzentriert mit der Zunge an seinem Zahnfleisch entlang. Er schien aus einem Traum zu erwachen und sagte dann: »Und auch, wie es ihr geht. Und dem Kind.«

Er nannte sein Kind immer *das Kind*, so wie er seine Ex-Freundin *die Eine* nannte und die jeweils aktuelle Frau, in die er verliebt war, immer nur *die Momentfrau*. Ich weiß nicht, wie er mich nannte, falls er überhaupt jemals von mir sprach, aber jedenfalls bin ich mir nicht sicher, ob er überhaupt Namen benutzte. Dabei hatte er mich bei unserer ersten Begegnung ja direkt nach meinem Namen gefragt. Vielleicht benutzte er auch nur von denjenigen Leuten, die ihm am Wichtigsten waren, die Namen nicht.

»Ruf sie doch an und frag nach, wie es ihrem Zahnfleisch geht«, sagte ich. Inzwischen duzten Uwe und ich uns, das hatte sich irgendwann zum Glück so ergeben. Ich glaube, dass ich damit angefangen hatte, als ich betrunken war und danach war es Normalität.

»Die sind besser dran ohne mich«, sagte Uwe.

»So ein Quatsch«, sagte ich und war mir nicht sicher, ob er im Grunde nicht doch recht hatte.

An diesem Abend musste ich noch immer keinen Streit schlichten. Zum Glück. Vielleicht lag es an der klirrend dünnen Luft draußen, die sich wie ein Eisschal um das Haus legte. Vielleicht hatten alle Angst, dass ich sie hinauswerfen würde. Dabei hätte ich das natürlich niemals gemacht, ich glaube, dass das sogar gegen die Regeln war, immerhin hätte ich ja dann sogar mutwillig Leute in den Tod treiben können, oder so, wenn ich das gedurft hätte. In jedem Fall widersprach es Marcs und Jennys Regeln.

Vom Meer zogen kalte Nebelschwaden herüber und der Geruch nach ausgeweidetem Fisch, der noch im Herbst in der Luft gelegen war, hatte sich nun gänzlich verflüchtigt. Ich hatte das Gefühl, dass der Winter hier, am Rande des Landes, schneller und deutlicher einbrach als überall sonst. Dabei schneite es hier nicht; angeblich sollte es sogar den ganzen Winter über keinen Schnee geben. Dafür hatte der Winter hier etwas Endgültigeres, war härter, kälter, rauer, unerbittlicher als an den anderen Orten, die ich kannte (eigentlich kannte ich ja nur die Stadt, aus der ich kam).

Jenny war am Abend noch einmal im Nachtasyl aufgetaucht. Sie sagte, sie wolle sich den kostenlosen Glühwein nicht entgehen lassen, dabei hatte doch sie dafür bezahlt. Ei-

gentlich alle, die an diesem Wochenende im Männerwohnheim pennten, hatten sich im Aufenthaltsraum eingefunden.
Jenny und ich waren die einzigen Frauen unter all diesen ver-
soffenen, hoffnungslosen Männern. Ich fühlte mich wohl.
Achims laute Stimme dröhnte durch den Raum:
»Schenkt doch mal wer den gnädigen Fräuleins vom Glühwein ein.« Und als er uns die Becher reichte, knickste er ein
bisschen und sagte: »Für Sie, Madame.«
Völlig albern, aber Achim meinte das ernst, denke ich. Also versuchte auch ich einen Knicks und sagte: »Danke der
Herr«, und Achims bärtiges, altes Gesicht begann zu lachen,
so dass er für einen Moment aussah, als sei er ein unbe-
schwerter Jugendlicher.
Jenny sagte: »Achim war doch so lange im Knast, deswegen ist es für ihn was besonders, so mit Frauen und so. So eine Feierei.«
Ich sagte: »Klar« und trank den lauwarmen Glühwein in
großen Schlucken aus.
Jenny sprach mit Abu, der hier zu den Dauergästen gehörte. Er war etwa 50, so in Jennys Alter, denke ich, oder ein
bisschen älter als sie. Er trug immer einen Turban und einen
Schnurrbart, sein Gesicht war pausbäckig und die Haut war
so glatt wie die eines Kindes. Ich glaube, dass er Jenny gefiel,
aber sie hatte ja Marc, und irgendwann, bei einem unserer
morgendlichen Kaffee-Gespräche, hatte sie mir gesagt, dass
sie sich schon so sehr an Marc gewöhnt hatte, dass sie nicht
glaubte, dass es für sie noch möglich wäre, zu existieren, ohne
dass er neben ihr existierte. Ich denke, dass sie damit meinte,
dass sie sich jetzt keinen Neuen mehr anlachen würde.
Ich lief ein Weilchen ein bisschen planlos durch den
Raum. Da waren Hamed, Yusuf, der große Ahmed und der

dicke Ahmed, Yasin und Abdallah – Männer, die ich nicht so gut kannte, weil sie kein Deutsch sprachen und ich kein Arabisch, und wegen der Sprachbarriere oder so, blieben sie meistens unter sich. Da war Karl, der auch meistens für sich blieb, und immer, wenn er von irgendwem angesprochen wurde, lenkte er das Gespräch auf die Hunde, die er früher gehabt hatte, bevor er sie dann irgendwann nicht mehr hatte, und die er furchtbar vermisste. »Die waren mein Ein und Alles, Lottchen und Roland, die haben mich behütet wie ihren Augapfel, da konnte mir keiner dumm kommen«, pflegte er zu sagen. »Und die wussten, dass ich zu ihnen hielt, Lottchen und Roland, die waren nich' dumm, nee. Hab denen immer das feine Fressen gekauft, egal wie knapp ich war, das wussten die schon zu schätzen, meine Lotte und mein Roland.«

Da war Ivan, der war früher mal Bulle gewesen, deswegen wurde er immer misstrauisch beäugt, und es war irgendwie schwierig für ihn, Anschluss zu finden. Ich glaube, dass er auch mal Hunde gehabt hatte, aber er sprach nie von ihnen. Eigentlich sprach er sowieso fast nie. Da war auch Silvio, der aus Südfrankreich oder Süditalien oder sowas hierhergekommen war, aber da war erneut eine Sprachbarriere, deswegen wusste ich gar nicht so genau, warum. Ich trank meinen Becher aus und nickte allen zu, den Trinkenden, den Plaudernden, den Schweigenden, den Träumenden, den Verwirrten, und alle nickten zurück, denn wir wussten ja irgendwie, dass unsere Existenz voneinander abhing.

Nachdem ich meinen Becher mit einem kümmerlichen Rest Glühwein nachgefüllt hatte, stellte ich mich zu Jenny und Abu, hörte ihrem Gespräch zu, ohne mich einzumischen, und genoss die Stimmen, die auf mich einprasselten und den Geruch nach Rauch und Regen, der mich umgab.

Abu sagte: »Bis jetzt hat der Winter ja auch immer wieder ein Ende gefunden.«

Jenny stimmte ihm zu.

Abu sagte: »Es ist ja nicht so, dass ich jetzt automatisch davon ausgehen würde, dass es wieder Frühling werden wird, aber die Wahrscheinlichkeit dafür ist sehr hoch, wenn wir mal alle der uns bekannten Fälle betrachten.«

Jenny stimmte ihm zu.

Abu sagte: »Ich gehe nochmal nachfüllen.«

Jenny sagte: »Ich glaub, jetzt ist die Kanne leer.«

Abu sagte: »Es ist doch immer die gleiche Scheiße.«

Jenny sagte: »Ich geh mal eine rauchen.«

Abu sagte: »Irgendwo müsste doch noch eine Flasche Korn rumgehen.«

Offiziell war es nicht erlaubt, im Haus zu rauchen, deswegen gingen Jenny und ich bei solchen Gelegenheiten immer nach draußen. In den gemeinschaftlich genutzten Räumen hingen überall zerfledderte Zettel, die auf den Zusammenhang von einem möglichen Feueralarm und dem Rauchen von Zigaretten hinwiesen. Dabei wussten, glaube ich, alle Klienten, dass wir in der Leitzentrale auch immer rauchten und dass die Rauchmelder in Wahrheit eher Attrappen waren, als tatsächlich zu etwas nütze.

Draußen stand Uwe, der eine leere Tasse in der Hand hielt und den Mülleimer anstarrte. Ich sagte: »Na?« und Uwe kickte gegen ein kleines Steinchen.

Ich war betrunken, der Rauch füllte meine Lungen aus und die Nacht war fürchterlich kalt.

»Es ist scheißkalt«, sagte Uwe.

»Ja«, sagte ich und zog lange an meiner Zigarette, während die Finger, mit denen ich sie festhielt, so klamm und starr wurden, als wären sie aus Eis gemeißelt.

»Die Momentfrau ist auch scheißkalt«, sagte Uwe.

»Woher weißt du das?«

»Das ist ihr anzumerken. Das ist ganz eindeutig ersichtlich aus der Art, wie sie sich bewegt, wie sie sich kleidet und wie sie spricht. Ich habe das noch nie erlebt, dass eine Frau sich so bewegt, sich so kleidet und so spricht. Die ist perfekt, diese Kälte, die von ihr ausgeht.«

»Okay, dann erfrier' bloß nicht.«

Uwe schüttelte entrüstet seinen Kopf, so dass seine Ritterfrisur wild umherflog. Er flüsterte aufgebracht: »Aus der Nähe ist die Hitze, die sie umgibt, unerträglich. Sie ist wie die Sonne. Aus der Ferne wirkt sie scheißkalt, wie ein Gletscher oder so wie der kalte Mond, aber ich glaube – das glaube ich nur, dafür habe ich bisher keine Beweise sammeln können – eigentlich kann sie jeden zu Asche werden lassen, der ihr zu nahe kommt.«

»Okay«, sagte ich und nahm den letzten tiefen Zug von meiner Zigarette. Der Alkohol war überall in meinem Kopf.

»Wollen wir reingehen?«

Wo Jenny war, wusste ich nicht, aber ich war mir sicher, dass ich nicht nach ihr sehen müsste.

Uwe trottete mir hinterher in das Haus hinein, in dem es auch nur geringfügig wärmer war als draußen. In meinen Fingern spürte ich kein Kribbeln, die Kälte, die in meinen Nacken gekrochen war, löste sich nicht auf. Trotzdem, drinnen hatte ich immerhin nicht das Gefühl, dass meine Haut gefrieren würde.

»Machen wir noch einen Tee?«, fragte ich Uwe und schloss die Türe zur Leitzentrale auf.

In meine Tasse kippte ich Wodka, bevor ich das kochende Wasser darüber goss. »Grog«, murmelte ich und hörte von drüben, aus dem Aufenthaltsraum, das schallende Lachen von Achim. Vielleicht bildete ich es mir ein. Uwe hatte sich an den Tisch gesetzt, nachdenklich zusammengesunken. Ich stellte ihm die Tasse hin und rückte einen Stuhl dicht hinter ihn, so dass ich nicht direkt am Tisch sitzen musste, bei den geheimnisvollen Papieren, mit denen ich im betrunkenen Zustand noch weniger zu tun haben wollte. Vielleicht döste Uwe, ich weiß es nicht, er wirkte merkwürdig entrückt.

»Uwe«, jetzt flüsterte auch ich, »ich wohne in einem Haus, da wohnen keine anderen Menschen.«

Uwe blickte auf. Er sah mich direkt an; seine kleinen, zusammengekniffenen Augen schauten misstrauisch aus all dem Bart, der seinen Kopf umhüllte, direkt in mein rot gefrorenes Gesicht. Er musterte mich und schien unentschlossen über sein Urteil.

»Was meinst du?«, fragte er schließlich.

»In dem Haus, in dem ich wohne, in dem Hochhaus am Meer, da wohnen außer mir keine Menschen«, ich sprach schnell, meine Stimme klang heiser, »es ist immer totenstill dort, ich habe noch nie jemanden anderen gesehen. Ich weiß nicht viel über die anderen Bewohner, ich weiß nur, dass mir gegenüber zwei Strauße wohnen, ein altes Ehepaar mit großen, grauen Federn. Seit einiger Zeit habe ich kein Lebenszeichen mehr von ihnen gehört, ich weiß nicht, vielleicht sind sie gestorben und verwesen jetzt langsam in ihrer Wohnung oder vielleicht sind sie auch nur verreist oder ausgezogen.«

Ich merkte, dass Uwes Blick sich verändert hatte. Er wirkte jetzt wacher, sehr interessiert und er folgte gebannt meinen Ausführungen.

»Und in der Wohnung über mir«, fuhr ich fort, »da wohnt ein Tiger. Ein seltsam charmantes Tier. Zuerst dachte ich, dass er und ich einiges gemeinsam hätten, dass wir uns gut verstehen könnten, aber dann hat er mich eines Nachts besucht und mir das Herz und die Lungen aus der Brust gerissen, da habe ich verstanden, dass er es nicht gut mit mir meint. Bevor ich ihn kannte, habe ich mir sein Fell ganz grau vorgestellt, grau und stumpf. Aber als ich ihm dann begegnet bin, habe ich gesehen, dass sein Fell gesund glänzte, so wie das Fell eines jungen Tieres, und in diesem Moment wusste ich, dass ich verloren bin.«

Uwe war blass geworden, die Augen weit aufgerissen starrte er mich an. Wir hatten das Licht in der Leitzentrale nicht eingeschaltet, deswegen beleuchteten nur die Straßenlaternen von draußen Uwes fahles Gesicht.

»Ich ... kenne den Tiger«, murmelte er schließlich. Irgendwie erschrak ich. »Ich kenne auch das Haus«, sagte er, aufgebracht und gewichtig. »Es ist das große Betonhochhaus, das direkt am Meer steht, das ist doch so?«

Ich nickte. Mir war schwindelig vom Alkohol und auch die Unterhaltung machte mir Schwindel. Die Straßenlaternen vor dem Fenster flackerten, aber daran konnte ich mich festhalten. Die Lichter waren wenigstens real.

»Dort wohnt auch die Eine«, sagte Uwe. »Die Eine und das Kind wohnen da. Ich hab' dir das nie gesagt, weil es nichts zur Sache tat, aber sie sind keine Menschen. Sie sind Spitzmäuse, alle beide sind sie Spitzmäuse, und sie wohnen in der Wohnung gegenüber von der des Tigers.«

Er dachte kurz nach: »Sie wohnen also wohl auch über dir. Aber wahrscheinlich hast du sie noch nie gehört, sie sind klein und flink und leise. Deswegen konntest du sie nicht hören, konntest nicht wissen, dass sie da sind.« Er machte eine Pause, schluckte. »Ich möchte nicht, dass du mich für unnormal hältst, weil ich in eine Spitzmaus verliebt bin. Wir waren so glücklich. Das waren wir wirklich.« Wieder verstummte er, etwas schien ihn zu beschäftigen. Als er weitersprach, war seine Stimme noch leiser, klang noch tiefer: »Der Tiger hat zu Beginn noch nicht da gewohnt. Es ... es war meine Schuld, dass er eingezogen ist. Ich dachte, er sei ein charmanter älterer Herr und es sei eine gute Tat, ihm zu helfen. Deswegen habe ich ein gutes Wort bei den Vermietern für ihn eingelegt, damals habe ich selbst noch dort gewohnt, zusammen mit der Einen. Seit er in dem Haus wohnt, ist es dort totenstill, es gibt kaum mehr Leben dort und die Eine und das Kind leben in dauernder Angst, entdeckt zu werden. Das ist kein gutes Haus und es ist meine Schuld.«

Ich schluckte, wusste nicht, ob Uwe mir die Wahrheit sagte oder ob er phantasierte. Wahrscheinlich war das ganz egal, dachte ich, es ist ja auch egal, ob der Tiger tatsächlich existiert oder nicht, für mich zumindest ist er wirklich. Ich merkte, dass die Kopfschmerzen vom Alkohol bereits anfingen und auch, dass meine Hände zitterten.

»Gehen wir wieder zu den anderen?«, fragte ich nach einer Weile.

8

Es kann sein, dass einige der Klienten verrückt waren. Gut möglich, dass vor allem Uwe verrückt war. Aber das machte nichts, schließlich war auch ich verrückt, oder war zumindest dabei, es zu werden.

Andererseits hatte ich das Gefühl, dass mich die Arbeit hier heilte; oder doch wenigstens den Prozess des Um-den-Verstand-kommens verlangsamte. Bevor ich an die Küste gezogen war, hatte ich niemals damit gerechnet, dass es für mich irgendwo Menschen geben würde, deren Gegenwart mir keine Last war. Nach Mos Selbstmord war ich fest davon überzeugt gewesen, dass ich nie wieder in Gesellschaft sein könne, ohne an all das erinnert zu werden, was ich mit Mo verloren hatte.

Mo war jetzt ein halbes Jahr tot, ziemlich genau. Und nachdem der Sommer ohne ihn kalt und fahl gewesen war, beängstigend teilweise und trostlos, versprach der Winter wärmer zu werden. Zumindest bei der Arbeit hatte ich nicht das Gefühl, dass meine Sorgen mich überwältigten, dass sie sich nicht hinterrücks anschleichen würden, um mir endlich den Gnadenstoß zu geben. Immerhin, wenn ich nüchtern war, glaubte ich nicht an den Tiger und an seine Komparsen.

Zu sagen, ich hätte mich in jener Zeit lebendig gefühlt, ist wohl schon wieder eine Übertreibung, jedenfalls in Anbetracht des gemeinhin üblichen Verständnisses davon. Ich fühlte mich nicht tot, das reichte schon, und während die Häuser im Ort langsam begannen, sich herauszuputzen, sich mit Lichterketten und Tannenzweigen zu schmücken, war für mich die Küste, die vermaledeite Kraft des Meeres, dem die Festivitäten der Menschen vollkommen gleichgültig war, ein besinnlicher Ort – mein besinnlicher Ort – an den ich immer wieder floh.

Ich arbeitete in fast jeder Nacht und ich wurde es nicht leid, mich mit den Klienten zu unterhalten, ihren Spinnereien zu lauschen, ihren Träumen und ihren verlorenen Hoffnungen. Das Ende des Jahres rückte näher – endlich! –, das Ende jenes Jahres, das alles ruiniert hatte.

Es ist seltsam, dass ich früher, in all den vorhergehenden Jahren, so lange auf genau dieses Jahr hingefiebert hatte; das Abitur, das Ende der Abhängigkeiten, ein neues Leben für Mo und mich in einer neuen Stadt mit ganz neuen Regeln. Wenn mir jetzt jemand die Jahreszahl nennt, dann denke ich nicht an all das. Vielmehr denke ich nur daran, dass Mo nicht mehr lebt, daran, wie er gestorben ist.

Ich hoffte wahrscheinlich insgeheim auf einen Neubeginn, auch wenn das Bullshit war, dass ein Jahreswechsel automatisch ein neues Zeitalter einläutet, vollkommen hirnrissig war das. Trotzdem hatte ich das Gefühl, dass ein Neubeginn möglich wäre, genau hier, an diesem Ort am Rande des Landes, weit weg von den bekannten Leuten und Sorgen. Hier, wo es nur das Meer gab; Marc, Jenny, die Klienten und mich.

Ich würde nicht sagen, dass ich mich mit Uwe anfreundete, genauso wenig würde ich sagen, dass ich mich mit Jenny anfreundete. Auf Freunde legte ich keinen Wert. Ich weigerte mich noch immer, in Erwägung zu ziehen, jemals wieder wirkliche Freundschaften zu schließen. Trotzdem: Uwe und ich und Jenny und ich, wir akzeptierten einander. Akzeptierten unsere Marotten und die merkwürdige Art, Gespräche zu führen, die jeder von uns drei auf irgendeine Weise hatte, glaube ich.

Ich denke, dass es auch übertrieben wäre, wenn ich sagen würde, dass ich mich auf die Gespräche mit Uwe in der Nacht und mit Jenny am Morgen freute, denn Freude war nichts, was ich erleben wollte. Aber ich dachte im Vorfeld an diese Gespräche, erwartete sie. Das war so eine Art positive Erwartung, keine Ahnung, denn ich wusste, sie taten mir gut.

»Die goldene Arschkarte« hatte Marc zu Beginn gesagt, und auch, wenn er den Begriff nicht für mich erfunden hatte, erschien es mir, als gäbe es kaum eine Möglichkeit, mein Leben und die Arbeit hier passender zu beschreiben.

Wenn ich daheim war, in der dunklen, stummen Wohnung im grauen Hochhaus am Meer, fühlte ich mich beklommen, eingeengt. Das Haus war zu leise, selbst wenn starker Wind vom Meer kam, war innen nichts zu hören, es wackelte nicht, ließ sich nicht in seinen Grundfesten erschüttern. Das Haus kam mir unnatürlich vor und dann auch wieder so passend. Mir schien, es gäbe kaum einen anderen Ort, der mich im Moment besser hätte umfangen können. Es war, als wäre dieses Betonungetüm ein Monument, das einzig zu dem Zweck errichtet worden war, mich an meine Unfähigkeit zu erinnern, an meine verdorbenen Träume. Ein Denkmal, das mich mahnte, mich niemals zu sicher zu fühlen.

Mein Herz wurde mir leichter, immer dann, wenn ich

einen Grund hatte, die kalte Wohnung zu verlassen. Die sprichwörtlichen Ringe um das Organ zersprangen, wenn ich losging, um den Einkauf zu erledigen, wenn ich an das Meer floh oder wenn ich mich aufmachte, die Arbeit zu erledigen.

Uwe und ich saßen zu zweit in der Leitzentrale:

»Das ist doch nur eine Scheiße, eine durchkommerzialisierte Scheiße, dieser ganze Scheiß mit Weihnachten«, rief Uwe wütend.

Er trank wie immer seinen Tee und ich hatte vorgeschlagen, den kleinen Fernseher, der hier rumstand, für diesen Abend in den Aufenthaltsraum zu stellen. Es liefen einige Weihnachtsfilme, die mich an früher erinnerten und von denen ich annahm, dass auch einige der Klienten positive Erinnerungen mit ihnen verbanden. Diese Filme gaben mir ein Gefühl von Geborgenheit, von leichten, schönen Erinnerungen an meine Kindheit. Zwar haben wir zu Hause nie Weihnachten gefeiert, aber meine Mutter hatte an den Feiertagen frei und wir haben uns dann immer Chinesisch bestellt und uns zusammen vor die Glotze gehauen, um all diese amerikanischen Filme über Santa Claus und seine Rentiere anzuschauen. Es war schön, diese Tradition mit meiner Mutter zu haben, die so selten frei bekam. Mos Familie feierte zwar Weihnachten, aber am ersten Feiertag durfte er mittags immer zu mir runterkommen und dann hingen wir gemeinsam auf der Couch rum, zockten Nintendospiele und aßen das Kleingebäck, das meine Mutter von der Bäckerei mitgebracht hatte. Mo erzählte mir von seinen Geschenken und ich hörte neidisch zu.

»Schon«, sagte ich, »aber ist doch völlig egal, es ist ja

trotzdem schön, zusammen Filme anzuschauen.«

»Ja ja«, sagte Uwe ungeduldig. »Filme schauen, Selbst-findungskreis, therapeutisches Ostereierbemalen – das ist ja alles schön und gut, aber warum kommst du denn dann jetzt plötzlich damit an? Ausgerechnet jetzt, in dieser scheiß be-sinnlichen Vorweihnachtszeit? Du bist kein Stück besser als sie, Svenja, du hast dir doch auch das Gehirn von den Kom-merzmaschinen herausnehmen lassen. Die wollen uns gleichschalten. Die regieren die Welt und die mögen es nicht, wenn die Leute eigenständig denken. Deswegen haben sie dir dein Hirn geklaut, Svenja. Einmal haben sie es durch den Fleischwolf gedreht und jetzt denkst du in Herzchen und Sternchen und blinkenden Lichtern, das ist doch beschissen, was hast du denn mit einem bärtigen, fetten alten Sack in sei-nem roten Bademantel zu schaffen oder mit dem sogenann-ten heiligen Jesuskind? Sie erzählen dir was von froher Botschaft, dabei möchten sie nur alles Menschliche unter-werfen.«

Ich hatte Uwe noch nie so missmutig und aufgebracht er-lebt. Keine Ahnung, was ihn so aufregte, er war schon den ganzen Abend durch den Wind und mein Vorschlag brachte ihn jetzt vollends zum austicken.

»Ist doch alles gut, beruhig dich mal«, sagte ich. »Wir müssen ja auch keine Filme schauen, wir können ja auch einfach hier sitzen und reden und Tee trinken oder so.«

»Wenn ich nicht aufpasse, dann streust du mir Nelken in den Tee oder so eine Scheiße, ich kenn euch doch, euch und eure miesen Tricks. Wie ihr versucht, uns alle zu willfährigen Jüngern des Weihnachtsmannes zu machen. Mit Kerzen-schein und Puderzucker, den ihr wie so beschissenen Schnee über euer beschissenes Gebäck streut, und dann seid ihr alle ja ach so besinnlich und haltet euch an den Händen und singt irgendwas vom auferstandenen Herrn, dabei is' dein feiner Herr Jesus tot, mausetot, und Gott auch, falls du es genau wissen willst. Das war er jedenfalls mal, das wusste schon Nietzsche, aber jetzt vergessen es die Leute, weil sie zu sehr von dem Weihnachtsgedudel eingenebelt werden, und Gott lacht sich ins Fäustchen.«

Ich merkte, dass auch ich langsam ungeduldig wurde. »Fuck off Jesus«, sagte ich. »Mir ist Weihnachten scheißegal. Und nur, damit du es weißt: Ich glaube auch nicht an den Weihnachtsmann und auch nicht an Weihnachten und vor allem schon mal nicht an deinen scheiß Jesus.« Ich hatte irgendwie das Gefühl, ich müsse mich rechtfertigen. »Außerdem: Zu Hause haben wir Weihnachten nie gefeiert. Ich dachte nur, dass ein paar von den Älteren hier sich vielleicht über die Filme freuen würden, was weiß denn ich. So aus sentimentalen Gründen, aber das checkst du halt nicht und jetzt bin ich wieder der Arsch. Wie konnte ich nur vorschlagen, Filme anzuschauen? Schon okay, ich habe verstanden, ich bin eine blöde Idiotin. Aber weißt du was, du bist ein saublöder Typ, der denkt, er wäre so viel besser als der beschissene Rest.«

Uwe schwieg eine Weile, schaute mich beleidigt an. Wir beide zündeten uns Zigaretten an, rauchten ein paar stumme Züge, um runterzukommen.

»An Weihnachten habe ich die Eine zum letzten Mal gesehen«, sagte Uwe dann irgendwann. Er sprach etwas leiser, aber noch laut genug, dass ich die Verbitterung in seiner Stimme gut hören konnte. »Das ist jetzt auch schon fast zwei Jahre her.«

Die Eine. Das war also der Grund für Uwes miese Laune.

Ich überlegte gerade, was ich sagen könnte, um ihn zu beruhigen, vielleicht auch zu trösten, da hörten wir einen Schrei aus dem Aufenthaltsraum. Dann ein Geräusch, als wäre etwas Großes, Schweres umgefallen. Noch mal ein Schrei. Gebrüll. Genuschel. Ich sprang auf und rannte hinüber. Uwe blieb allein zurück.

Zuerst sah im Aufenthaltsraum alles so aus, wie es immer aussah. Nur, für die Uhrzeit war der Raum ungewöhnlich leer. Achim stand ganz allein darin; normalerweise versammelten sich die meisten Klienten abends hier. Dann sah ich, dass die große Pumpkanne für den Tee und für den Glühwein nicht mehr auf der Theke stand. Als mein Blick sich, Achims Augen folgend, auf den Boden richtete, sah ich sie dort liegen; mit geöffnetem Deckel. Der gelbliche Tee lief in einem kleinen Rinnsal heraus. Die Flüssigkeit vermischte sich mit dem Blut, das aus dem Hinterkopf des großen, hageren Mannes kam, der neben der Kanne ebenfalls auf dem Boden lag, seine Arme weit von sich gestreckt. Er hatte die Augen aufgerissen und starrte Achim an. Ich kannte ihn nicht.

Das alles registrierte ich in wenigen Augenblicken. Der Moment wirkte auf mich fast wie ein Standbild: Achim mit wutverzerrtem Gesicht, der große Hagere am Boden und der Tee, wegen dem das Blut wässrig aussah.

Dann ging alles sehr schnell. Achim brüllte noch einmal, rief mit seiner undeutlichen Stimme: »Ich mach dich alle, du Hurenbock, scheißdreckiger Alter«, und stürzte sich auf den am Boden Liegenden. Der versuchte sich wegzudrehen, aber seine Schulter muss ihm wehgetan haben oder sowas, oder vielleicht klemmte er irgendwo, ich weiß nicht. Er schaffte es einfach nicht, die Bewegung auszuführen.

Ich ging schnell einen großen Schritt vorwärts, versuchte, energisch und bestimmt auszusehen, rief: »Achim!«, und wusste in Wahrheit nicht, wie ich reagieren sollte.

Mo wäre ruhig geblieben, das war klar, aber ich war hysterisch. Achim war in diesem Moment nicht der, den ich kannte. War nicht der, mit dem ich in den vergangenen Wochen gemeinsam geschäkert und geschimpft hatte, er war nur Schaum vor dem Mund und Rage. Würdigte mich keines Blickes, sondern haute dem anderen mit vollem Karacho eine mitten ins Gesicht. Ich wunderte mich über das Geräusch, das entstand, als seine Faust den Kopf des am Boden liegenden Mannes traf. Ich hätte mit einem Krachen gerechnet oder mit einem Klatschen, aber das Geräusch, das tatsächlich entstand, war viel dumpfer, eigentlich fast nichtssagend; das war überraschend und enttäuschte mich beinahe ein wenig.

Ich konnte nicht klar denken, dachte nur: Marc hat mich ja gewarnt. Er hatte mir ja prophezeit, dass es zu dieser Situation kommen könne und dass es wahrscheinlich auch zu dieser Situation kommen wird. Er hatte mir gesagt, dass es ab und an Unmut zwischen den Klienten gab und dass sie ihre Streitereien nicht immer gewaltfrei klärten. Ich kannte diese Mischung aus Alkohol und Schlägerei, kannte das Prinzip, das dahinter stand, kannte selbst die kleinen, dicken Spucketropfen, die aus Achims Mund geschleudert wurden, als er aufgeregt schrie. Es war genau wie bei den Prügeleien früher vor dem Edeka, und dann war es auch wieder ganz anders. Denn diesmal kannte ich einen der Beteiligten, wusste einiges über seine Vergangenheit, hatte schon mit ihm gescherzt. Er war ein Mensch für mich, so wie ich immer gedacht hatte, dass auch die Edeka-Säufer Menschen für Mo gewesen sein mussten.

Der Mann, der am Boden lag, stöhnte lang und laut, dann wimmerte er nur noch. Ich hatte das Gefühl, dass er simulierte, wahrscheinlich übertrieb er, und gleichzeitig packte mich ein stechendes schlechtes Gewissen, denn ich sah doch, wie das Blut aus seinem Kopf floss. Mein Mund war trocken und ich hatte schon wieder Lust auf eine Zigarette.

Es war ein milder Frühling und ich war gerade dreizehn geworden, als ich beschloss, dass ich mit dem Rauchen beginnen wollte. Mo hatte auch Lust, und weil wir keine Aussicht darauf hatten, legal an Rauchwaren zu kommen, klauten wir Kippen aus dem Vorrat von Mos Mutter. Wir haben uns auf die Brücke gesetzt und ich weiß noch genau, als Mo die erste Zigarette anzündete und ich schon befürchtete, er würde mir keine geben, und dann gab er mir die, die schon brannte. Steckte sie vorsichtig zwischen meine Lippen und sich selbst auch eine an und dann rauchten wir bedächtig die erste Zigarette unseres Lebens, und ein Flugzeug flog tief über uns vorbei. Ein leichter Wind erfasste die Asche und nahm sie mit auf eine Reise, die ihr Ende wahrscheinlich in einem der rostigen, längst der Altersschwäche erlegenen Güterzüge fand. Die Schule, die Überheblichkeiten der anderen, die schlechten Noten, der Stress zu Haus, die einschränkenden Reglementierungen unserer Eltern und die Sorgen um das Geld: Wir waren über alledem. Über uns war nur der weiße Himmel, in den wir fielen. Abertausend Schwalben, die schrien, die kreischten, die uns umzingelten und uns nichts antaten, in all unserer Unschuld. Nach der ersten Zigarette rauchten wir noch eine und noch eine, bis die Packung irgendwann leer war und Mo kotzen musste. Ich hielt ihm die Haare, die inzwischen recht lang waren, aus dem Gesicht, und er übergab sich auf die Eisenbahnschienen. Ich wäre gerne Mos ungleicher Bruder gewesen, hätte ihn mir als meine artfremde Schwester gewünscht. Als Schwester, als Freund, als Geliebte. Wir hätten Liebende sein können vor der Kulisse einer untergehenden Welt, doch in Wahrheit waren wir nur Teenager, die zu viel Nikotin im Blut hatten und in ihrer jugendlichen Überheblichkeit dachten, sie würden alles Leid der Erde tatsächlich schon kennen.

»Achim!«, schrie ich noch einmal, meine Stimme knickte ein. Ich klang nicht nach mir, tatsächlich klang ich nach gar niemandem, den ich kannte, und ich wunderte mich darüber. Wie konnte es sein, dass die Stimme, die aus meinem Mund kam, mir derart fremd klang? Andererseits: Wie konnte es sein, dass Achim, der liebe alte Achim, eine solche Brutalität an den Tag legte?

Er drehte sich zu mir, vielmehr: Mit seinen Beinen blieb er genau in derselben Position stehen – zu seinem Gegner gewandt – aber hüftaufwärts drehte er seinen Oberkörper zu mir, so als wäre er eine Barbiepuppe, deren Muskeln nicht zusammenspielten. Ich trat auf ihn zu und wurde ungewöhnlich heftig von seiner Fahne überrascht. Alle seine Zellen dünsteten den Branntwein aus, ein wabernder Nebel aus Ethanol umgab ihn, als wäre er darin eingewickelt worden. »Svenja«, schnaubte er und wieder verteilte er kleine Spuckeflocken über den gesamten Raum. »Svenja, meine Teure, ich habe nicht gemerkt, dass du uns die Ehre erweist.«

Er nuschelte undeutlich, es war schwierig, ihn überhaupt zu verstehen, aber ich interpretierte die Worte, die er schwerfällig aus seinem Mund presste und über und über mit seinem Speichel versah, eher positiv. Ich hoffte, dass ich ihn aus seiner Rage gerissen hätte mit meinem Einschreiten. Aber er nuschelte weiter: »Gut, dass du jetzt da bist, Svenja. Das ist. Das ist gut, weißt du? Dann kannst du gleich mal sehen, wie ich diesem Schnösel hier die Birne poliere. Ich gebe ihm eins auf die Rübe, Svenja, eins auf die Rübe geb' ich ihm. Schau zu! Dann kannst' mal sehen, dass diese alten Knochen noch nicht so klapprig sind, wie du denkst. Ich bin noch Manns genug, dem Hurenbock da eine zu verpassen, min Deern. Der alte Achim is' doch nicht von gestern, nee nee, du.«

Es kostete ihn augenscheinlich recht viel Kraft, zu sprechen, er war betrunken und müde, seine Augen klappten immer wieder zu. Insgeheim hoffte ich, dass er einfach zusammensackte oder einschlief, bevor er sich wieder auf den anderen stürzte. Andererseits hatte ich gesehen, mit welcher Wucht er den ersten Schlag gesetzt hatte, und auch wenn mir Leib und Leben nicht lieb und nicht teuer waren, war mein Körper starr und ließ sich nicht dazu bewegen, sich vor Achim zu werfen. Stattdessen formte mein Mund Worte, ohne dass ich darüber nachgedacht hätte. Ich sprach mit dieser Stimme, die mir fremd war; sprach mit einem Fremden: »Achim, was hat der Wichser denn gemacht? Welchen Grund hast du, ihn zu verkloppen? Er ist ein Arschloch, das sehe ich. Wenn du willst, dann schmeiße ich ihn raus, dann kommt der Wichser in die Gosse zurück. Aber Achim, ihn zu verkloppen, das ist es doch nicht Wert. Scheiß doch drauf, steh drüber, dann musst du seine hässliche Visage nicht mehr anfassen.«

Während ich so vor mich hinplapperte, verstand ich, dass auch Mo wahrscheinlich niemals furchtlos gewesen war. Dass die Ruhe, die er nach außen zeigte, in Wahrheit wahrscheinlich nur ein Resultat seiner Angst gewesen war.

Warum, fragte ich mich, warum Mo, warum bist du dann trotzdem immer wieder dazwischengegangen? Warum hast du trotz der Angst, die du ganz bestimmt gefühlt hast, die du gefühlt haben musst, immer wieder den Schlichter gespielt? Achim sah mich erstaunt an. Sein Gesichtsausdruck glich für einen Moment dem eines Käuzchens, dessen Nest gerade von einem Räuber geplündert wurde, kurz bevor es das Ausmaß der Katastrophe begreift. Dann setzte er wieder zum Sprechen an und ich merkte, dass er seine Worte langsam und mit Bedacht wählte: »Ich wusste, du verstehst mich, Svenja, min Deern. Gut, dass du mich verstehst. Du siehst ja, was für ein Arschloch das hier ist. Er is''n alter Hurenbock, ein Säufer isser und ein Dummschwätzer. Aber was soll der alte Achim denn tun? Du hast recht, es is' die Mühe nicht wert, ihn zu hauen, was soll das? Der hat meine Schläge nicht verdient, das Arschloch.«

Und nachdem er so viel gesprochen hatte, so viele Worte mit einem Mund geformt hatte, der sich eigentlich weigerte, zu sprechen, drehte er sich plötzlich einfach um und schlurfte aus dem Aufenthaltsraum hinaus. Ich fühlte mich viel zu überfordert, als dass ich hätte Erleichterung spüren können oder Freude über den Triumph. Stattdessen ging ich nun zu dem Verletzten, der in der Zwischenzeit aufgehört hatte, zu jammern. »Geht es Ihnen gut?«, fragte ich ihn.

»Sie sind ein Engel«, brachte er mühsam zwischen seinen Zähnen hervor.

Nachdem ich mich vergewissert hatte, dass er keine schwereren Verletzungen davongetragen hatte, rief ich einen Notarzt und die Bullen und stellte die Pumpkanne wieder auf ihren alten Platz. Als der Streifenwagen eingetroffen war, erkundigte sich die erstaunlicherweise irgendwie freundliche

Polizistin, ob es Augenzeugen während des Vorfalls gegeben hätte. Ich verneinte. Der Mann, der insgesamt doch recht übel von Achim zugerichtet worden war, erstatte Anzeige gegen Unbekannt. »Wahrscheinlich so'ne Knirpse, die was gegen Penner haben«, berichtete er der Polizistin und zwinkerte mir zu, was angesichts seines geschwollenen Gesichts recht grotesk wirkte.

9

Das Meer konnte sich nicht beruhigen. Es beruhigte sich nie.

Ich lief vorbei an den aufgewühlten Wellen, lief über den durchnässten Sand, der hart war wie Stein. Der Wind wehte meine dünnen Haare immer wieder in mein Gesicht, in meine Augen, in meinen Mund, und es war kaum die Mühe wert, sie fortzustreichen, da sie im nächsten Augenblick gleich wieder an dieselben Stellen geweht wurden. Die Gischt spritzte mich an und der Himmel zog sich zu. Es war Weihnachten, Heiligabend, und Marc hatte mir freigeben wollen. Ich hatte ihm erklärt, dass ich mit Weihnachten genauso wenig am Hut hatte wie er womöglich mit dem chinesischen Neujahrsfest, und da hatte er gelacht.

Die ökumenische Gemeinde im Ort veranstaltete an diesem Abend ein großes öffentliches Essen für Arme, bei dem es, so hatte mir Abu verraten, *wirklich* leckeren Kartoffelsalat geben sollte, mit Würsten und Soße und allem, und die Menschen, die dort zum Essen hingingen, bekamen überdies ein kleines Säckchen mit Zeug drin. Ein Apfel, eine Mandarine, ein paar Walnüsse und ein billiger Schokoladen-Nikolaus, der aus dieser grauen Schokolade bestand, die nach Beton aussah und schmeckte, eingepackt in rissiger Folie. Das einzig Nützliche in dem Säckchen – und das war neben dem Kartoffelsalat auch der Grund, weswegen alle da hingingen, denke ich – war ein kleines Päckchen starker Tabak und ein Plastik-Einwegfeuerzeug. Vor dem Essen mussten alle gemeinsam beten, danach wurden Weihnachtslieder gesungen und die Tische waren mit grauen Tannenzweigen geschmückt, die wahrscheinlich irgendein Gemeindemitglied aus dem eigenen Garten entwendet hatte. Diese ganze Veranstaltung war so ein richtiges Fest, vor allem für all die alten Christensäcke, die sonst den ganzen Abend alleine zu Hause verbringen würden, sich aber nun fröhlich einen auf ihre gute Tat runterholen konnten.

Jedenfalls war das auch so eine Art Pflichtveranstaltung für die Klienten, keine Ahnung. Die gingen da zwar freiwillig hin, niemand zwang sie, insofern ist Pflichtveranstaltung wahrscheinlich das falsche Wort, aber alle Klienten gingen da hin, das war sowieso klar, egal ob sie christlich waren oder nicht, auch die Muslime und die Hindus gingen, und weil sowieso niemand im Männerwohnheim sein würde, begann meine Schicht an diesem Abend erst später.

Der Strand war menschenleer, all die Spaziergänger, die sich sonst auch in der kalten Jahreszeit ans Wasser verirrten, saßen daheim und stopften sich mit gebratenen Tierteilen voll, bis ihnen die Bäuche platzten. Ich hatte das Meer für mich, das Meer hatte mich und es hatte mich ganz und gar. Die Luft war eisig kalt; mein Atem hätte kleine Wölkchen vor meinem Gesicht gebildet, wenn es nicht so windig gewesen wäre. Weiße Schaumkronen, die nach Giftmüllabsonderungen aussahen, hüpften auf den Wellen umher. Das Wasser war grau wie die Luft.

Ich hatte einen kurzen Rock, einen langen Mantel und warme Strumpfhosen angezogen, bevor ich mich auf den Weg gemacht hatte. Vereinzelt fielen dicke Ascheflocken vom Himmel herab; meine Hände vergrub ich in den Manteltaschen. Ich war besorgt, ich könnte versehentlich über eine Tretmine stolpern, die bei einem der Weltkriege vergessen worden war. Die Geister all der ertrunkenen Flüchtenden, der unschuldig Hingerichteten und der erfrorenen Heimatlosen versammelten sich mit mir am Strand. Liefen in einer schweigenden Prozession am Wasser entlang, um ihrer schlimmen Schicksale zu gemahnen, und ich stellte mir – wie könnte es an diesem Heiligen Abend anders sein? – den Gekreuzigten selbst als ihren Anführer vor.

Irgendwo hinter mir explodierte eine Bombe, ich allerdings blieb unversehrt. Stücke einer zerfetzten Möwe wurden an mir vorbeigeschleudert, ein Vogelfuß verfing sich in meinem Haar, das durch den Wind wirr durcheinander geraten war. Vogelnesthaare für tote Vögel. Ich klaubte die Kralle und einige Federn aus meiner Frisur, bevor ich sie wieder glatt zu streichen versuchte.

Der Ascheregen wurde dichter. Schon bald gab es kaum ein Durchkommen mehr. Hinter einem liegengebliebenen Liegestuhl suchte ich mich in Deckung zu bringen und wurde kurz von der irrationalen Angst gepackt, eine Mauer aus Teer würde mir den Weg versperren, sobald ich mich wieder aufrichtete.

Mir war eigentlich nicht nach Rauchen, doch ich zündete mir trotzdem eine Zigarette an. Der Wind weigerte sich nicht, als ich mein Feuerzeug entzündete. Portrait einer Raucherin im Ascheregen. Ich, am Jahresende, am Ende der Welt. Fehlt nur noch, dass jemand virtuos auf einer Geige Weltuntergangsmusik spielt, dachte ich.

Aber auch nach einigen Sekunden, die ich wartend ausharrte, keine Geigentöne und keine andere Musik. Die Stille fuhr mir in die Knochen, sie überwältigte mich so sehr, dass ich es nicht mehr aushielt, mich hinter dem Liegestuhl zu verstecken. Mich mühevoll durch die Ascheberge kämpfend, die am Boden zu Eis erstarrten, setzte ich meinen Weg fort. Eine gefrorene Ascheflocke traf meine Zigarette und brach sie in der Mitte entzwei. Portrait einer Raucherin ohne Zigarette. Ich, am Jahresende, am Ende der Welt.

Was für ein merkwürdiger Tag, dachte ich, als ich endlich den Deichübergang erreichte. Das war kein Wetter für einen Ausflug ans Meer. Sobald ein Durchkommen möglich wäre, würde ich einfach früher zur Arbeit gehen und auf die Heimkehr der Kartoffelsalat-Esser warten und Schnaps dabei trinken. Wegen des Winters und des Wetters strengte es mich an, die Treppen zum Deichrand hinaufzusteigen und ich atmete schwer, als ich endlich den großen Parkplatz sah, der sich hinter dem Deich erstreckte. Normalerweise standen dort unzählige Autos aus den umliegenden Orten, denn am Rande des Parkplatzes lag der große Supermarkt; der Tempel der all die begehrten Objekte hortete, das Paradies der Niedrigpreise.

Heute standen keine Autos dort, das emsige Surren und Summen im Einkaufscenter war verstummt und innen brannte nur eine kleine Notbeleuchtung. Ich lief quer über den Parkplatz, stolperte auch hier über die gefrorenen Aschehaufen, die den Boden bedeckten, bis ich den überdachten Eingang des Discounters erreichte.

In den großen Glasfensterscheiben, hinter denen sich auf Paletten Schoko-Weihnachtsmänner stapelten, konnte ich mein Spiegelbild sehen, ein wenig verzerrt, ein wenig durchscheinend, und ich versuchte, meine Haare irgendwie in Ordnung zu bringen. Auf eine merkwürdige Weise gefiel ich mir. Mein Outfit gefiel mir, und auch die Art, auf die meine dunklen Haare nach dem Sturm nicht mehr zu retten waren. Meine knochigen Beine gefielen mir und die dünnen Handgelenke, die ich vielleicht mit Armreifen geschmückt hätte, wenn mir mein Aussehen und Auftreten wichtig gewesen wären.

Mir gefiel auch mein achtlos aufgetragenes Make-up, das durch den Sturm ein wenig verlaufen war, und sogar meine Augenringe passten ins Bild. Vielleicht würde ich wie ein Junge aussehen, wäre ich ungeschminkt, oder vielleicht sah ich gerade auch aus wie ein geschminkter Junge. Während ich unter der Überdachung darauf wartete, dass der Ascheregen sich lichtete, zündete ich mir nochmal eine Zigarette an.

In genau so einem Discounter hatten Mo und ich damals das Klauen geübt. Ich denke, dass es damit begann, dass Mo gerne das Gitarre spielen lernen wollte. Das war, da bin ich mir recht sicher, kurz nachdem wir mit dem Rauchen begonnen hatten. In jedem Fall im selben Sommer noch. Wir verbrachten viele Tage auf der Brücke, aneinander gelehnt, in den weißen Himmel starrend. An anderen Tagen streunten wir durch die Schrebergartensiedlung, wo wir nach und nach merkten, dass unsere alten Kinderspiele nicht mehr denselben Reiz für uns hatten. Wir taten nicht mehr so als ob, wir wollten endlich sein. Endlich erwachsen, endlich unabhängig, endlich nicht mehr gebunden an die Reglementierungen all derer, die uns überall einzuengen versuchten. Wir gaben uns Mühe, so zu tun, als sei das Rauchen ganz normal für uns, versuchten diese Coolness vorzutäuschen, die in unseren Köpfen so essentiell war für das Erwachsensein. Wir begriffen damals noch nicht, dass es Gleichgültigkeit ist, ein Mangel an Gefühlen, weswegen die Erwachsenen so cool und unbeteiligt wirkten, wenn sie Dinge taten wie rauchen. Natürlich begannen wir nicht erst jetzt, uns für Jungs zu interessieren, aber erst jetzt begannen wir, offen darüber zu reden. Sex war ein Wort, das wir ohne zu erröten nicht aussprechen konnten, denn es beschrieb für uns Ungeheuerliches, dessen Dimensionen uns viel gigantischer erschienen, als sie es schlussendlich waren.

Mo war ein bisschen verknallt in diesen älteren Jungen. Max hieß er und er besuchte schon die Oberstufe unserer Schule. Damals sprach Mo mir gegenüber zum ersten Mal offen aus, dass er Jungs mochte, und ich musste mich erst einmal daran gewöhnen. Aber ich merkte recht schnell, dass Mo trotzdem noch immer Mo war, dass sich daran nichts geändert hatte, auch wenn er eine Schwuchtel war, eine Tunte, wie die Jungs aus unserer Klasse alle Kerle nannten, die sie verdächtigten, nicht so richtig männlich oder – schlimmer noch! – schwul zu sein. Mo geriet übrigens nie in diesen Verdacht, was wahrscheinlich auch wieder an diesem Respekt lag, der ihm aus irgendwelchen Gründen entgegengebracht wurde.

Max jedenfalls spielte Gitarre. Ich glaube, dass er gar nicht so gut gespielt hat, aber er saß in diesem Sommer nach der Schule oft auf den Tischtennisplatten auf dem Schulhof, zusammen mit einigen Leuten aus seiner Klassenstufe und dann spielte er Zeug wie *Wonderwall* oder *Let it Be* und eigentlich denke ich, dass alle ihm nur deswegen zuhörten, weil er dazu sang und eine richtig schöne Stimme hatte. Jedenfalls fand Mo ihn unsagbar cool und wollte ihn beeindrucken oder so. Deswegen brauchte er auch eine Gitarre.

An einem der Samstage gingen wir also zusammen auf den

Flohmarkt in der Hoffnung, ein günstiges gebrauchtes Instrument zu finden. Tatsächlich hatten wir Glück; einer der Verkäufer hatte eine sehr schöne Gitarre im Angebot. fünfzig Euro wollte er dafür und wir konnten ihn auf vierzig Euro runterhandeln. Eigentlich war das kein schlechter Deal, denke ich, aber so viel Geld konnte Mo nicht auf einmal ausgeben und der Verkäufer sagte, er wolle das Instrument nicht reservieren.

»Wenn ich dir doch fünfzig dafür gebe, reservierst du mir die Gitarre dann?«, fragte Mo.

Der Verkäufer wiegte seinen Kopf hin und her und kaute irgendwie auf aufdringliche Weise auf seinem Kaugummi herum. Ich weiß noch, dass es warm war, auf dem Flohmarkt, warm und hell.

»Junge, gib mir jetzt, was du schon hast und bring in zwei Wochen den Rest und eine Flasche guten Rum, dann sind wir im Geschäft.«

»Zwei Wochen? Okay, das ist ein Deal, das kriege ich hin.« Mo schüttelte die Hand des Händlers und kramte dann einen Zwanziger aus seiner Hosentasche, den er feierlich übergab.

Als wir den Flohmarkt verließen, fragte ich Mo: »Guter Rum? Spinnst du? Wie sollen wir den denn bekommen? Außerdem kostet guter Rum doch ein halbes Vermögen.«

Aber Mo behauptete, dass ich mir da keinen Kopf machen müsste, er wüsste schon, was er täte, und dann erklärte er mir, dass wir jetzt alt genug seien, um die Dinge selbst und auf unsere Weise zu regeln.

»Man kann nicht ändern, wo man herkommt«, sagte er und bat mich, ihm beim Klauen zu helfen. Natürlich willigte ich ein.

10

Um das Klauen zu üben, gingen wir in den Aldi am Stadtrand, weil wir uns nicht im Edeka bei uns um die Ecke erwischen lassen wollten. Wir eigneten uns verschiedene Kniffe an, indem wir Schokoriegel und Bier in Plastikflaschen klauten. Wir sprachen mit ein paar der älteren Jugendlichen, die uns erklärten, woran wir tote Winkel und Ladendetektive erkannten, und als wir es ein paar Mal rein- und wieder rausgeschafft hatten, ohne erwischt zu werden, ließen wir sogar ein Päckchen Tabak mitgehen. Für den Rum mussten wir in einen anderen Laden gehen, denn wir hatten zwar keine wirkliche Vorstellung, was *guter* Rum sein mochte, aber uns war relativ klar, dass wir den nicht im Discounter finden würden.

Irgendwie machte mir das Klauen Spaß, ich hatte das Gefühl, dass ich auf diese Weise würde Verantwortung für mein Leben übernehmen können oder zumindest ein bisschen mehr Unabhängigkeit erlangen könne. Mo schien sich eher unwohl dabei zu fühlen, obwohl das mit dem Ladendiebstahl ja von ihm gekommen war. Jedenfalls konnte ich ihn davon überzeugen, dass ich diejenige sein würde, die in den Edeka ging, um den Schnaps zu besorgen. Es freute mich, dass ich auf diese Weise etwas für Mo tun konnte, etwas Gewichtiges und Großes sogar, und wenn ich ehrlich bin, freute es mich auch, dass ich Mo in dieser Sache etwas voraus hatte.

Nachdem wir ein paar Tage zuvor möglichst unauffällig versucht hatten, die toten Winkel im Edeka auszuspionieren, ging ich also in den Laden, stellte mich vor das Schnapsregal und nahm eine Flasche von dem teuren Rum. So zu wirken, als wäre das, was man tut ganz selbstverständlich – das war das Wichtigste. Also lief ich zu einer älteren Dame, die einer Kinderbuch-Oma mit ihren kleinen grauen Löckchen und ihren runden roten Bäckchen aufs Erstaunlichste glich, und fragte sie, ob das der Rum sei, der sich zum Backen eigne. »Meine Mutter möchte eine Torte backen, sie hat mich gebeten, noch Rum zu besorgen«, log ich der Frau frech ins Gesicht.

Die Oma erklärte mir freundlich, bei den Backzutaten gäbe es Rum in kleineren Flaschen, da sollte ich mal schauen, dort gäbe es auch Rum-Aroma ohne Alkohol, dann könne auch ich von der Torte der lieben Frau Mama naschen.

Ich bedankte mich so höflich, wie ich konnte, und versuchte den Eindruck zu erwecken, ich würde bloß aus purer Gedankenlosigkeit den Rum in der Hand behalten. Gab mir auch Mühe, es so aussehen zu lassen, als schlendere ich etwas planlos durch den Laden, auf der Suche nach dem Regal für Backzutaten. Kurz bevor ich einen der toten Winkel erreicht hatte, lieferte ich dann mein schauspielerisches Meisterwerk ab, indem ich ganz offensichtlich plötzlich der nutzlosen Flasche in meiner Hand gewahr wurde. Mein Plan war, sobald ich nicht mehr von den Kameras gefilmt würde, die Flasche in die Bauchtasche meines Pullis zu stecken, über dem ich einen weiten Mantel trug. Auf den Kameras würde es aussehen, so hoffte ich, als hätte ich die Flasche irgendwo im Regal abgestellt.

Tatsächlich funktionierte das sehr gut. Dadurch, dass mein Mantel so weit war, war die Auswölbung der Flasche von außen nicht zu sehen. Darüber, wie es wohl wirkte, dass ich im Hochsommer einen Mantel über einem Pulli trug, machte ich mir vorerst lieber keine Gedanken. Meiner Rolle treu folgend schlenderte ich nach dem geglückten Manöver zum Regal mit den Backwaren und suchte nach Rum-Aroma, für den Fall, dass mir die ältere Dame ein weiteres Mal begegnete. Statt der älteren Dame stand aber auf einmal eine strenge Frau mittleren Alters neben mir. Sie trug ihre dunkelblonden Haare zu einem Dutt gedreht und der Einkaufswagen, den sie mit sich herumschob, war leer.

»Wo ist die Flasche?«, zischte sie.

»Welche Flasche? Was meinen Sie?«, stotterte ich, nervös und besorgt.

»Der Rum, du musst mich nicht für blöd verkaufen, ich hab gesehen, wie du hier herumgeschlichen bist.«

Mir ging auf, dass das wohl eine Ladendetektivin war. Auf gut Glück sagte ich: »Das war der Falsche, ich hab mich informiert, zum Backen braucht man nur so etwas hier.« Ich hob ein Päckchen mit Vanillezucker hoch.

»Wie gesagt, du musst mich nicht für blöd verkaufen. Meinst du, ich kenne solche wie dich nicht?« Sie wedelte mit ihrer Hand. »Zeig mal, was du in deinen Taschen hast.«

Meine Manteltaschen waren groß, ohne Frage, aber die Flasche mit dem Rum hätte ich darin nicht so leicht verstecken können. Ich kramte ein paar Bonbonpapiere heraus, einige Fussel, ein Zopfgummi und ein Feuerzeug. Stülpte beide Taschen nach außen, damit sie sah, dass nichts sonst darin war.

»Hast die Flasche wohl irgendwo im Regal abgestellt, als

du mich gesehen hast? Du hast wohl Angst gekriegt, was?«

Sie suchte hastig die Regale ab, riss dabei einige Kartons mit Backmischung zu Boden und schaute grimmig.

Ich nutzte die Zeit, um in meine Rolle zurückzufinden: »Entschuldigen Sie, so können sie doch keine Kundin behandeln«, rief ich so empört, wie ich nur konnte. »Ich wollte hier doch nur Backzutaten für meine Mutter kaufen, was glauben sie, was die denkt, wenn ich ihr das erzähle?«

Die Frau schaute mich böse an. »Werd' mal ja nicht frech, Kleine. Ich würde dir jetzt lieber raten, dass du ganz schnell aus dem Laden verschwindest, wenn du nicht willst, dass ich die Polizei hole.«

»Darf ich dann wenigstens noch das einkaufen, was ich wollte?«, fragte ich; wahrscheinlich etwas zu kleinlaut.

»Verschwinde. Raus hier«, knurrte die Frau leise und bedrohlich.

Ich drehte mich um, hatte den Vanillezucker immer noch in der Hand und diesmal merkte ich es tatsächlich erst kurz vor der Kasse. Ich ließ ihn fallen, quetschte mich an der Schlange der Einkaufenden vorbei und dann war ich draußen.

Als Mo und ich am Samstag darauf zum Flohmarkt gingen, um den Rum gegen die Gitarre einzutauschen, grinste uns der Gitarren-Verkäufer schon an, als wir ihm entgegenliefen. Das Instrument war nicht zu sehen, ich dachte, dass der Händler sie wahrscheinlich hinten in seinem Auto gelagert hätte, da sie ja für Mo reserviert war. Mo hielt ihm die Flasche hin: »Ich hab auch die restliche Kohle dabei«, sagte er.

»Welche restliche Kohle?«, sagte der Verkäufer.

»Für die Gitarre, du weißt schon«, sagte Mo. »Hier ist auch der Rum, siehst du.«

»Von welcher Gitarre redest du?«, sagte der Verkäufer und das Grinsen in seinem Gesicht war hässlich.

»Die Gitarre, die du … Ich meine, vor zwei Wochen war sie noch hier. Du wolltest sie mir für fünfzig Euro verkaufen und du hast gesagt, du reservierst, wenn ich 'ne Flasche Rum oben drauf lege«, sagte Mo. Er war verunsichert und das kannte ich kaum von ihm.

»Ach, du meinst meine alte Gitarre, die ich letztens hier dabei hatte. Junge, die habe ich verkauft, ich reserviere grundsätzlich nicht.«

Ich schaute ihn böse an und war mutig genug, mich einzumischen: »Dann gib ihm wenigstens seine zwanzig Euro wieder, du Arsch.«

»Pass bloß auf dein loses Mundwerk auf, du freches Gör«, sagte der Verkäufer und entblößte dabei seine gelben Zähne. »Von was für zwanzig Euro redest du da denn überhaupt? Gar nichts gebe ich euch, ich kenne euch doch gar nicht.« Den letzten Satz sagte er laut und damit drehte er sich demonstrativ weg von uns. Mo standen die Tränen in den Augen.

Ich schlug vor, nach einer anderen Gitarre Ausschau zu halten, aber die zwanzig Euro, die er an den Betrüger verloren hatte, lagen Mo schwer im Magen. »Wann anders«, sagte er nur. Gitarre spielen hat er nie gelernt.

Immerhin hatten wir den Rum, den wir ein wenig später mit Fanta gemischt tranken. Damit begannen dann auch die Alkoholexzesse unserer Jugend.

Der Mond hing falsch herum am Himmel an diesem Heiligen Abend am Meer. Immerhin waren die schwarzen Wolken so weit gewichen, dass ich den Mond wieder sehen konnte. Es war noch nicht spät, gerade einmal acht Uhr abends und die Weihnachtsfeier der Christen war wahrscheinlich noch im vollen Gange. Ich hätte ja auch hingehen können, immerhin war ich auch so einigermaßen bedürftig. Oder ich hätte mich als Helferin melden können. Hätte mit all meinen guten Verbindungen zu den Alten und Hoffnungslosen prahlen können, für die das Essen ausgerichtet wurde. Aber jetzt war es für beides zu spät und im Vorhinein hatte die Aussicht auf Würstchen und Kirchenlieder mich eher abgeschreckt.

Da es im Eingang des Discounters ziemlich kalt war und der starke Ascheregen nun aufgehört hatte, machte ich mich schon jetzt auf den Weg in das Männerwohnheim. Ich würde mir ein Heißgetränk bereiten, Schnaps dazu, den Fernseher einschalten und auf die Rückkehr der Klienten warten. Oder ich würde nachsehen, ob es noch Reste vom Glühwein gab, dann könnte ich den erhitzen und so den Heimkehrenden noch eine Freude machen. Beinahe wäre es dann wie ein Heiliger Abend im Familienkreise, stellte ich mir vor. Die satten Bäuche, die unnützen Geschenke und zum Schluss ein leichter Rausch. Vielleicht würden da bei den Klienten Erinnerungen an bessere Zeiten aufkommen. Fast war ich selbst gerührt von diesen Gedanken.

Es war nicht weit bis zum Wohnheim. Meinen Mantel eng um meinen Körper geschlungen, machte ich mich auf dem Weg. Es wunderte mich, wie leicht mir das Atmen an dieser kalten Luft fiel. Aus der Ferne hörte ich das Tosen des Meeres, das Sausen des Seewinds. Ich stellte mir vor, wie in der Wärme der kleinen Häuser, die hinter dem Parkplatz begannen, jetzt die zankenden Familien saßen, die sich wegen des Essens oder wegen des Baumschmucks ankeiften und sich allein wähnten in ihrem Unglück, unwissend, dass das Unglück ihrer Nachbarn dem ihren glich oder zumindest ähnelte. An das Betonhochhaus, in dem ich lebte, versuchte ich keinen Gedanken zu verschwenden, denn ich war mir sicher, dass auch der Tiger sich heute Abend sein Festmahl sichern wollte.

Wie richtig ich mit dieser Vermutung lag, wurde mir mit einem Mal klar, nachdem ich die große Türe zum Obdachlosenheim aufgeschlossen hatte. Bevor ich in die Leitzentrale ging, wollte ich mir auf der Toilette heißes Wasser aus dem Hahn über die Finger laufen lassen, bis sie dick würden durch all das hineinschießende Blut. Mir fiel die Stille im Haus auf. Sie war ungewöhnlich, fast unheimlich, aber ich versuchte mir das mit der Abwesenheit der Klienten zu erklären. In Wahrheit wog sie schwerer, die Stille. In der Toilette wurde sie unerträglich und – ich hatte eben erst das Licht eingeschaltet, wollte mich gerade in Richtung Waschbecken wenden – ich entdeckte schnell, woran das lag: Eine der Kabinentüren war einen Spalt nach außen geöffnet, darunter schauten Füße in sauberen, abgetragenen Turnschuhen hervor. Sie regten sich nicht.

Wahrscheinlich für einen Moment, vielleicht für eine Stunde stand ich da. Es war unmöglich, dass zu den Füßen ein Mensch gehörte, schließlich war niemand hier, alle waren ausgegangen. Wie sollte da an diesen Füßen ein Mensch hängen und wie könnte es sein, dass diese Füße derart ruhig dalagen? Doch dann durchfuhr mich die Bewegung mit einem Mal und ich stürzte zu der Kabine. Sie ließ sich leicht aufziehen, aus irgendeinem Grund hatte ich mit Widerstand gerechnet. Da erkannte ich, dass doch ein Mensch zu den Füßen gehörte. Uwe.

Er saß auf dem geschlossenen Toilettendeckel, seine Augen waren geschlossen, sein Kopf auf seine Schulter gesunken, sein Körper schlaff. Auf der ehemals sauberen, ausgebleichten Jeans hatte sich in seinem Schoß eine Blutlache gebildet; die Hose hatte sich auch an den Schenkeln schon vollgesogen und einzelne, dickflüssige Blutstropfen fielen auf den rissigen, verklebten Kachelboden.

Ich weiß nicht, ob es tatsächlich nach Eisen roch, aber ich erinnere das so; genauso der Uringeruch, das Taschenmesser in Uwes rechter Hand, die länglichen, rot klaffenden Schnitte an seinen Pulsadern.

11

Natürlich bin ich zu Mos Beerdigung gegangen, auch wenn es mir zuwider war. Mo war ebenfalls da, in meinem Kopf zumindest; so kurz nach seinem Tod konnte ich ihn noch nicht fortlassen (fortlassen werde ich ihn nie wirklich können, denke ich, aber ich habe zumindest schnell begriffen, dass es nicht möglich ist, ihn immer um mich zu haben).

Nach Mos Freitod wurde sein Vater krank und griesgrämig, seine Mutter bleich in ihrer Arbeitswut. Mos Schwester schrieb kleine Briefe an ihn, die sie überall in der Wohnung verteilte. Sie war dreizehn, als er sich umbrachte, und kurze Zeit später begann sie, sich exzessiv zu schminken und mit immer kürzeren Röcken immer länger wegzubleiben. Wahrscheinlich stürzte sie sich in wilde Sexabenteuer oder betrank sich abends mit den Älteren oder sowas, keine Ahnung wie Dreizehnjährige mit so einer Scheiße zurechtkommen, aber ich brachte es auch nicht fertig, mit ihr zu sprechen, sie zu trösten oder für sie da zu sein, weil ich fürchtete, ich könnte noch mehr an ihr zerstören.

Mo selbst juckte sein Tod kaum, schließlich hatte er ihn sich ja auch ausgesucht. »Ich glaube, wenn jemand sich bewusst für den Tod entschieden hat, dann ist es unfair, ihm nachzutrauern«, hatte Mo mir einmal gesagt. Er war ja nicht blöd, wenn er selbst den Tod als beste Option gewählt hatte, dann war es doch gut, dass er jetzt tot war. Seiner Logik nach zumindest, für ihn zumindest, was weiß ich.

»Aber vermissen darf ich dich doch?«, fragte ich den leeren Raum, während ich versuchte, mit meiner Übelkeit klarzukommen.

Bei der Beerdigung weinte der Mo in meinem Kopf nicht. Warum auch, es war schließlich der Tag, an dem er feiern konnte, dass er endlich seine Ruhe vor dieser verfickten Welt hatte. Der Tag, an dem er feiern konnte, uns alle im Stich gelassen zu haben.

Deer, der Junge mit dem Mo zusammen gewesen war, war auch gekommen, er weinte sehr und Mos Eltern standen da, ohne wirklich etwas wahrzunehmen. Seine Schwester kickte Erdklumpen über den Rasen, die Hände in den Taschen ihres kleinen Mantels. Meine Mutter war mitgekommen, hatte mich zuvor noch zu Deichmann geschickt, um mir Schuhe zu kaufen, die dem Anlass entsprachen: »In Turnschuhen gehst du mir nicht auf die Beerdigung.«

Der Boden war matschig, die neuen schwarzen Stöckelschuhe versanken in der Erde und meine Mutter wollte bei der Grabrede meine Hand nehmen. Ich ging einen Schritt zur Seite, sah zu Mo, und in seinem Gesicht nun auch Traurigkeit. Die Traurigkeit darüber, seine fröhlichen Eltern verloren zu haben und vielleicht auch Traurigkeit, weil er uns alle so sehr verletzt hatte.

» ... viel zu jung von uns gegangen ... beliebt bei seinen Mitschülern und bei all seinen Nachbarn ... umringt von einer liebenden Familie ... dieser unbegreifliche Verlust ...« Immer wieder wehten Fetzen der unsäglichen Trauerrede zu mir herüber und ich hätte gerne mit Mos kleiner Schwester und den Erdklumpen gespielt, konnte mich aber nicht von meinem Platz wegbewegen.

»Eine schöne Beerdigung«, sagte eine alte Nachbarin, eine Schmarotzerin, die nur gekommen war, um Kuchen beim Beerdigungskaffee abzustauben. Was konnte an einer Beerdigung schön sein? Der kalte Matsch, in dem meine Füße steckten, wie ein Fötus im Uterus? Der alte Pfarrer, der mit eingefallenen Wangen routinemäßig von Mos tollen Leistungen berichtete? Oder die Traurigkeit, die an Mos Eltern klebte, als sie sich bückten, um bröckelige Erde auf ihren toten Sohn zu werfen?

Mir war übel, ich wollte Mo in den Arm nehmen und an ihm rütteln und ihm sagen, dass er ein Idiot sei, ein verdammtes Arschloch, dass er egoistisch sei und dass es gemein von ihm war, dass ich jetzt und hier Schuldgefühle hatte, weil ich mich nicht über seinen Tod freuen konnte. Wäre es wirklich egoistisch von mir gewesen, wenn ich seinen Tod verhindert hätte, sofern ich eine Chance dazu gehabt hätte? Hätte diese Chance existiert, dann hätte ich sie genutzt, das wusste ich und ich spuckte drauf, wenn Mo meinte, sein Tod ginge nur ihn etwas an.

Ich sah zu dem falschen Mo, der nur in meinem Kopf existierte, und merkte, dass auch er mich ansah. Und in diesem Moment verflog meine Wut. Wir nickten uns zu, warteten darauf, dass es endlich anfangen würde zu regnen und verstanden nicht, was mit uns passiert war. Verstanden nur, dass die Welt jetzt ein wenig mehr Risse hatte und fortan wirklich nur noch in diesen Trümmern existieren würde, die wir in unserer früheren Jugend so oft als Metapher verwendet hatten.

»Ich möchte noch ein wenig alleine hier sein, gehst du schon mal vor«, sagte ich zu meiner Mutter, als die Beerdigungsformalitäten vorbei waren und die Gruppe sich aufmachte, bei Mos Familie im Wohnzimmer Kuchen fressen zu gehen. Ich wusste eigentlich nicht genau, was ich noch hier sollte, zwischen den toten Steinen, dem Holz und den Erdhügeln, unter denen Menschen verwesten. Unter denen Mo gerade zu verwesen begann. Aber meine Mutter nickte verständnisvoll, so als würde es irgendeinen Sinn machen, dass ich meine guten Kleider hier auf dem Friedhof verschmutzte, und ging langsam zu Mos Eltern hinüber. Ich betrachtete den Boden, aus dem dicke Würmer krochen. Wahrscheinlich hatten sie sich die Bäuche vollgeschlagen, kauten jetzt noch an dem Holz des Sarges, in dem der Junge lag, mit dem ich einmal die erste Zigarette geraucht hatte. Aus den Augenwinkeln sah ich, dass meine Mutter Mos Mutter in den Arm nahm, ohne dass diese die Umarmung erwiderte oder sich wehrte. Hörte dumpfe Stimmen, sah, wie Mos Schwester heimlich am Grab vorbeiging, eine Hand voll Erde nahm und in ihre Tasche steckte. Ich hörte Deers Schluchzen und Weinen, das langsam leiser wurde. Ich denke, er wäre Mos Eltern gerne ein guter Schwiegersohn gewesen, wäre brav mit zum Beerdigungskaffee gegangen und hätte allen mit gesenktem Kopf die Hand geschüttelt; aber natürlich war das Unsinn. Mos Eltern wussten nichts von Deer, wussten nichts von Mos Beziehung, wussten nicht einmal, dass ihr Sohn schwul gewesen war, und der große, weinende Junge war für sie nur irgendein Freak aus dem Leben ihres Kindes, dem sie keine größere Bedeutung beimaßen.

Dann wurde es still. Ich beobachtete noch immer den Boden, nahm vieles nicht wahr und dachte, dass es nur eine Geste wäre, wenn ich einen Band der Werwiewas-Reihe auf Mos Grab legen würde, eine recht sinnlose noch dazu. Der

Regen würde das Buch aufweichen, übrig bleiben würden nur klebrige, bunte Papierklumpen. Mo hätte nichts davon. Niemand hätte was davon.

Und von diesem Moment an war mir klar, so klar wie zuvor noch nie, dass es keine Götter gab, keinen Gott, ob er nun Jahwe heißt oder Allah, nicht Brahma und nicht Shiva. Alles, was existierte auf der Welt, war dieser graue Friedhof und der Regen, der bald wiederkommen würde. Der vergangene Regen, der Regen von letzter Nacht, wegen dem die Sträucher noch glänzten und der Boden zu Sumpf geworden war, bewies nur durch seine Nachwirkungen, dass er einmal gewesen war. Kein Beweis dafür, dass Mo einmal gewesen war.

Ich setzte mich vor das Grab auf das nasse Gras, wühlte mit meinen Händen in der Erde, fühlte mich nicht wie eine Neunzehnjährige. Fühlte mich wie eine Totgeburt, zu früh auf die Welt geworfen, und fühlte mich wie eine alte Frau, die dem Nachbarskind von dem Tod ihres Hundes erzählte. Ich fühlte mich wie die ganze Welt, nur nicht wie ich, und ich wusste nicht, ob der Schmerz mich irgendwann doch noch überwältigen würde.

Die leisen Schritte, die sich quietschend näherten, hatte ich schon lange wahrgenommen, aber nicht bewusst. Erst als Deer sich neben mich setzte, realisierte ich, dass ich jetzt nicht mehr alleine hier war. Er hatte sein Handy dabei und schaltete Eminem an, Cleaning Out My Closet, er stand irgendwie auf diese Hip-Hop-Scheiße. *I'm sorry momma, I never meant to hurt you, but tonight I'm cleaning out my closet.* Und da saßen wir, voller Matsch vor dem Grab meines besten Freundes, vor dem Grab von Deers Geliebtem, und hörten Musik aus den schlechten Handylautsprechern. Ich nahm Deer in den Arm und da saßen wir, als endlich der Regen kam. *Well guess what? I am dead – dead to you as can be.*

Später gingen der falsche Mo in meinem Kopf und ich Hand in Hand zu ihm nach Hause, verdreckt und nass wie wir waren. Zogen uns bei ihm bis auf die Unterwäsche aus und Bademäntel an und dann aßen wir die Reste vom Kuchen.

Ich muss wohl den Notruf gewählt haben. Schließlich ist es das, was man üblicherweise macht, wenn man eine Person verletzt vorfindet. Und nicht zuletzt gehörte das ja auch irgendwie zu meinem Job. Ich war zwar nicht verantwortlich für Uwe, schließlich war er erwachsen und alles, aber trotzdem war ich in der Verantwortung für das, was im Haus geschah.

Ich nehme an, dass ich auch darauf gewartet habe, dass der Notarzt eintraf. Ich erinnere mich nicht gut daran, kann nicht mehr sagen, was ich in der Zwischenzeit gemacht habe. Nur, dass ich mich dann gewundert habe, wie schnell die Rettungssanitäter eintrafen, obwohl doch Heiligabend war, und alles, das weiß ich noch. Sie stürmten an mir vorbei, in die Toilette hinein, und ich konnte nicht sehen, was sie taten, verstand nicht, was sie sprachen, und ich musste an Uwe denken und an die Eine und an sein Kind und an all die Momentfrauen und ich fragte mich, was gewesen wäre, wenn der Ascheregen mich nicht aufgehalten hätte. Ob ich dann noch früher zur Arbeit gegangen wäre und Uwes Plan vereitelt hätte, falls seiner Tat überhaupt ein Plan vorausgegangen war. Ob wir dann Tee trinkend und plaudernd den Abend verbracht hätten.

Ich gab mir Mühe, die Gedanken an das Blut auf dem Toilettenfußboden aus meinem Kopf zu verbannen. Gab mir Mühe, mir nicht Mo an Uwes Stelle vorzustellen; dort auf dem Toilettendeckel sitzend, reglos, leblos.

Während die Sanitäter sich an Uwe zu schaffen machten, suchte ich nach dem Glühweinvorrat im Aufenthaltsraum und tatsächlich fand ich noch zwei Flaschen. Ich schüttete den Wein in einen Topf, stellte den Topf auf die kleine Kochplatte und erhitzte das Getränk. Ich wollte die Heimkehrenden mit dem Glühwein überraschen, wollte ihnen eine Freude machen, schöne Erinnerungen bei ihnen aufleben lassen. Ich würde sie alle in die Leitzentrale einladen, dann könnten wir gemeinsam anstoßen und die besseren Zeiten feiern, die einmal gewesen sind. Wenn ich mich beeilte, könnte ich noch ein bisschen Ordnung in dem engen Kabuff schaffen. Wir würden dann alle an dem Tisch sitzen und uns lachend über den Abend austauschen. Über das merkwürdige Wetter und über die Mandarinen, die von den Mitgliedern der ökumenischen Gemeinde verteilt worden waren. Ein paar der älteren, christlichen Männer, deren Herzen noch an den Traditionen hingen, würden dann vielleicht Weihnachtslieder anstimmen und schon bald darauf würde Achim mit seinen Seemannsballaden kontern und wir würden den Glühwein trinken, Karten spielen und Spaß haben und niemand würde Uwes Fehlen bemerken.

Ich konzentrierte mich so sehr auf diese Vorstellung, dass mir gar nicht auffiel, dass der Glühwein zu kochen begann. All der schöne Alkohol verdampfte in den Weiten des Aufenthaltsraumes und ich stand reglos daneben. Träumte mich fort, flüchtete in meine naive Vorstellung von einem besseren Ausgang dieses Abends, während sich am Boden des Topfes langsam eine Schicht Wein einbrannte.

»Er wird wohl durchkommen«, erschreckte mich eine Männerstimme, die viel zu nah klang, als dass ich sie hätte einordnen können.

Ich bemerkte erst jetzt, dass neben mir einer der Sanitäter stand. Ein junger Mann, der ziemlich klein war und klug und weich wirkte. Trotz seines eher rundlichen Körperbaus traten die Schlüsselbeine unter seinem Shirt hervor, eine merkwürdige Mischung. Er schien konzentriert. Einzelne Schweißtropfen zeichneten sich deutlich auf seiner dunklen Haut ab, sein Gesicht wirkte besorgt.

»Er ist stabil.«, sagte er und ich merkte, dass mein ganzer Körper zitterte, merkte, dass ich nickte.

»Er lebt?«, fragte ich.

»Er lebt. Und er wird durchkommen«, wiederholte der Sanitäter mit einer festen Stimme, mit der er wohl beabsichtigte, mich zu beruhigen und tatsächlich: Ich wurde ruhiger.

»In Ordnung«, antwortete ich und war mir unsicher, was nun zu tun sei. Auf einmal wurde ich des kochenden Glühweins gewahr. Ich drehte mich abrupt weg von dem Sanitäter, ignorierte ihn völlig, als ich zum Spülbecken ging, um einen Topflappen zu holen. Als ich den Topf mit dem Glühwein von der Herdplatte nahm, die Kochplatte aussteckte, den Glühwein in den großen Pumpkanister füllte. Der süße Glühwein-Dampf schlug in mein Gesicht, das feucht wurde und heiß. Ich atmete den Geruch nach Winter und Alkohol tief ein, bevor ich sorgfältig den Deckel auf der Pumpkanne anbrachte. In meinem Kopf waren keine Gedanken, nichts, dass mich hätte von diesen notwendigen Tätigkeiten ablenken können.

»Wir brauchen Ihre Personalien. Und die des Patienten«,

sagte der junge Sanitäter als ich fertig damit war, den Glühwein umzufüllen.

Und auch jetzt reagierte ich ganz automatisch: »Kommen Sie mit. Ich gebe Ihnen alles Nötige.«

Zusammen gingen wir in die Leitzentrale. Durch das Fenster konnte ich den Rettungswagen vor der Eingangstüre stehen sehen. Wo die anderen Sanitäter waren, wusste ich nicht. Ich wusste auch nicht, wo Uwe war, aber das war mir auch egal. Er war mir egal. Er hatte mich verraten, hatte mich im Stich lassen wollen, so wie Mo. Er konnte selber schauen, wo er blieb. Ich hatte das Nötigste getan, um nicht gefeuert zu werden oder wegen unterlassener Hilfeleistung dranzukommen, und jetzt konnte Uwe, dieser feige Arsch, mich mal gründlich am Arsch lecken. Ich gab dem Sanitäter alle Informationen, die er brauchte. Er erklärte mir, wo Uwe jetzt wie lange sein würde, aber ich hörte ihm nicht zu. Wenn Marc oder Jenny ihn besuchen wollten, dann sollten sie sich eben selber drum kümmern, ich konnte doch nicht alles organisieren, und eigentlich hatte Uwe auch keinen Besuch verdient. Sollte er doch versauern und wissen, dass es niemanden gejuckt hätte, wenn er draufgegangen wäre.

Irgendwann konnte ich den Sanitäter nach draußen begleiten. Neben dem Krankenwagen stand eine seiner Kolleginnen und rauchte. »Können wir?«, fragte sie. Der Sanitäter nickte. In seinem Gesicht lag noch immer die Besorgnis, als er sich zum Abschied an mich wandte. Er fragte nicht, ob ich mitfahren wollte und ich bot es nicht an.

»Einen schönen Abend Ihnen noch«, sagte er. »Und schöne Feiertage.«

»Danke«, sagte ich und ging wieder hinein.

Sehr viel später, so kam es mir jedenfalls vor, kamen die ersten Klienten zurück. Achim, Ringo – das war der Kerl, den Achim verprügelt hatte, der jetzt öfter kam und sich ganz fabelhaft mit Achim verstand –, Abu, Karl, Hamed, Yusuf, Ivan, Yasin, die beiden Ahmeds, Silvio und noch ein paar andere. Betrunken stolperten sie durch die Eingangstüre, umfassten sich an den Schultern, grölten Weihnachtslieder oder was sie dafür hielten, wankten, schwankten, umarmten mich überschwänglich, riefen: »Svenja, Svenja! Die beste Nachtwache, die wir hier je hatten! Ist sogar an Heiligabend für uns da, sieh mal einer an, ein Herz für Penner hat die Lütte.«

In ihren Händen hielten sie die kleinen Säckchen, die sie von den Christen bekommen hatten, hielten sie ganz fest umfasst und meine Verachtung für die Armenspeisung schlug in Trauer um.

»Es hat Glühwein im Gemeinschaftszimmer«, sagte ich.

»Glühwein! Glühwein!«, riefen die Männer vergnügt. Ich begleitete sie in den Aufenthaltsraum. Auch ich war betrunken, hatte ich mir doch die Zeit bis zu ihrer Rückkehr kürzer trinken wollen. Hatte versucht, die Gespenster, die mir jetzt noch mehr denn je auflauerten, mit Branntwein auf Abstand zu halten.

»Glühwein! Glühwein!«, stimmte ich in den Gesang ein und wir füllten die Tassen – hoch, die Tassen! – und tranken und grölten und lachten unser dreckigstes Lachen.

Nach und nach kamen mehr und mehr Männer zurück, scharten sich um uns im Aufenthaltsraum. Der Glühwein war bald leer, das machte nichts, es gab noch Schnaps, gab Schnaps in der Leitzentrale und die Klienten hatten welchen und heute Abend teilten wir alles redlich miteinander. Teilten die Getränke, teilten die Wärme, teilten obszöne Geschichten und sentimentale Erinnerungen.

Achim stolperte fort, sagte: »Ich muss mal pinkeln!« Und als er zurückkam, packte er mich lachend an den Schultern und rief: »Das Klo ist voll mit Blut und Pisse! Der alte Achim wäre fast ausgerutscht; fast hätt's ihn hingelegt, mitten rein, in den roten Matsch.«

Und wir füllten die Tassen – hoch, die Tassen! – und tranken und grölten und lachten unser dreckigstes Lachen.

12

Der Kater brannte bereits in meinen Schläfen, als ich am Morgen in das Betonhochhaus zurückwankte. Jenny und Marc hatten sich für die beiden Feiertage freigenommen, und das war mir recht, denn ich legte keinen Wert darauf, ihnen zu begegnen. Ich konnte mir schon vorstellen, wie Jenny mir gut gelaunt mitteilen würde, dass es doch Uwes gutes Recht gewesen sei, den Freitod zu suchen. Dass ich mich unnötig aufregen würde, dass es nichts brächte und überhaupt, er würde sich bestimmt über Besuch freuen, warum ich denn nicht mal hinginge. Wahrscheinlich würde sie mir dann auch noch vorschlagen, dass ich ja Blumen kaufen könnte oder so eine Scheiße, und mir war jetzt schon schlecht, wenn ich daran dachte. An Jennys beschissen warmherziges Gesicht, an die wabbelige Haut auf ihren Wangen, die ganz leicht die geplatzten roten Äderchen durchscheinen ließ. An ihre Besserwisserei, ihr Klugscheißergetue. Jenny war mir zuwider. Zuwider war mir auch Marc mit seinen fettigen Haaren und den fetten Lippen, die sich wie kopulierende Nacktschnecken aufeinander türmten. Marc, der sich vornehm zurückhalten würde, nicht einmal besorgt nachfragen, sondern vielleicht sogar einen seiner dummen kleinen Witze reißen würde.

»Hahaha, gut dass du mit dem chinesischen neuen Jahr nichts zu tun haben wolltest«, würde er sagen, »wer weiß, wie das sonst ausgegangen wäre, wenn du nicht noch rechtzeitig gekommen wärst.« Für Marc war alles nur ein riesiger Gag und Jenny dachte, alle müssten sich lieb haben, dauernd Ringelreihen tanzen, debil dabei grinsen und sich gegenseitig beim Suizid assistieren, wenn denn einer für sich entschied, dass das die beste Lösung sei.

Mein Magen und meine Schläfen pochten, mir war übel und auf dem Heimweg kotzte ich auf den Bordstein. Ich hatte vergessen zu essen, deswegen kam nur Flüssigkeit, Alkohol und Magensäure, und hinterher ging es mir nicht besser. Stattdessen brannte mein Rachen und ich hatte einen höllischen Durst. Wie gerne hätte ich einen Kaffee gehabt oder eine Flasche mit klebriger, erfrischender Orangenlimonade. Der Gedanke an eine Zigarette schreckte mich ab und gleichzeitig hatte ich das dringende Bedürfnis, zu rauchen. Mein Tabak war leer, nur noch Krümel waren in dem Päckchen und eine dünne, zerknickte Selbstgedrehte, aus der trockene Tabakstückchen herausfielen. Ich zündete sie an, kein Wind weit und breit, der mich daran hätte hindern könnte, und die schmale Kippe brannte viel zu schnell ab.

Der Weg war nicht weit, darüber war ich froh, denn dieses Mal erleichterte es mich, in die kalte Dunkelheit meiner Wohnung zu fliehen. Nachdem ich eine Eineinhalbliterflasche Limonade aus dem Kühlschrank gezogen und gierig direkt daraus getrunken hatte, fiel ich auf meine Matratze, ohne noch irgendetwas von außen wahrzunehmen. Nur mich selbst, meine schmerzenden Glieder, die Übelkeit in meinem Magen, meinen pochenden Kopf, mein übelriechendes Haar, meine verschwitzten Achseln, die bleierne Müdigkeit, meine kalten Füße, mein kaltes Gesicht, mein kaltes Herz.

Ein graues Licht lag auf dem Fußboden und, wohl aus der Wohnung der Spitzmäuse, die schräg oberhalb von meiner liegen musste, hörte ich emsiges Getrappel. Ich war zu müde, um zu bemerken, dass es das erste Mal war, dass ich die kleinen Nagetiere tatsächlich hörte, und eigentlich wollte ich auch nicht an die Spitzmäuse denken, denn sie erinnerten mich an Uwe.

Ich hatte schon so eine Ahnung, dass der Tiger mich in den kommenden Stunden besuchen kommen würde. Natürlich behielt ich recht. Wahrscheinlich hatte das Raubtier gespürt, dass in der Nacht zuvor mein kleines Herz wieder aufgeregt zu schlagen begonnen hatte, dass es stärker schlug, als jemals zuvor, weil in meinem Nacken die Angst festsaß. Wahrscheinlich konnte der Tiger die Angst riechen.

Er war noch immer ganz der Alte; höflich war er, charmant. Behutsam schlich er sich in meine Wohnung, behutsam stellte er sich an mein Bett, umringt von den seltsamen Schatten, die ihn schon bei seinem letzten Besuch begleitet hatten. Einen Hut trug er nicht, aber ich bin mir sicher, hätte er einen getragen, dann hätte er ihn beim Eintreten abgelegt.

»Guten Morgen, Svenja«, begrüßte mich das Ungetüm, »und ehe ich es vergesse: Ein frohes Weihnachtsfest wünsche ich dir.« Er bleckte seine Zähne, sie blitzten im Morgenlicht.

»Selbstverständlich habe ich nicht vergessen, dass du Weihnachten nicht feierst, deswegen sieh meinen Gruß doch bitte als Floskel an. Als unbedeutende Geste, nach der die schiere Höflichkeit verlangt, nichts weiter als das. Ich bitte dich um Verzeihung, Svenja, flehe dich inständig an, wie ich es immer mache. All das Morden, Zerfleischen, Zerreißen – es steht mir nicht. Und doch kann ich mich nicht wehren, kann mich nicht von meinen ureigenen Instinkten und Gelüsten lossagen. Ich hoffe so sehr, dass du das verstehen kannst, dass du das eines Tages verstehen wirst.«

Sehr langsam kam er auf mich zu und ließ seinen Schwanz hin und her peitschen.

»Ich glaube an den Heiligen Geist«, sagte der Tiger, »ich glaube an Jesus, der uns errettet hat und unsere Sünden vergibt. Svenja, für mich ist der heutige Tag ein Fest. Und Feste müssen gefeiert werden. Ich muss dieses Fest zelebrieren, auf meine eigene Art, auch wenn es mich schmerzt. Du musst mir glauben, dass es mir das Herz zerreißt und ich würde mich selbst opfern an deiner statt, wenn ich nur irgendwie die Möglichkeit dazu sähe. Ich bitte dich nur heute noch einmal, dass du mich verstehst.«

Das seidige, geschmeidige Fell glänzte verführerisch im grauen Dämmerlicht, das den Boden bedeckte, und ich war zu schwach, um zu protestieren. Fühlte, wie dehydriert und müde mein Körper war; fühlte, dass ich mich nicht mehr wehren konnte. Ich war dem Raubtier ausgeliefert. Es war mir egal. Noch spielte der Tiger mit mir, spielte, wie Katzen es immer mit ihrer Beute tun, und ich war zu müde, um ihm den Gefallen zu erweisen, fortzulaufen.

Sandburgen, die vor Äonen errichtet worden waren, monströse Heiligtümer zur Huldigung dunkler Mächte, wurden am Strand von den Wellen davongespült. Davongespült wurden die Sünden aller Sünder, die Untaten aller Unholde. Einzig die Trauernden konnte das salzige Wasser nicht von ihrer Trauer befreien.

Uwe stand an meinem Bett, seine Hose im Schoß blutrot, seine Arme waren Fleischwunden. Er lachte mich aus, sein Gesicht verzog sich zu schadenfrohen Grimassen des Hohns.

»Wir sind Brüder«, sagte er, »der Tiger und ich sind Brüder, verbunden für immer durch den Pakt, den wir mit meinem Blut geschlossen haben. Ich habe dir erzählt, dass ich den Tiger eingeladen habe, hier im Haus zu wohnen. Er ist mein Verbündeter, war es immer schon. Wegen ihm habe ich die Eine verloren, aber das macht nichts, denn was ich gewonnen habe, ist so viel größer. So viel erhabener.«

Selbst wenn ich es gewagt hätte, mich zu bewegen, meine Glieder waren zu schwer, zu brüchig, zu ungelenk, als dass ich tatsächlich hätte eine Bewegung ausführen können. Nur meine Lippen konnte ich unter meine Kontrolle bringen, allein meine Sprache konnte ich steuern.

»Was hast du denn gewonnen?«, fragte ich und meine Stimme klang nach brüchigem Eis.

»Ich habe die Macht über mein Leben zurückerlangt«, sagte Uwe, »ich – und niemand sonst – bin der Herrscher über Leben und Tod. Ich habe den Mut gefunden, mein Leben selbst zu beenden.«

Uwe sah mich fest an und seine Stimme klang längst nicht mehr so schüchtern wie bei unserem ersten Gespräch.

»Aber du lebst doch noch«, wagte ich zu widersprechen.

Uwe sah mich lange an. Seinen Blick konnte ich nicht deuten. »Ich lebe noch«, sagte er schließlich und ich sah, dass der Tiger begonnen hatte, das Blut von seinen Armen zu lecken.

Ich spürte, wie meine Lungen sich langsam, ganz langsam mit Salzwasser füllten, dem rauen Salz des Ozeans. Während das Wasser den Sauerstoff verdrängte – langsam, ganz langsam – wurde mir klar, dass der Tiger mich dieses Mal nicht so einfach davonkommen lassen würde. Anstatt mir gnädigerweise mein Herz zu zerfetzen, mir die Organe aus dem offenen Leib zu reißen, ließ er mich jetzt langsam ersticken, an meinen salzigen Tränen, an meinem salzigen Angstschweiß. Schon reichte die Luft in meinen Lungen nicht mehr zum Schreien, zum Wehklagen, schon war ich verstummt und was ich sah, bevor ich das Bewusstsein verlor, war: auch Uwe wurde zu einem der Schatten, die den Tiger umringten, auch er wurde zu einem stummen Diener, zu einem Teil der Entourage der Raubkatze.

Natürlich gab es Anzeichen. Hinterher ist das immer offensichtlich, aber vielleicht, wenn wir uns damals nur ein bisschen mehr gesorgt hätten, wäre Mo noch am Leben, keine Ahnung. Trotzdem, für mich fühlte sich Mos Tod an, als wäre er aus heiterem Himmel gekommen. Ich hatte vorher einfach nicht zugelassen, seine Traurigkeit zu sehen.

Das erste Anzeichen: Seine Angstzustände. Wir saßen auf der Brücke, als er mit mir zum ersten Mal davon sprach. Weißer Himmel, weißer Rauch. Dunkelblaue, stromlinienförmige Rückkopplungen in der Luft, alles wie gehabt. Gab es Geräusche? Nur gedämpft, weit fort, eiliges Surren, das uns nichts anging. Es war im Frühjahr unseres vorletzten Jahres an der Schule. Die Luft war erfüllt von der faden Langeweile, die nach matschigem Milchreis aus der Schulkantine schmeckte und dem verheißungsvollen Duft von hartem Alkohol.

»Manchmal werde ich panisch«, sagte Mo. Er hat sich immer Mühe gegeben, sich möglichst klar auszudrücken, möglichst präzise genau das zu sagen, was er sagen wollte.

»Was meinst du?«, fragte ich ungeduldig. Der Wind hatte etwas Asche in mein Auge geweht, es schmerzte jetzt und tränte und ich wischte mir unruhig über das Gesicht.

»Mein Herz beginnt in solchen Momenten zu rasen, meine Hände werden feucht vor Schweiß. Mir ist dann ganz schlecht und ich kann nicht klar denken. Ich muss immerzu daran denken, dass wir sterben werden. Ich kann nachts manchmal nicht schlafen, weil ich darüber nachdenke, dass wir sterblich sind, und weil ich einfach nicht raffe, wieso das alle ignorieren.«

Er sprach zögerlich, was ungewöhnlich für ihn war, und es wirkte, als sei er sich dieses Mal nicht so ganz sicher, was die richtigen Worte waren.

»Das klingt ja megakomisch«, sagte ich, zufrieden, weil ich es mittlerweile geschafft hatte, die Asche aus meinem Auge zu entfernen. »Vielleicht solltest du einfach mal abends was rauchen, um runterzukommen, dann könntest du schon schlafen.« Ich kramte in meiner Tasche, um nach Tabak und Gras zu suchen, weil ich uns einen Joint bauen wollte.

Mo schaute mich an und nickte leise.

»Ja, vielleicht«, sagte er.

Das zweite Anzeichen war viel offensichtlicher, kaum mehr zu leugnen. Das war, als Mo sein Leben zum ersten Mal tatsächlich gefährdete. Noch im selben Sommer war das, ein Jahr vor unserem Abitur. Im Nachhinein weiß ich nicht, ob das ein Selbstmordversuch war, denn als Mo sich wirklich umbrachte, da gab es keinen *Versuch*, da hat er es einfach gemacht. Das war so sorgsam geplant, dass er kaum hätte scheitern können. Im Sommer vorher war Mos Gewalt wilder, ungebändigter. Mit einem Mal entlud sie sich gegen ihn selbst in einer – zumindest für mich, und ich denke, auch für alle anderen – seltsam anmutenden Endgültigkeit. Dass er mehr trank als sonst, das merkte ich nicht, glaube ich, denn auch ich betrank mich regelmäßig und ohne Plan. In diesem

Sommer wurden wir langsam zu den gleichgültigen Erwachsenen, die wir in den Vorjahren immer aus der Ferne bewundert hatten. Das Rauchen und das Trinken war zur Gewohnheit geworden, und dass wir hin und wieder auch andere Drogen ausprobierten, wirkte für uns mittlerweile so unspektakulär, dass wir kaum mehr darüber sprachen.

Ähnlich war es mit dem Sex: Wir ließen uns flachlegen, legten andere flach, hatten unbedeutende Ficks mit für uns unbedeutenden Menschen. Verzogen uns, besoffen und müde, in die Büsche, um an fremden Schwänzen zu lutschen, und unsere Unschuld hatten wir schon längst vergessen. Normale Eskalation im Rahmen einer normalen Absturz-Jugend.

Trotz alledem war Mo weiterhin einer der Klassenbesten, und ich nehme an, dass ich auch deswegen immer an seine Vernunft geglaubt habe. Dass ich deswegen nicht damit gerechnet hätte, dass er diesen einen Schritt zu weit gehen würde, mit dem er sich tatsächlich in Gefahr begeben würde. Aber damit lag ich falsch. Ich schätze, ich war einfach ein bisschen naiv, denn Mos Intelligenz hinderte ihn nicht daran, zu weit zu gehen. Vielmehr glaube ich im Nachhinein sogar, dass es sein Verstand war, der ihn zum Abgrund hin zog.

Tatsächlich erfuhr ich von seiner Mutter davon. Klein und bleich stand sie im Treppenhaus vor unserer Haustüre, als ich morgens zur Schule gehen wollte. Ihre Lippen waren zusammengekniffen, ein dünner Strich mit Falten drumherum, und ihre langen dunklen Haare fielen in unordentlichen Strähnen um ihr müdes Gesicht.

»Svenja«, sagte sie mit ihrer leisen, vorsichtigen Stimme, als ich schläfrig aus der Haustüre stolperte. »Svenja, ich möchte dir etwas sagen, ich dachte, du solltest es wissen.« Sie war unruhig, zögerlich, wusste nicht, wie sie aussprechen sollte, was für sie ungeheuerlich war. »Móricz wird heute nicht zur Schule kommen. Er ist im Krankenhaus.«

Móricz, das war Mo. Bei seinem vollen Namen nannten ihn nur seine Eltern, niemand sonst, zumindest niemand, den ich kannte. Ich war erst einige wenige Minuten vorher aufgestanden, hatte nicht geduscht und es auch nicht geschafft, mir die Zähne zu putzen. In Gedanken war ich bei den nicht erledigten Hausaufgaben, von denen ich gehofft hatte, sie in den ersten Stunden von Mo abschreiben zu können. Mein Magen knurrte und ich spürte ein vages Verlangen nach Kaffee. Als Mos Mutter mich so überrumpelte, konnte ich die Information nicht einordnen. »Was?«, fragte ich also nur, einigermaßen irritiert.

Mos Mutter war eine kleine Frau. Ich hatte sie nie genau betrachtet, spielte sie doch nur eine Nebenrolle in meinem Leben. Hin und wieder hatte sie mich zum Essen eingeladen, immer schüchtern lächelnd, und vielleicht sah sie mich als ihre künftige Schwiegertochter oder so etwas in der Art. Sie sah längst nicht so jung aus, wie ich es vermutet hätte, zwischen ihren Augen waren zwei senkrechte Falten, und die Falten um den Mund sahen nach Verbitterung aus. Ihre Stimme hatte eine schöne Melodie und sie klang ruhig und gefasst, als sie sagte: »Móricz ist im Krankenhaus. Heute Nacht hat sein Vater ihn dorthin gefahren.«

Meine Beine waren weich, mein Bauch ängstlich.

»Geht es ihm gut?«, fragte ich und dachte dann, wie sinnlos, diese Frage. Ginge es ihm gut, wäre er nicht im Krankenhaus.

Mos Mutter betrachtete mich traurig und sagte dann: »Ich dachte nur, du solltest das wissen.«

Ich bin an diesem Tag nicht zur Schule gegangen. Machte, noch auf dem Fußabtreter vor der Wohnung stehend, wieder kehrt und sagte meiner Mutter, ich sei krank, sie solle in der Schule anrufen und mich entschuldigen. Lag dann ängstlich und unsicher im Bett, wartete darauf, dass sie endlich zur Arbeit ging. Vermied es, an das Aufstehen zu denken, an das Duschen und das Vortäuschen von Normalität vor niemandem als mir selbst. Mos Mutter hatte mir nicht gesagt, dass Mo Heroin genommen hatte; dass er zu viel Heroin genommen hatte und dass das hätte tödlich enden können, hätte sein Vater ihn nicht rechtzeitig entdeckt und in die Klinik gefahren, ohne zu wissen, weswegen sein Sohn nicht ansprechbar war. Sie hatte nicht gesagt, dass sie die ganze Nacht mit Weinen verbracht hatte, nachdem sie von den Ärzten erfahren hatte, dass es Drogen waren, wegen derer ihr Sohn bewusstlos in seinem Kinderzimmer gelegen hatte; dass es Drogen waren, die ihr fast ihren Jungen weggenommen hatte. Stattdessen hatte sie mir lediglich noch mitgeteilt, dass Mo in der Medizinischen Klinik war, dass es ein Unfall gewesen wäre und dass es ihm den Umständen entsprechend gut ginge. Am Nachmittag würde ich ihn besuchen können, sagte sie. Mein Mund schmeckte nach Tränen und ich hatte Durst. Großen Durst und ich wusste wirklich nicht, ob drei oder fünf oder acht Liter Wasser mit diesem Durst würden fertig werden können. Fand die Vorstellung unmöglich, aufzustehen, meine Füße waren gerade so warm und die Zimmerdecke so weiß. War so weiß wie der Himmel über einer Brücke, auf der wir einmal gesessen hatten, Mo und ich, als Mo mich noch nicht krank vor Sorge hatte werden lassen. Wie der Himmel über einer Brücke, die ich als Metapher für Unbeschwertheit ansah.

Ich hörte, wie meine Mutter Dinge in der Küche tat, hörte sie dann in das Bad gehen, hörte die Toilettenspülung und den Wasserhahn. Hörte sie im Flur herumlaufen; hörte, wie sie auf mein Zimmer zuging und die Türe öffnete. Sah ihren Kopf und dann ihren Körper in mein Zimmer hineinkommen, sah, wie ihre Lippen sich bewegten, noch ehe ich wahrnehmen konnte, was sie sagte.

»Brauchst du noch was? Soll ich dir etwas bringen?«

Mein Mund war trocken vor Durst, meine Füße schwitzten unter der Bettdecke.

»Nein, danke. Ist schon gut. Ich geh' nachher vielleicht mal zum Arzt.«

Dann ging sie. Ich hörte, wie die Türe ins Schloss fiel, hörte ihre eiligen Schritte auf der Treppe und dann nur noch den Hall im Treppenhaus. Sie lebte schon viel länger als ich zwischen all diesen Trümmern und sie funktionierte noch immer. Ich bin sicher, dass sie sich Mühe gab, alles so richtig zu machen, wie sie es nur konnte. Bin sicher, dass auch sie sich mit Problemen beschäftigen musste, und trotzdem ging sie immer ihrem Alltag nach. Meine Mutter war vor allem das: Sehr korrekt, sehr darauf bedacht, den Schein zu wahren. Eigentlich hatte ich sie lieb, und vielleicht wusste sie das ja. Eigentlich hatte ich sie lieb; trotzdem brachte ich es nicht fertig, mich mit ihr zu unterhalten. Wir waren einander Fremde vom selben Blut.

Ich fühlte mich unwohl in meinem Bett, aber ich fürchtete die kalte Luft und die eklige Realität, die mich außerhalb erwarten würden. Dachte, dass ich einfach nur so lange liegenbleiben würde, bis mein Durst mich zwingen würde, aufzustehen. Und schlief dann ein.

13

Ob es bei Uwe Anzeichen gab? Das bezweifle ich, aber ich kann es auch nicht ausschließen. Ich hatte gedacht, dass ich ihn in den wenigen Monaten, die ich schon am Meer lebte, gut kennengelernt hatte. Aber wie gut kann man einen Menschen schon kennen?

Hungrig und wütend lag ich auf meiner Matratze, verharrte dort in der gleichen Position, die ganzen Weihnachtsfeiertage lang und auch die Tage danach. Stand nur auf, wenn ich pinkeln musste oder wenn ich zu durstig wurde; draußen zog derweil ein Sturm auf. Die See, die ich von meiner Wohnung aus nicht sehen konnte, schlug gegen die Brandung, die Möwen kreischten unruhig und wild. Mein Handy war tot, ich hatte vergessen den Akku zu laden und weil mich das auch nicht kümmerte, erreichten mich keine Anrufe. Nicht von Jenny, nicht von Marc, die beide zweifellos angerufen haben müssen, als sie nach den Feiertagen zurückkehrten und die Unordnung im Männerwohnheim vorfanden. Das Blut auf der Toilette, die verlassene Leitzentrale.

Ich hatte die goldene Arschkarte gezogen. Dieser Job, dieses Leben: Goldene Arschkarte. Meine ganze Existenz: Goldene Arschkarte. Wobei das *golden* zu streichen wäre, eigentlich.

Ich war jetzt wieder an diesem furchtbaren Ort, war wieder in dieser Geisteslage, vor der ich hatte flüchten wollen, als ich zu diesem Scheißjob in dieses Scheißkaff gezogen war. Die Stille im Betonhochhaus war unerträglicher als jemals zuvor und ich gab Uwe die Schuld an allem. Uwe, der Arsch, Uwe, der Verräter. Hätte er mir nicht das Jahresende lassen können, als reinigendes Ritual, als Möglichkeit, Mos Tod zu verdrängen? Uwe, der Hurensohn. Uwe, der Heuchler. Ausgerechnet Uwe, der mir so nahe gekommen war, ausgerechnet Uwe, der mir das Gefühl gegeben hatte, dass es vielleicht eine Möglichkeit für mich gab, wieder Freundschaften zu schließen – wieso hatte ausgerechnet er es nicht ernst gemeint mit seinem Leben?

Ob ich nicht auch einfach Schluss machen sollte, dachte ich. Es wäre nicht schade um mich, gäbe keinen Grund, mich zu vermissen. Aber ich wollte Mo nicht gleichen. Gleichen wollte ich auch nicht Uwe, diesem feigen Widerling. Er war jetzt bestimmt in der Klapse, so wie auch Mo in die Klapse gekommen war, nach dieser Sache mit dem Heroin. Im Nachhinein fällt es mir schwer, zu glauben, dass ich mir das ganze darauffolgende Jahr hatte einreden konnte, dass alles gut wäre. Aber eigentlich war damals auch alles gut: Abitur machen, dann wollten wir unser eigenes Leben leben. Der Aufenthalt im Irrenhaus hatte Mo geläutert, er war ausgeglichen zurückgekehrt; ausgeglichen und verliebt. Denn im Irrenhaus hatte Mo die Bekanntschaft von Deer gemacht, dem großen, schmalen Jungen, der schlussendlich Mo auch nicht hatte retten können, obwohl er es wirklich mit all seiner Liebe versucht hatte. Auch wenn Mo sich immer wieder abfällig über die Klapse geäußert hatte, glaube ich, dass er für die Zeit in der Klinik eigentlich dankbar war.

Außer Mos Namen stand auf einem kleinen Schildchen an der Türe noch ein weiterer. Es war einige Tage her, dass Mos Mutter im Treppenhaus auf mich gewartet hatte, und sie hatten Mo in die Nervenanstalt verlegt. Als ich ihn in der Medizinischen Klinik hatte besuchen wollen, war mir der Zutritt verweigert worden: Nur für Familienangehörige und überhaupt, Mo würde jetzt schlafen. Ich hatte ihn nicht gesehen seit dieser Sache mit dem Heroin, ich wusste auch nicht wirklich, wie ich damit umgehen sollte. Schließlich war es gut möglich, dass alles nur ein Missverständnis gewesen war, wirklich nur ein Unfall. Und gleichzeitig hatte ich Angst, dass Mo, mein lieber, mein vernünftiger Mo, vielleicht mit voller Absicht dieses Risiko eingegangen war.

Im Flur der Psychiatrie fühlte ich mich unsicher. Als ich das große, furchterregende Gebäude, das wie ein Schloss aus vergangener Zeit über der Stadt aufragte, betreten hatte, blickte die gelangweilte Pförtnerin nur kurz von dem Fußballspiel auf, das sie auf einem winzigen Fernseher verfolgte, und beschrieb mir den Weg, den ich zu Mos Station zu nehmen hatte. Ich lief durch lange Krankenhausflure, bis ich vor eine versperrte Türe kam, an der ein Zettel mit der Aufschrift »Bitte klingeln« und den Besuchszeiten befestigt war. Die Geschlossene.

Der Pfleger, der mir öffnete, erklärte mir knapp, wo Mos Zimmer zu finden sei. Ich klopfte vorsichtig.

Eine Stimme, die ich nicht kannte, rief »Komm rein!«, und ich machte die Türe auf. Mo war nicht da; auf einem der beiden Betten lag ein magerer Junge, ein paar Jahre älter als wir. Er starrte in ein Buch und ich hatte den Eindruck, dass er vorgab, konzentriert darin zu lesen.

»Hi«, sagte er und schaute von seinem Buch auf.

»Hi«, murmelte ich, »weißt du, wo Mo steckt?«

Der Junge blickte auf seinen Radiowecker.

»Der ist wahrscheinlich noch in der Therapie, die geht bis zwei und es ist erst kurz vor.«

Ich nickte. »Stört's dich, wenn ich hier auf ihn warte?«

»Passt schon«, sagte der Junge. »Wenn's dich nicht stört, dass ich lese.«

Ich deutete auf das andere Bett, fragte, ob es das Bett von Mo sei, und Mos Zimmernachbar grunzte zustimmend, schaute aber schon wieder in sein Buch. Um sein Bett herum hingen Bilder, Zeichnungen, die aussahen, als hätte ein kleines Kind sie gemalt. Über Mos Bett, auf das ich mich vorsichtig setzte, war nur die weiße Wand. Vor den Fenstern waren Gitterstäbe angebracht.

»Was hast du?«, wollte ich den Jungen fragen, »du siehst doch ganz normal aus, was tust du hier, an einem solchen Ort?« Aber ich dachte, dass es vielleicht unangebracht sei, und außerdem wollte ich ihn nicht beim Lesen stören. Ich sah mich im Zimmer um, aber außer den Gitterstäben konnte ich nichts Ungewöhnliches entdecken. Neben beiden Betten waren Regale in die Wand eingebaut, aber außer einer leeren Colaflasche, einer Kippenschachtel und zwei Feuerzeugen lag in Mos Regal noch nichts. Ich überlegte, ob ich ihm etwas zu lesen hätte mitbringen sollen oder einen Mp3-Player oder so etwas. Während ich mich umsah, bemerkte ich, dass der Junge mich vom anderen Bett aus anstarrte. Sein Buch hatte er neben sich gelegt und ich konnte nicht sagen, ob er mich schon länger beobachtete oder erst seit diesem Augenblick.

»Und was machst du hier bei uns in der Besserungsanstalt?«, fragte er mich süffisant grinsend.

»Naja, Mo besuchen, halt«, sagte ich.

»Seine Freundin wirst du wohl nicht sein, denke ich mir. Er hat erzählt, dass er auf Typen steht«, sagte der Junge.

»Nein, also schon, ich mein. Also, ich bin eine Freundin.«

»Alles klar, sehr erfreut *eine Freundin*. Mein Name ist Jimi Hendrix.«

Wahrscheinlich sah ich erschrocken aus oder irritiert, vielleicht angewidert.

Er lachte. »Hast wohl noch nicht so viel Erfahrung mit Irren?« Schon wieder hatte er dieses Grinsen im Gesicht.

Ich schüttelte den Kopf und fühlte mich schüchtern.

»Dein Kumpel ist ja auch erst vor Kurzem in unseren Geheimorden der Bekloppten aufgenommen worden, also kann ich dir das nicht mal wirklich übel nehmen«, sagte er, und ich glaubte, dass sein Gesicht jetzt ein wenig freundlicher wirkte.

»Ich bin Sebastian und ich beiße nicht.«

Ich fühlte mich verarscht und wollte mich verteidigen: »Ich hätte jetzt auch nicht gedacht, dass du beißt«, sagte ich.

»Ich wollte sagen: Ich beiße nicht, außer in Vollmondnächten, wenn ich mich in einen Werwolf oder wahlweise in einen Vampir verwandle«, schob er nach.

Langsam merkte ich, wie dieser Typ begann, mich zu nerven. Ich war nicht hergekommen, um mich mit Fremden zu unterhalten. Ich hatte keine Lust, von so einem Spinner verarscht zu werden.

»Fick dich ins Knie«, sagte ich.

Er kicherte und nahm sein Buch wieder in die Hand. Jetzt sah ich den Umschlag und schloss von der Gestaltung her darauf, dass es ein Thriller war. Nervös zupfte ich an meinen Haaren herum und holte dann Tabak, Filter und Papes aus meiner Tasche, um mir eine Kippe zu drehen. Als ich fertig war, sah ich mich nochmal im Zimmer um, weil ich mir dachte, dass es irgendwo eine Uhr geben müsse. Ich entdeckte keine außer dem Radiowecker in Sebastians Regal, dessen Anzeige aber zu klein war, um sie zu lesen.

»Wie viel Uhr ist'n das?«, fragte ich ihn mit belegter Stimme.

Er legte sein Buch wieder weg und sah wieder auf die Uhr.

»Ist gleich zehn nach, wahrscheinlich ist dein Kumpel nach der Therapie direkt runter in den Garten gegangen. Da hängt er oft am Mittag rum, hab ich mir sagen lassen.«

Ich nickte, bedankte mich leise und wollte mein Drehzeug wieder in die Tasche stecken, da bemerkte ich, dass Sebastian mich schon wieder anstarrte.

»Kanns'te mir auch eine drehen? Ich begleite dich dann auch runter.«

Können schon, wollte ich sagen, aber stattdessen pulte ich einen Filter aus der Verpackung und drehte noch eine Zigarette. Sebastian sprang von seinem Bett auf und hielt mir seine Hand hin, als wolle er mich zum Tanzen auffordern. Ich wusste nicht, was ich von ihm halten sollte, schließlich war er der erste richtige Irre, dem ich begegnete, und es wunderte mich, wie normal er war.

Als wir in den Garten traten, wurden Sebastian und ich erschlagen von der orangefarbenen, feuchten Hitze. Rauch hing in der Luft, als wäre gerade irgendwo in der Ferne ein Gebäude in die Luft gesprengt worden. Der Garten war kein magischer Ort. Kein Wunderland für Verrückte, wie jenes, in das Alice sich verirrt hatte. Es war einfach ein großer Garten oder eine kleine Parkanlage mit ein paar alten Bäumen, einigen Mülleimern und Aschenbechern und hier und da stand eine Parkbank. Trotzdem war es ein Ort, der nicht in die Realität gehörte. Ein Platz, an dem kein Platz war für Normalität. Hier versammelten sich nicht die Finanz-Wichser, die über Karrierechancen fachsimpelten, während sie ihre gefrorenen Macchiati in sich hineinschaufelten. Die Menschen in diesem Garten dachten über echte Sachen nach, das nahm ich zumindest an. Natürlich wusste ich nicht, womit die Leute hier sich beschäftigten, aber ich stellte mir vor, dass es vielleicht solche Dinge waren, wie die Angst davor, von den eigenen Kindern oder den eigenen Eltern nicht mehr für voll genommen zu werden, oder die Angst vor dem Leben an sich oder so was, oder vielleicht – auch das ist natürlich möglich – dachten sie gerade ja auch nur an das Ergebnis des Fußballspiels am Vorabend.

»Dein Kumpel sitzt meistens dahinten, bei den Pappeln«, sagte Sebastian und steckte sich die Zigarette in den Mund.

Ich gab ihm Feuer und zündete auch meine Zigarette an. Blickte dann verunsichert zu Sebastian, der sich abwenden wollte. Er zeigte mit der Hand in eine Richtung.

»Ich komm nachher mal vorbei, wenn's recht ist. Würde dich dann nochmal um eine Kippe bitten«, sagte er und lief zu einer Gruppe von Leuten, die in der entgegengesetzten Richtung auf dem Rasen saßen.

»Okay«, sagte ich leise und ging langsam zu den Bäumen, auf die er gezeigt hatte.

14

Es war der Mittag, dem der Silvesterabend folgen sollte, und noch immer war es stürmisch an der Küste. Sicherheitshalber hatte ich es weiterhin vermieden, den Akku meines Handys aufzuladen; gut möglich, dass ich sonst von den besorgten oder ärgerlichen Anrufen von Jenny und Marc belästigt worden wäre. Trotzdem hatte ich das tote Telefon in meine Tasche geschmissen zusammen mit ein bisschen Bargeld, meinen Schlüsseln, frischer Unterwäsche. Meine Jacke zog ich eng um meinen Körper, als ich durch den stillen, windigen Ort zum Bahnhof lief.

Natürlich hatte ich niemandem Bescheid gegeben, wem hätte ich auch Bescheid geben sollen? Langsam, ganz langsam setzte ich einen Fuß vor den anderen. Wie ruhig es im Ort war; allein das Meer hörte ich aus der Ferne rauschen. Nichts los auf den Straßen. Der Discounter hatte nur am Vormittag geöffnet gehabt, jetzt gab es draußen nichts mehr zu tun für die Menschen. In den Häusern bereiteten sie sich auf das neue Jahr vor. Verteilten Schminke in ihren Gesichtern, putzten sich heraus. Schnitten Käse in dicke Scheiben und Schinken in grobe Würfel, entzündeten Kerzen, stellten Schaumwein und harte Alkoholika in den Kühlschrank, sortierten mit leuchtenden Augen die Sprengkörper, die sie am Abend in die Luft und auf die Kinder der Nachbarn schießen wollten. Der Abend versprach, ein Fest zu werden, das Fest des Jahres, alle hatten sie schon so lange darauf gewartet. Ob im Männerwohnheim eine Silvesterfeier geplant war, wusste ich nicht. War mir aber auch egal. Ich würde sowieso fortgehen, hatte mit alledem hier nichts mehr zu tun.

Was war das Meer schon als ein Ort, nach dem wir uns immer wieder sehnen? In Wahrheit war es ja doch nicht imstande, uns zur Heilung zu verhelfen. Was war das Meer schon als eine riesige Menge dreckigen Wassers, als ein Friedhof, eine Müllkippe, eine Ansammlung von Giften und Säuren? Ich hatte hier nichts mehr verloren, hatte eigentlich hier nie etwas verloren gehabt. Wie ist es möglich, golden zu bleiben, wenn die Welt heute so schlecht ist, wie sie immer war? Für mich war die Welt ein stinkender, ein übelriechender Ort, an dem ich mir immerzu die Nase zuhalten musste, um nicht zu erbrechen.

Nach den Betonhochhäusern drehte ich mich nicht um, es gab keinen Grund, besorgt um sie zu sein. Sie standen dort bereits seit Anbeginn der Zeit und würden bis in alle Ewigkeit den zermürbenden Wellen trotzen. Sie standen da, inmitten von Villen und Ferienwohnungen und Hotelburgen, und noch immer musste ich lachen über diese Absurdität: Sozialer Wohnungsbau an der Küste, Meerblick für die Ärmsten, die erste Reihe ohne Zuzahlung. Wenn es auch sonst nicht möglich war, einen Ausgleich zu schaffen, zu entschädigen, die stillen Betonungetüme machten das alles wett. Schuhe mit Löchern und kein Geld für neue; aber immerhin die freie Sicht auf den Horizont. Nudeln mit Ketchup statt Soße und statt Vitaminen nur Kartoffelchips, aber egal: Das Meer jedenfalls ist Gemeingut.

Im Bahnhof musste ich anstehen – es gab nur einen Automaten – und vor mir waren ein Mann und eine Frau, etwa in meinem Alter, die offenbar die Anweisungen der Maschine nicht verstanden. Schnell stellte sich heraus, dass sie eine andere Sprache sprachen, welche wusste ich nicht, und ich überlegte mir, ob ich ihnen auf Englisch meine Hilfe anbieten sollte, aber mir fehlte der Mut. Irgendwann trat der Mann zornig gegen den Fahrkartenautomat, dann schienen die beiden sich zu beratschlagen und schließlich verließen sie die Bahnhofshalle. Ich trat nach vorne, um mir eine Karte zu kaufen, kramte sehr viel Kleingeld hervor und trat schließlich auf den windigen Bahnsteig. Ich war früh dran, erst in einer halben Stunde würde ein Zug kommen, und mit einer merkwürdigen Mischung aus Wehmut und Wut atmete ich die salzige Luft, deren Geruch sich hier mit dem von Öl, Metall und kaltem Zigarettenrauch gemischt hatte.

Ich selbst hatte keine Lust, zu rauchen. Ich stand einfach nur da, alleine auf dem Bahngleis und wartete auf meinen Zug, fest in meine Jacke eingewickelt. Irgendwann zündete ich mir dann doch eine Kippe an, aus Langeweile und aus der Sorge heraus, dass ich es sonst im Zug bereuen würde, wenn ich es nicht täte. Der Rauch schmeckte kalt und nach Abschied, mir kam ein bisschen Magensaft hoch und der saure Geschmack verteilte sich in meinem Mund. Kurz bevor der Zug kommen sollte, erschienen auch der junge Mann und die junge Frau, die den Fahrkartenautomaten nicht verstanden hatten, auf dem Bahnsteig. Sie diskutierten heftig und auch als ich mir Mühe gab, konnte ich ihre Sprache nicht zuordnen.

Mir war kalt von all dem Wind, deswegen war ich erleichtert, als der Zug endlich einfuhr. Tatsächlich war es auch kalt in dem Zug, aber immerhin waren nun meine Hände und mein Gesicht nicht mehr dem ständigen Wind ausgesetzt; langsam lösten meine Muskeln sich aus ihrer Verkrampfung. Der Zug war sehr leer, das kam mir gelegen, denn ich ertrug es nicht, so eingepfercht zwischen stinkenden, glücklichen, stupiden fremden Menschen. Das Land raste vor dem Fenster vorbei, kaltes, graues Land, und ich war nicht mehr wehmütig. Sich vom Meer zu verabschieden – was für eine dämliche Vorstellung. Das Meer ekelte mich an, es war gut, dass ich es jetzt zurückließ. Der Tiger würde über es wachen, über es walten, es beherrschen. Der Tiger würde sich das Meer untertan machen, so wie er bereits das Salzwasser meiner Tränen und meines Schweißes unterworfen hatte. Was sollte ich noch hier, an diesem trostlosen Ort, an dem nicht weniger Tod war, als überall sonst?

Mo saß im Schatten auf einer Bank. Er trug eine fleckige Jogginghose und ein T-Shirt, auf dem *American Football* stand. Auf seinem Schoß lag ein Heft, über das er sich mit krummem Rücken gebeugt hatte. In seinen Bewegungen lag etwas, das ich an ihm nicht kannte: Er sah angestrengt aus, wie er versuchte, die Zeichen auf dem Papier vor ihm zu entziffern. Ich stellte mich vor ihn hin, aber Mo schaute nicht auf.

»Hi, Mo.« Ich boxte ihm vorsichtig gegen die Schulter.

Er schaute mich an, aber er schaute mich nicht an.

»Hi«, sagte ich noch einmal.

»Hi«, sagte Mo, und es klang so, als wüsste er nicht genau, warum er das sagte. Er freute sich nicht, mich zu sehen.

»Und?«, fragte ich ihn, »was läuft bei dir so, wie geht's?«

Er nickte zerstreut, schaute mich irritiert an und sagte dann: »Ja, läuft.«

»Cool«, sagte ich und wusste nicht, was ich sonst noch

sagen könnte. Ich deutete auf den Platz neben ihm und fragte: »Kann ich mich setzen, passt das bei dir?«

»Klar«, sagte er und rückte ein Stück zur Seite.

Ich setzte mich neben ihn und dachte, dass er nicht mehr der Junge war, der mit seinem unbedingten Mitgefühl für Gerechtigkeit gesorgt hatte. Er war gar nicht mehr.

Was ist passiert, dachte ich mir und wischte Schweiß von meiner Stirn. Ich empfand die Hitze nicht als unangenehm, unangenehm war nur die Spannung zwischen Mo und mir, oder vielmehr: Die nicht-existente Spannung, die mich anspannte. Da war gar nichts, nicht einmal ein freudiges Aufblitzen seiner Augen, als er mich gesehen hatte. Nicht einmal ein Lächeln oder eine Gegenfrage. Es schien ihn einfach nicht zu interessieren, dass ich hier neben ihm in diesem Garten herumsaß. Er blätterte nur in diesem Heft – einem Magazin über die Kulturschätze unserer Erde – und ignorierte mich.

»Warum bist'n du nicht hochgekommen und hast Bescheid gesagt, dass du jetzt fertig bist? Du wusstest doch, dass ich kommen wollte.«

Meine Stimme klang ein bisschen vorwurfsvoll und ich ärgerte mich darüber.

»Svenja«, sagte Mo und schaute nicht einmal dabei auf.

»Mo«, sagte ich leise, weil es mir als passende Erwiderung erschien, aber schon als ich es sagte, kam es mir bescheuert vor.

Wir saßen nebeneinander auf der Parkbank und ich konnte mich nicht daran erinnern, ihm jemals nahe gewesen zu sein. Fragte mich, ob wir einander irgendwo verloren hatten oder ob es diese Freundschaft, von der ich immer gedacht hatte, sie sei so wichtig für uns, niemals gegeben hatte. Dann dachte ich, wie egoistisch von mir, meinem besten Freund geht es beschissen und ich mache mir immer nur Gedanken darum, wie die ganze Sache für mich läuft.

»Wie ist es hier denn?«, fragte ich ihn, weil ich es nicht aushielt, nichts zu sagen.

»Geht schon. Hab einen Zimmernachbar, der ganz okay ist.«

Mo schaute noch immer nicht auf.

»Ja, ach so, den habe ich schon kennengelernt. Sebastian, stimmt's?«

»Genau.«

Ich drehte mir eine Zigarette, um mich zu beschäftigen. Eigentlich war es viel zu warm, um zu rauchen; es war eigentlich viel zu warm für irgendetwas, aber nun war ich schon mal hier und wusste mit meinen Händen nichts anzufangen.

»Willst du auch eine?«, fragte ich Mo und wedelte mit meinem Drehzeug vor seinem Gesicht herum.

Plötzlich schaute er mich an. Sah aus, als wollte er sich an etwas erinnern und dann nickte er.

»Schön, dass du hergekommen bist« , sagte er, aber es klang nicht echt.

Ich freute mich trotzdem und dachte daran, dass wir vielleicht schon in wenigen Monaten über all das hier lachen würden und Witze reißen, darüber, was für ein Irrer Mo eine Zeit lang gewesen war. Ich drehte noch eine Zigarette und gab ihm dann die, die schöner geworden war.

Danke, bitte, hast du Feuer, es ist echt warm heute.

Wir rauchten und der Rauch mischte sich mit dem Rauch, der schon in der Luft hing. Undurchdringbare Nebelschwaden, die einen Kokon bildeten, in dem nur Mo und ich gefangen waren. Endlich waren wir wieder zu zweit, vereint. Endlich war die Gang wieder in der Stadt, die Crew wieder an Bord, bereit, Unruhe zu stiften und gemeinsam gegen alle zu sein.

Ich wollte Mo in den Arm nehmen, aber noch traute ich mich das nicht. Ich fragte ihn, auch ohne mich eigentlich recht zu trauen:

»Mo, ernsthaft, Heroin?«

Mo starrte auf seine Zigarette, dachte nach.

»Macht doch keinen Unterschied, oder?«

Keine Ahnung, was ich erwartet hatte. Dieser dürre, fremde Junge war nicht der Aufschneider, den ich liebte. Hatte seine Empathie verloren und auch sein loses Mundwerk. Er war nur noch ein gleichgültiger Erwachsener, einer von denen, die aus der Ferne cool und unnahbar erscheinen und in Wirklichkeit arme Trottel sind, einsam und trostlos.

»Waren Tanja und Ivo schon da?«, fragte ich, nur, um etwas zu sagen.

Mo wirkte, als würde ihn diese Frage anstrengen oder seine Suche nach einer Antwort darauf. Ich konnte sehen, wie er seine grauen Zellen bemühte, doch schließlich blickte er mich resigniert an: »Tanja und Ivo?«

Ich schluckte, da war ein riesiger Kloß in meinem Hals. Wusste nicht, was ich sagen sollte und war mir sicher, dass Mo mich nicht verarschte. Er war völlig ernst in seiner Verwirrung.

»Deine Eltern«, sagte ich vorsichtig, »du weißt schon, Mo, komm. Tanja und Ivo halt.«

Mo nickte langsam. Wandte mir sein Gesicht zu und gab sich Mühe, den Blickkontakt zu halten.

»Die Medikamente«, erklärte er. »Das Zeug, das ich hier bekomme, macht Matsch aus meiner Birne. Klar, Tanja und

Ivo, klar klar, Ma und Pa.«

Er senkte seinen Blick.

»Schön, dass du hergekommen bist, Svenja.«

Und ich wusste ganz genau, dass er spielte. Dass er die Dinge nicht meinte, die er sagte. Er wusste nicht mehr, warum er mit mir herumhing und vielleicht wusste er auch nicht, ob er sich über meinen Besuch freute. Ich spielte mit, was konnte ich schon tun?

»Ich finde es auch schön, Mo.«

Als wir die Zigaretten ausgedrückt hatten, drehte ich uns nochmal eine. Wir rauchten schweigend und ich wusste wirklich nicht, ob ich nicht lieber abhauen sollte. Eigentlich war mir gerade alles vollkommen egal, eigentlich machte es mir auch nichts aus, dass ich meinen klugen besten Freund an Medikamente verlor, die ihn wirr im Kopf machten. Eigentlich war es so was von egal. Es machtc ja eh keinen Unterschied.

Ich erwachte wegen eines Schmerzes in der Schulter. An das Zugfenster gelehnt war ich eingeschlafen, hatte die Häuser und Städte nicht an mir vorbeirennen gesehen, hatte verpasst, wie der Ort, an dem ich die vergangenen Monate verbracht hatte, immer weiter in die Ferne gerückt war. Der Zug war jetzt nicht mehr ganz so leer wie vorhin noch. Ich teilte mir das Großraumabteil mit einer unscheinbar wirkenden älteren Dame, einer kichernden Kleingruppe von Teenagern und einem jungen Mann im Anzug. Gerade als ich erwachte, kämpfte sich ein sehr dicker älterer Herr durch den Gang, seine Bewegungen waren schwerfällig, seine wenigen grauen Haare klebten fettig an seinem aufgeblasenen Kopf und er atmete laut. »Schlampen, alles Schlampen, so eine Schlampe«, keuchte er in einem fort, ohne dass klar war, worauf er sich bezog.

Ich hoffte sehr, dass er sich in ein anderes Abteil setzen würde und tatsächlich dampfwalzte er weiter, obwohl noch viele Sitzplätze frei waren. »Schlampen, so viele Schlampen, überall nur Schlampen«, entfernte sich seine schnaubende Stimme allmählich und ich war froh darüber.

Wahrscheinlich wäre ich wieder eingeschlafen, wenn nicht das Telefon des jungen Anzugträgers geklingelt hätte. Er war sehr akkurat gekleidet, auch das Haar stimmte, ich hatte den Eindruck, er sei unterwegs zu einem wichtigen Geschäftsabschluss, irgendwas millionenschweres und auf sauberen, glänzenden Tischen würden dort sorgsam ausgewählte Kekse gereicht und es gäbe Mitarbeiter, die eigens dazu angestellt wären, die Kaffeespezialitäten zu bereiten, die von den Verhandelnden gewünscht wären. Der junge Mann war vermutlich nicht der Drahtzieher dieses großen Geschäfts, so viel hatte er nicht zu sagen – noch nicht – er war vielleicht Protokollant oder anderweitiger Assistent, das verriet sein nichtssagender Standard-Klingelton, der mich erschreckte.

»Ja? Bin Zug, eine Sekunde.«

Seine Stimme war laut und fröhlich: »Ja, genau, war krasse Party, gestern, Mann«, sagte er und kam in Fahrt.

»Völlig hinüber, Alter, und die Chicka hat einfach alles mit sich machen lassen.«

Gespannt lauschte er in sein Telefon, nickte immer wieder, leckte sich über die Lippen, grinste breit.

»Nee, Mann, ich hab sie rausgeschmissen, hat voll genervt, die Alte.«

Wieder lauschte er und ich fand ihn unheimlich unsympathisch und wünschte mir, er würde weggehen. Selbst aufstehen wollte ich nicht, schließlich war ich zuerst hier gewesen, es war mein gutes Recht, hier in diesem Abteil, auf diesem Platz zu sitzen, und das würde mir dieser Schnösel nicht kaputt machen, sicher nicht. Jetzt begann er zu lachen, lachte laut, sein ganzes Gesicht erhellte sich und sah aus, wie das eines Kindes und er sprach vergnügt in sein Telefon: »Ja, Mann, du kennst doch *Mitten im Leben*, die Fernsehserie? Die haben da doch so Balken, wo steht, was die sind und so. Ja, Mann, genau. Ja, genau. Was würde da bei dir stehen? Auf dem Balken, Mann.«

Er lachte laut und schaute sich dann im Zugabteil um. Die ältere Dame starrte angestrengt aus dem Fenster, die Teenagergruppe nahm keine Notiz von ihm. Der Zug wurde langsamer, irgendeine Kraft drückte mich in meinen Sitz und ich lehnte mich wieder an die Fensterscheibe. Eine Durchsage, die uns mitteilte, in welchem Teil des Landes wir uns mittlerweile befanden, der Hinweis: »Der Ausstieg in Fahrtrichtung rechts«, und einige Sekunden später dann, »ich korrigiere, Ausstieg ist heute in Fahrtrichtung links. Ich wiederhole: In Fahrtrichtung links.«

Dann hielt der Zug und die kichernden Teenager standen geschlossen auf, um den Zug zu verlassen; wahrscheinlich war ihr Plan für die kommenden Stunden Vorglühen auf dem Spielplatz, bevor es für sie zur angesagtesten Silvesterparty der ganzen Einöde hier ging. Niemand Neues rückte an ihre Stelle, es war der Mittag des letzten Tages im Jahr, wer fuhr da schon Zug?

»Ja, Mann, dann lass was starten, übermorgen«, sagte der Anzugträger unterdessen in sein Telefon.

»Heute bin ich doch mit Freundin. Ja. Ja. Bisschen kuscheln, du weißt schon, bang bang und Sekt und so. Okay,

Mann, dann mach's gut«, und er gab seinem Telefon zwei schnelle Küsschen.

Ich räusperte mich laut wie so ein dummer Spießer, aber der Anzugträger-Typ nahm keine Notiz von mir. War ja auch egal, eigentlich. Der Zug fuhr wieder an; er nahm langsam an Fahrt auf und ich merkte, dass ich schon wieder schläfrig wurde.

15

Danach wurde es erst einmal besser. Irgendwann nach meinem Besuch bei ihm lernte Mo noch in der Klapse Deer kennen. Deer war ein anderer Verrückter, der irgendwie nicht so richtig tickte, den das Leben irgendwie auch fertig machte, der sich irgendwie auch nicht so richtig anpassen wollte oder konnte. Ein anderer Irrer, der seinen eigenen Schmerz tief in sich versteckt hielt, und es tat Mo gut, mit ihm zusammen zu sein. Deer war ein paar Jahre älter als wir und ein Draufgänger. Er sah ziemlich gut aus, hatte einen wirklich schrägen Humor und er machte Mo so glücklich, wie ich ihn seit Jahren nicht mehr gesehen hatte. Ende gut, alles gut, dachte ich mir, als Mo aus der Irrenanstalt kam, mit diesem breiten Grinsen im Gesicht und den selbstbewusst nach hinten gereckten Schultern.

Seine Mutter lud mich zum Essen ein, an dem Tag, an dem Mo nach Hause kam, und wir scherzten alle – Mo, seine Eltern, seine Schwester und ich –, so wie wir vielleicht höchstens damals gescherzt hatten, als Mo und ich noch extrem jung waren und von den Sorgen der Pubertät nichts wussten, und es war an diesem Tag, als wäre er nie fort gewesen.

Mos Mutter hatte Lasagne gemacht, mit Bolognese- und Béchamelsauce und einem grünen Salat dazu, und zum Nachtisch gab es Pudding. Ich hätte gerne ein kühles Bier zum Essen getrunken, aber diese Dreistigkeit erlaubte ich mir nicht angesichts der Freude, die allen im Gesicht stand wegen Mos Rückkehr; angesichts der Unschuld von Mos Schwester und dem hellen, weichen Abendlicht, in dem sich all die Sommer unserer Kindheit wiederfanden.

Über Mos Klinikaufenthalt verloren wir kein Wort. Wir alle taten so, als sei Mo nicht weg gewesen oder als hätte er sich zumindest nicht an einem nennenswerten Ort aufgehalten; nur ein paar Häuser weiter, nur zu Besuch bei nahen Verwandten oder guten Bekannten, in einer Umgebung, die allen am Tisch bekannt war und über die es sich deswegen nicht zu sprechen lohnte. Stattdessen ließen wir Mos Schwester berichten, wie es an der Schule lief, wie sie die vergangenen Wochen verbracht hatte, und dann erzählte sie aufgeregt, was sie für ihren bevorstehenden Geburtstag geplant hatte – sie wollte Kuchen essen und danach mit ihren Gästen draußen bei den Schrebergärten ein Lagerfeuer machen – dass Mo und ich auch eingeladen seien und im Übrigen wünsche sie sich ein Skateboard von ihrer Familie zum Geburtstag. Mos Eltern lächelten selig. Es war ihnen anzumerken, wie erleichtert sie darüber waren, dass die Normalität dabei war, sich wieder in ihrer Familie einzustellen. Bei uns in den Hochhäusern war es normal, von der Normalität abzuweichen; fast jeder tat das auf irgendeine Weise und dennoch war es für die Einzelnen eine große Belastung, denn sie wussten, dass die Nachbarn sich die Mäuler zerrissen über das Unglück der anderen, das schon deswegen ein befriedigendes Gesprächsthema war, da es immerhin für eine Zeit lang vom eigenen Unglück ablenken konnte.

Nachdem Mo sich in Deer verliebt hatte, war es mit ihm merklich bergauf gegangen und er hatte mich manchmal von selbst angerufen. Bei diesen Telefonaten hatte er mir natürlich schon von seinem neuen Freund erzählt, aber vor seiner Familie konnte ich ihn nicht ausquetschen. Ich genoss es auch, mir vorzumachen, es sei noch immer alles genau so, wie es früher gewesen war. Damals, als wir, zumindest in meiner verklärten Erinnerung, noch unbeschwerte Kinder gewesen waren, die zu viel Fanta tranken, in den kleinen Hütten auf dem Spielplatz heimlich stundenlang Gameboy spielten und dabei Brausepulver, saure Schnüre und Gummibärchen teilten und an den Kindergeburtstagen mit verklebten Mündern bei den Schlümpfe-Hits mitsangen. Damals. Bevor wir unsere Körper absichtlich mit Alkohol und Nikotin vergifteten, bevor wir unsere Gesichter auf fremde Münder stürzten und bevor wir unsere Herzen unbekümmert weiterreichten, um sie dann zerquetscht und voller Beulen wieder entgegenzunehmen.

Es war Hochsommer und lange hell abends, also gingen wir nach dem Essen noch einmal nach draußen, zur Brücke. Vorbei an den Schrebergärten, vorbei an der Grillstelle, an der Mos Schwester ihren Geburtstag feiern wollte, und Mo verriet mir, dass er persönlich ihr das Skateboard schenken würde. »Meine Eltern kaufen ihr das eh nicht. Die denken immer, dass sie immer noch auf Puppen steht und so 'ne Scheiße, die haben das sicher schon wieder vergessen, dass sie sich das gewünscht hat.«

Mo erklärte mir, dass er das Board selbst bemalen wolle. Er wollte was Kitschiges malen, mit einem Einhorn und sowas.

»Meine kleine Schwester steht auf so Zeug.«

»Okay, cool«, sagte ich und kickte gegen ein leeres Schneckenhaus, »da freut sie sich bestimmt mega.«

Ich machte eine bedeutungsvolle Pause (oder stellte mir

zumindest vor, dass sie bedeutungsvoll sei) und sagte mit
irgendwie kratziger Stimme:

»Aber jetzt erzähl endlich mal: Was geht denn jetzt mit
Deer?«

Ich brannte darauf, die Neuigkeiten zu erfahren und ich
konnte Mo ansehen, dass er mir davon erzählen wollte. Sein
Gesicht leuchtete auf, als er sprach, seine ganzen Augen
leuchteten und alles: »Ich bin übelst verknallt, Svenja.« Wie
früher sagte er völlig akkurat das, was er gerade dachte.

»Ich hab ihn so bisschen im Raucherraum kennengelernt
und fand ihn gleich gut und ich weiß nicht wieso, aber wir
haben dann nur ein paar Kippen zusammen geraucht und
bisschen gequatscht und da hat er mich angesehen, mit so einem halbernsten, irgendwie irren Blick, und dann hat er so
zu mir gesagt: *Ich bin in dich,* und ich fand, das war komisch
formuliert, eher so wie ein Fünftklässler, aber ich wusste
gleich, wie er das meint.«

Mo lächelte und ich lächelte ihn an. Ich dachte, dass ich
mich getäuscht hatte, als ich im Garten der Besserungsanstalt
neben ihm saß und das Gefühl hatte, dass er nicht mehr der
Alte war. Mo war ganz der Alte, alles war gut und von
Traurigkeit keine Spur mehr. Er war der Mo, den ich kannte,
mein Mo, die Medikamente hatten sein Hirn nicht zer-
matscht und das Heroin war vermutlich nur ein dummer
Gedanke gewesen, eine einmalige Sache, alberner Übermut.
Mo zündete eine Zigarette an, als wir die Brücke erreichten,
und überreichte sie mir mit seinem schiefen Grinsen. Wir
setzten uns auf den schmutzigen Boden, lehnten uns an das
Geländer und atmeten die Luft, die vom Tag noch ein bisschen feucht und noch ein bisschen warm war. Es war dieser
Zeitpunkt, an dem es gerade dunkel wurde. Es kam uns so

vor, als würde in Minuten die Wärme des Tages aus dem Boden weichen, als würde in Augenblicken das Licht vom Himmel und aus den Baumwipfeln verschwinden. Ich fröstelte und vergrub meine Hände tief in den Ärmeln meines Sweatshirts.

»Er ist schon paar Jahre älter, aber das macht eigentlich nichts, das Alter sagt ja nichts aus über wen.« Ich nickte, während ich versuchte, nicht auszuatmen, um genau zu schmecken, wie sich der Rauch in meiner Lunge anfühlte. Irgendwie trocken, ein bisschen warm und rau. Bevor mir schlecht werden konnte, ließ ich die Luft langsam entweichen.

»Cool«, sagte ich, »ich freu mich für dich.«

Schön für dich, aber was wird aus uns, dachte ich, aber ich sprach es nicht aus. Unsere ernste Freundschaft hatte sich noch nie mit einer ernsten Beziehung messen müssen, aber andererseits hatten wir jetzt ja auch diese völlig bescheuerte Sache mit der Klapse heil überstanden.

»Es ist gut, wieder hier zu sein«, sagte ich. Mit dir, meinte ich. Wir beide, wollte ich sagen und wusste, dass Mo es wusste.

»Ja«, sagte Mo und wir sahen dem Himmel dabei zu, wie er die Farbe verlor.

Als ich wieder aufwachte, war es schon Nachmittag. Obwohl Winter war, sah die Welt, die vor dem Zugfenster an mir vorbeiraste, merkwürdig mild aus. Das Licht, dessen Farbe mich sinnloserweise an einen süßen Pfirsich erinnerte, stieg ruhig vom Boden auf, und der Himmel war wolkenlos. Überrascht stellte ich fest, dass es nicht mehr weit war, dass ich mein Ziel beinahe schon erreicht hatte. Ich wollte zu meinem Telefon greifen und Mo anrufen, weil ich ihm sagen wollte, dass ich gleich wieder daheim wäre, ob er Zeit hätte, und auch, weil ich ihn plötzlich vermisste und einfach nur seine Stimme hören wollte.

Wie so oft in den vergangenen Monaten brauchte ich einen kurzen Moment, bis mir wieder einfiel, dass ich Mo nicht würde erreichen können. Nie würde erreichen können. Dass ich nie wieder die Möglichkeit hätte, seine Stimme zu hören und nicht einmal würde mit ihm am Telefon schweigen können. Dann dachte ich an Uwe und mir war zum Kotzen zumute. Das freundliche Licht vor dem Fenster kam mir trügerisch vor, heuchlerisch, hämisch. Ich sah auf meine eigenen Handgelenke hinab und stellte mir vor, wie es wohl wäre, die Haut sorgsam mit einem glatten Schnitt zu durchtrennen. Ich vergaß, dabei etwas zu fühlen und dann dachte ich wieder über etwas anderes nach. Ich dachte an meine Mitreisenden, von denen ich wusste, dass sie wohl alle menschlich waren, auch wenn ich Schwierigkeiten hatte, sie mir als denkende, fühlende Lebewesen vorzustellen. In meiner Vorstellung existierten sie nur in meiner Vorstellung. Ich konnte nicht wirklich eine Brücke schlagen zwischen innen und außen und dass ein anderer Mensch in seinem eigenen Kopf lebte und aus seinen eigenen Augen hindurch die Welt betrachtete, immerzu, jederzeit – das war nicht mehr als ein Gedanke für mich, an den zu glauben ich immer wieder vergaß. Umso mehr ärgerte ich mich über das störende Verhalten der anderen. Ich wollte meine Ruhe, wollte meinen Gedanken nachhängen und im Selbstmitleid versinken und weiterhin alle anderen und alles andere ausblenden.

Als eine hohe, dünne Stimme hinter mir so halbwegs in mein Ohr brüllte, war ich also genervt. Ich stellte mir vor, wie ich mit einer übergroßen Fliegenklatsche einen Roundhousekick ausführen würde, so dass all das Gesumme und Gebrumme im Abteil sich mit einem Mal legen würde und ich endlich – endlich – wieder meine verdammte Ruhe hätte. Aber natürlich hatte ich keine überdimensionale Fliegenklatsche, natürlich wäre es auch illegal und menschenfeindlich, einfach andere niederzuklatschen und natürlich hörte die fiepende Stimme hinter mir nicht mit dem Sprechen auf.

»Sie denken sicher, ich hätte eine Wanderung gemacht, wegen des großen Rucksacks?«, sagte das Stimmchen und zu meinem Überdruss tippte jetzt auch noch jemand mit einem spitzen Zeigefinger auf meiner Schulter herum. Die Stimme klang, als gehörte sie einer Mücke oder einem anderen widerlichen Insekt. Der offenbar zur Stimme gehörige Finger auf meiner Schulter tippte energisch, und für einen Moment fürchtete ich, die Schulterpartie meines Sweatshirts könne durch das Tippen Schaden nehmen. Ich drehte mich zu der Stimme um.

Ein großes Mädchen oder eine junge Frau – keine Ahnung, mit dem Schätzen des Alters von Leuten war ich noch nie gut und wo sind überhaupt die Grenzen; ab wann ist man kein großes Mädchen mehr, sondern eine junge Frau? Dass ihre dunkelroten Haare ihr bis zum Arsch reichten, irritierte mich, besonders weil mir schien, dass ihre Frisur im direkten Gegensatz zu ihrer geringen Körpergröße stand.

»Ich habe keineswegs eine Wanderung gemacht. Falls Sie das denken, dann irren Sie sich«, fuhr die Mädchenfrau fort.

Ich starrte sie an.

»Ich war indes bei der Arbeit und habe mir den Rucksack mitgenommen, um mein Getränk und mein Pausenbrot zu transportieren.«

Sie begann, am Reißverschluss ihres Rucksacks zu nesteln, um mir den Inhalt präsentieren zu können.

»Okay«, sagte ich und dachte, dass sie und ihr Scheiß-rucksack und dessen Scheißinhalt mir wirklich scheißegal waren.

»Ich arbeite jeden Tag und nehme mir auch jeden Tag ein Vesper mit«, sagte sie und zeigte mir stolz eine halbtranspa-rente, lilafarbene Tupperbox, in der ein paar Krümel und ein sorgsam mehrmals gefaltetes Butterbrotpapier lagen.

»Okay«, sagte ich und schaute aus dem Fenster.

»Für dieses Jahr habe ich zum letzten Mal gearbeitet«, klärte mich die Piepsstimme auf. Und, nur für den Fall, dass ich nicht verstand, was sie damit meinte, fügte sie hinzu: »Es ist ja heute nämlich der letzte Tag im Jahr.«

Ich sah kurz in ihre Richtung hinüber, ohne ihr in die Augen zu blicken.

»Ja«, sagte ich.

»Aber eigentlich habe ich überhaupt zum letzten Mal gearbeitet«, sagte die Stimme wieder und ich hatte mich schon wieder weggedreht.

»Ich werde mir nämlich heute Abend das Leben nehmen.«

Das Wort *Zivilcourage* schoss mir durch den Kopf. Ich hatte es irgendwann bei irgendwelchen dämlichen Projekttagen in der Schule gelernt. Für fremde Menschen einstehen und dazwischengehen, wenn man irgendwelche Zwischen-fälle in der Bahn oder sonst wo beobachtet. Rassistische Zwi-schenfälle oder meinetwegen auch, wenn man merkt, dass da jemand einen anderen ausraubt oder so einen Scheiß. Aber in diesem Fall? Keine Ahnung. Ich hatte Mo nicht retten kön-nen.

Zwar hatte ich Uwes Plan, sich zu töten vereitelt, aber ihn im Vorhinein davon abzuhalten, war mir auch nicht möglich gewesen. Überhaupt: Was kümmerte mich diese irre Trulla? Was konnte ich schon für dieses Mädchen tun, das mich so freundlich anblickte? Mir fiel auf, dass ich sie anstarrte – irgendwie musste ich wohl meinen Kopf doch wieder in ihre Richtung gedreht haben – und natürlich wusste ich nicht, was zu tun sei. Wie ich einfach nie, nie, niemals wusste, was denn zu tun sei.

»Okay«, sagte ich, »ich muss hier gleich raus.«

Ich hob meinen Rucksack auf und stand auf, um mich schon einmal zur Tür zu stellen.

16

Natürlich habe ich Mo verklärt. Schon zu seinen Lebzeiten, aber auch hinterher. Habe ihn verklärt, weil ich ihn verehrt habe oder vielleicht musste ich ihn auch verklären um ihn zu verehren. Mo war mein Superheld, mein großer Bruder, mein Vorbild. Mo war der beste Teil von mir und ohne Mo wäre ich irgendwo in der klebrigen Masse aus faden Durchschnittsmenschen verloren gegangen, soviel ist sicher.

Während ich nur gewöhnlich war – ein wenig melodramatisch vielleicht, aber auch nicht mehr, als es die Jugend eben von einem verlangt – ein hundsgewöhnlicher Mensch ohne besondere Eigenschaften, ohne Hobby und ohne Charisma, war Mo derjenige, der aus meinem Leben ein Abenteuer machte. Mo war mein schlechter Einfluss und Mo war der mit den aberwitzigen Ideen. Vor allem war Mo schlau wie kein Zweiter. Er wusste zweifellos über alles etwas, kannte sich auf jedem Gebiet aus und überraschte mich immer wieder mit seinen reflektierten Thesen zu Themen, über die ich mir vorher nie Gedanken gemacht hatte. Mo war couragiert und selbstlos und kampflustig. Mo war der beste Tröster aller Zeiten, er war immer für mich da und er war treu und idealistisch.

Mo, mein wunderbarer Mo, der Coolste von allen, der jede Diskussion mit seinen durchdachten Argumenten gewann, der magisch alle in seinen Bann zog, der die lustigsten dreckigen Witze reißen konnte. Mo, mein wunderbarer Mo.

Eigentlich war er natürlich ein Versager. Ein Häufchen Elend. Nicht stark genug für die Welt. Nicht gemacht für diese Welt – zu gut, zu edel, zu fein, würde ich gerne sagen. Aber die Wahrheit ist: Ich konnte diesen Schein am Ende nicht einmal mehr vor mir selbst wahren. Ich sah, wie Mo an Substanz verlor. Sah ihn immer öfter lügen, wenn er etwas nicht wusste. Sah, wie er so tat, als ob. Weil er sich selbst gerne so sah – als den Intelligenten aus dem Ghetto, der es mit seinem messerscharfen Verstand schafft, zu etwas Besserem aufzusteigen. Als den Altruisten, der trotz der schwierigen Verhältnisse edelmütig für die Rechte der anderen streitet. Aber am Schluss war Mo vor allem: ein Wrack. Ein psychisch Gestörter, der den Umständen nicht gewachsen war; ein Abnormer unter Abnormen, und wenigstens darin wollte er dann der Beste sein.

Ich meine, ich bin natürlich nicht froh über seinen Tod, auf keinen Fall, aber ich glaube, ich habe meinen Mo schon lange davor verloren. Denke mir manchmal, dass er sich vielleicht lieber gleich hätte umbringen sollen, und hasse mich dann für diesen Gedanken. Es gab nichts, wovor ich jemals mehr Angst gehabt habe, als davor, Mo zu verlieren. Als er dann weg war, war ein Teil von mir, für den ich mich schämte, auch erleichtert, weil ich jetzt nicht mehr um ihn fürchten musste.

Damals, in dieser merkwürdigen Zeit vor dem Abitur, waren Mo und ich wie verzaubert. Wir waren Brüderlein und Schwesterlein in einem magischen Wald, in dessen gelbem Licht auch unsere Schmerzen heilig erschienen. Wir wandelten durch die Täler, blind von einer Sehnsucht, die wir nicht benennen konnten, jagten Träumen nach, die uns nach dem Aufwachen noch wie Sand in den Augen klebten. Ich hätte nicht geglaubt, dass es sich je ändern könnte, und doch war alles in einer Änderung begriffen.

Ich merkte es nicht, weil ich nicht mehr Mos Eingeweihte war; weil er Entscheidungen ohne mich traf und ich es mir nicht eingestehen wollte. Ich redete mir stetig ein, dass unsere Freundschaft über allem stand. So wie die Brücke für mich über der ganzen Scheiße des Alltags schwebte, so war die Freundschaft zwischen Mo und mir ein Ort, an dem sich nie etwas ändern konnte, weil er durch einen göttlichen Bann vor jeder Veränderung, vor jedem Eingriff von außen geschützt war. Ein immergrüner Garten, vor dessen Toren die verdorbenen Pflanzen rankten; nie aber das Gatter würden überwinden können.

Mo ist jetzt tot und ich bin eine verbitterte Erwachsene geworden, ohne Sehnsucht, ohne Träume. Mein Gesicht ist grimmig, meine Augen starr. Ich glaube nicht mehr an Wünsche und auch nicht an die Schönheit der Verzweiflung. Das Licht ist nicht mehr gelb, dafür hat meine Haut eine kränkliche gelbe Farbe angenommen. Ich lebe in meinem Selbstmitleid und in der Vergangenheit, und in manchen Augenblicken denke ich: Gut, dass Mo tot ist. Mo als verbitterter Erwachsener – damit wäre ich nicht klar gekommen.

Vielleicht, wenn er überlebt hätte, wären wir immer Kinder geblieben, nackt und voller Neugier auf die Welt. Aber wahrscheinlicher ist es, dass wir trotzdem verwelkt wären, so wie ich verwelkt bin. Zwei stumme Holzmenschen, deren Gelenke klappern und die an nichts mehr glauben. So wie die Erwachsenen, die wir früher kannten, so wie die meisten Erwachsenen sind. Mo war schon auf dem besten Weg dorthin, wenn ich ehrlich bin. Kein Kind, schon längst nicht mehr, und von seinem Mut und seiner Schläue waren nur noch die bemühten Versuche geblieben, den Schein zu wahren.

Vielleicht ist jung zu sterben das einzige, was Sinn macht. Vielleicht wusste Mo das, so wie er immer alles wusste, vielleicht hat er vorgesorgt, um sich vor dem Verfall zu bewahren.

Es war noch immer so merkwürdig warm, als ich aus dem Zug ausstieg, und ich fühlte mich, als hätte ich den Jahreswechsel einfach verpasst. Als wäre jetzt schon Frühling; die ersten warmen Sonnenstrahlen und das Leben erwacht langsam wieder und überall Schmetterlinge und die ganze Scheiße.

Der Bahnhof roch noch genau, wie er gerochen hatte, als ich vor ein paar Monaten von hier weggefahren war. Die Sticker auf der Eingangstür zur Bahnhofshalle waren noch dieselben, die dreckigen Stellen auf dem Boden waren noch dieselben und die Penner waren noch dieselben. Ich fühlte mich, als würde ich an das Set eines Filmes zurückkehren, der hier vor langer Zeit gedreht worden war und nach dessen Fertigstellung sich niemand die Mühe gemacht hatte, die Kulissen wegzuräumen. Ich allein wusste, dass zwar alles noch gleich aussah, aber nichts mehr gleich war.

Die Abfahrtszeiten des Busses hatten sich um zwei Minuten nach vorne verschoben, weswegen ich rennen musste, um ihn gerade noch zu kriegen. Vor weniger als einem Jahr waren Mo und ich in dem Bus gesessen, am Tag, an dem wir mit den Abiprüfungen durch waren. Hackedicht hatten wir uns auf die Sitze geschmissen, Mo wollte noch zu Deer und ich auf eine Party von Leuten, die ich nicht leiden konnte.

»Wir haben's geschafft, Svenja«, lallte Mo und boxte mich in den Arm, »wir sind jetzt Bildungsaufsteiger, so kann man uns jetzt nennen.«

»Und du wirst ein scheiß Anwalt«, sagte ich, »und dann trägst du immer Pullunder und Weste und vögelst nur noch zu festen Terminen, und irgendwann adoptiert ihr euch ein scheiß Kind und lest jeden Tag die verfickte Zeitung am Frühstückstisch auf dem so eine ... du weißt schon, so ein Ding mit Orangen ... also so eine scheiß Obstschale drauf steht.«

Mo grinste und ich grinste und ich hätte ihn gerne gefragt, ob er was rauchen wollte und fühlte mich dann schlecht deswegen. Ich hatte zu viel getrunken und die Kotze kam mir hoch.

»Ich hab dich, Svenja«, sagte er und legte seine warme Hand auf meine. Dann musste ich kotzen und er hielt meine Haare nach oben, so wie er immer meine Haare nach oben gehalten hatte, nur diesmal kotzte ich auf den Boden des fahrenden Busses, der irgendwie bremste oder so, und ich wurde nach vorne geschleudert und rutschte in der Kotze aus und fiel volle Kanne auf die Fresse.

Mo zog mich hoch und hielt mich fest und als er aussteigen musste, zog er mich aus dem Bus und schleppte mich mit zu Deer und stellte mich dort unter die Dusche. Vielleicht hatte er sich eigentlich auf den Abend mit seinem Freund gefreut, aber wenn meine Anwesenheit ihn störte, ließ er es sich nicht anmerken. Er bezog die Couch für mich, während ich mit Mühe versuchte, meine Arme und Beine einzuseifen, er stellte mir ein Glas Wasser hin und dann schauten wir alle drei noch bis spät in die Nacht Animationsfilme, auch wenn ich in Wahrheit schon ganz zu Beginn eingepennt war.

Jetzt saß ich allein in dem verkackten Bus und schaute betrübt durch die Fenster. Was ich mir niemals hätte träumen lassen: Dass es diesen Ort hier, meine alte Heimat, geben konnte, ohne dass Mo hier irgendwo existierte. Eigentlich war er ja auch gar nicht ganz weg, ich sah ihn überall. Dort, am Eingang des Dönerladens, in dem wir manchmal noch Bier geholt hatten, wenn es in den Läden schon keines mehr gab. Da, auf der Treppe zur Universitätsbibliothek, wo wir uns noch im Frühjahr immer zum Rauchen hingesetzt hatten. Mo, der alte Streber, hatte darauf bestanden, dass wir die Wochen vor dem Abi zum Lernen nutzten, und so hatten wir uns jeden Tag in die Bibliothek geschleppt, um Ableitungen und so einen Scheiß zu pauken. Er hatte mir erklärt, was es mit dem Vektorprodukt auf sich hatte, und als ich jetzt, nur einige Monate später, an diesem erstaunlich warmen und hellen Silvesterabend an der Bibliothek vorbeifuhr, traf es mich wie ein harter Schlag mitten in die Magengrube. Mir fiel auf, dass ich nicht mehr sagen konnte, wie das nochmal war, mit diesem verkackten Vektorprodukt.

Ich hatte etwas vergessen, was Mo mir gesagt hatte und ich würde immer mehr vergessen. Ob ich seine Augen vergessen würde? Und den Duft seiner Kleider? Ob ich die schlechten Witze vergessen würde, die er gerissen hatte, und wie wir gemeinsam Sport geschwänzt hatten, obwohl er Sport eigentlich mochte? Ob überhaupt noch irgendetwas bleiben würde von ihm, von dem Jungen, der mir meine ganze beschissene Jugend hindurch immer wieder zur Seite gestanden und mich vollkommen ruiniert hatte?

Wieder hier zu sein, war so viel krasser, als ich es mir hätte vorstellen können. Erst jetzt merkte ich, dass die Monate am Meer mir vielleicht doch tatsächlich ein kleines bisschen geholfen hatten, mit alldem fertig zu werden.

Obwohl ich schon einige Böller gehört hatte, fühlte sich der Tag für mich nicht an wie der letzte Tag des Jahres. Ich war in einer Art Zwischenschleife gefangen und glaubte nicht daran, dass es einen Abschluss geben könne. Im Bus waren kaum Leute und die Fahrerin fuhr wahrscheinlich viel zu schnell und viel zu stürmisch; viel schneller und viel stürmischer jedenfalls, als es die Personenbeförderungserlaubnis vermutlich vorsah. Immer wieder musste ich mich an dem Haltegriff neben meinem Sitz festhalten, um nicht nach vorne geschleudert zu werden. Was würde meine Mutter sagen, wenn ich gleich einfach bei ihr vor der Türe stehen würde?

Zwei Stationen bevor ich aussteigen musste, verließen die beiden anderen Menschen, die außer mir mitgefahren waren, den Bus. Am Jahreswechsel haben die Leute Besseres zu tun, als den öffentlichen Nahverkehr zu nutzen. Jetzt waren es nur noch die Fahrerin und ich. Aus irgendwelchen Gründen kam mir das aufregend vor und ich dachte, dass sie vielleicht gleich gegen eine Mauer fahren würde oder irgendwie so etwas. Stattdessen fuhr sie einfach weiter, steuerte in ihrer ziemlich leichtsinnigen Art und Weise den Bus durch die halbwegs leeren Straßen und es kostete mich eine riesige Überwindung, auf den Haltewunsch-Knopf zu drücken, kurz bevor meine Haltestelle kam. Meine Hand war schwer und ich dachte, dass ich doch nicht mehr hier lebte, dass ich hier unmöglich würde aussteigen können, aber ich wusste auch, dass ich eine Mission hatte oder sowas, und dass ich kein Feigling sein konnte. Allein wegen Mo konnte ich es mir nicht leisten, mich zu drücken und deswegen drückte ich dann stattdessen den Knopf.

Wenn ich ganz ehrlich bin, dann ist es meine Schuld, dass Mo tot ist. Klar, er hat sich das selbst ausgesucht und hat selbst für seinen Tod gesorgt und so, aber wenn ich eine bessere Freundin gewesen wäre, dann wäre er wahrscheinlich auch so klargekommen, denke ich. Und auch wenn ich weiß, dass es scheiße ist, sowas zu denken, weil mit Schuldgefühlen kommt man ja nicht weit und so und es ist wie es ist und lässt sich auch nicht mehr ändern und die ganze Scheiße, aber im Grunde genommen denke ich, ich hätte ihm einfach zuhören müssen. Das habe ich mich nicht getraut, nicht wirklich jedenfalls

Als er aus der Klinik kam, frisch verliebt und irgendwie geläutert, bildete ich mir ein, dass jetzt wieder alles wie vorher sei, und überhaupt war ich der Meinung, dass ich mich auch mal um mich selbst kümmern müsse, schließlich war die ganze Kacke auch für mich mies gewesen. Mo hatte ja seine Therapie und dann auch noch diesen Deer. Und ich? Was war mit mir? Ich hatte einen besten Freund, der plötzlich kranke Sachen machte und mit den ganz harten Drogen herumexperimentierte und dabei das Leben aufs Spiel setzte, das für mich doch so wichtig war. Ich dachte, ich würde mich selbst schützen, wenn ich so täte, als wäre alles wieder gut.

Manchmal versuchte er, mit mir über das zu reden, was ihn bewegte, glaube ich. Dann sagte er Sachen wie: »Es ist doch eh alles egal ... Nichts hat einen Sinn, Svenja.«

Und ich zuckte bei solchen Gelegenheiten mit meinen Schultern und lächelte ihn an und sagte: »Klar, aber scheiß drauf.«

Er versuchte mir zu erklären, dass die Welt nicht für ihn geschaffen sei und er nicht für die Welt. Und alles, was ich dazu sagte war: »Hm, keine Ahnung.« Weil: Was hätte ich denn sagen sollen? Ich verstand ihn, und dann wieder nicht, und eigentlich sprach ich lieber über Musik mit ihm oder über Videospiele, Hartalk oder Mondfinsternisse. Über alles, eigentlich, nur nicht über seinen potentiellen Tod und seine leichtsinnigen Spiele damit.

»Ich glaube, es wäre besser gewesen, wenn ich in der Klapse geblieben wäre«, sagte Mo zu mir, als er schon einige Monate draußen war. Er und ich saßen in meinem Kinderzimmer auf dem Boden. Mo lehnte sich an mein Bettgestell und ich lehnte mich an den Schreibtischstuhl. Früher hätte ich mich an Mo angelehnt, aber jetzt berührten wir uns eigentlich gar nicht mehr. Zwischen uns war sicher ein halber Meter Platz, auf dem Boden stand eine Wasserpfeife. Das Fenster hatten wir aufgerissen. Abwechselnd nahmen wir tiefe Züge von dem süßen Rauch, der aus dem Shisha-Schlauch hervorquoll. Als ich die Kohle, die nur schwerfällig brannte, anders positionieren wollte, damit sie mehr Luft bekam, fiel ein glühendes Stückchen Asche auf meinen dreckigen Teppichboden und machte einen hässlichen Fleck.

»Wieso in der Klapse?«

Mo nahm den Schlauch und atmete lange ein: Wassermelone-Passionsfrucht. Ich drückte auf dem verkohlten Fleck herum und verrieb den Dreck ein bisschen, so dass der Fleck noch größer wurde.

»Ich meine«, sagte ich und dachte wahrscheinlich, dass das irgendwie lustig und irgendwie wahr sei und Mo das genau so sehen würde, »ich meine, eigentlich ist das alles hier doch wie so ein Irrenhaus. Die ganze Welt. Alles Bekloppte. Ich mein, ist doch Quatsch zu sagen der und der und der, die sind irre, die werden weggesperrt. Alle Leute sind irre, schau dir doch an, wie die Menschen miteinander umgehen.«

Mo starrte die Shisha eine ganze Weile an, bevor er mir den Schlauch reichte und mit den Schultern zuckte. »Ja, keine Ahnung, scheiß drauf, wahrscheinlich hast du ja recht«, sagte er, und ich hatte auf einmal das Gefühl, dass wir uns nicht mehr wortlos verstanden.

Wenn ich ihm nur zugehört hätte. Ich meine, also, wenn ich versucht hätte, ihn zu verstehen und all diese Sachen gesagt hätte, die ich vermeiden wollte: Geh zum Psychologen, lass dir helfen, das geht vorüber, das ist eine Krankheit und muss nicht für immer so bleiben. Aber ich dachte irgendwie auch, dass ich seine Gefühle nicht respektieren würde, wenn ich ihm reinredete. Wenn er sich umbringen wollte, dann sollte er sich doch umbringen, meine Güte, das war ja wohl sein gutes Recht, es war sein Leben und ich war doch seine beste Freundin und wollte das nicht aufs Spiel setzen, indem ich bevormundend in seine Pläne eingriff. Hätte ja auch keiner gedacht, dass es echte Pläne waren, die er irgendwann in die Tat umsetzen würde. Eigentlich war ich irgendwie davon ausgegangen, dass Mo einfach wieder der Alte sein würde, wenn wir nur lange genug so täten, als wäre er es bereits.

Fuck, Mensch zu sein, ist nicht so einfach.

Als ich aus dem Bus ausstieg in die kühle Abendluft, die bereits nach Schwefel roch, durch die bereits die Böller wie kleine Sprengladungen zischten, überwältigte mich dieser Ort derart, dass ich beinahe in die Knie gegangen wäre und meine Augen fast eine Minute lang fest zukneifen musste, um mit den Erinnerungen und Flashbacks fertig zu werden. Hier hatten Mo und ich gelebt, hier waren wir aufgewachsen.

Als wir auf der großen kreisrunden Netzschaukel saßen, mit den massigen Tüten voller Gummibärchen und die Jackentaschen voll von billiger Kosmetik, die wir uns stolz von unserem gesparten Taschengeld gekauft hatten, niemals benutzten, weil sie komisch roch und immer nur mit uns herumtrugen. Ich mit dem silbernen Lippenstift und dem Haarwachs für Kurzhaarige, obwohl ich meine Haare immer lang getragen hatte. Mo mit dem Kajal, den er irgendwie abgefahren fand, und dem schwarzen Nagellack. Aus heutiger Sicht sowas von albern.

Als wir uns gestritten hatten wegen irgendeiner bescheuerten Sache und wir beide am Rand des asphaltierten Fußballplatzes saßen, er genau an dem Punkt, der am weitesten von mir entfernt war. Wie ich immer wieder heimlich auf mein Handy schaute, um nachzusehen, ob er mir nicht eine Entschuldigung geschickt hatte oder sowas in der Art und dann zur Sicherheit alle SMS von meiner Mutter löschte, damit auch in jedem Fall noch genug Platz für seine Nachricht da wäre. Und wie diese Nachricht dann irgendwann wirklich kam und nur drin stand: »Sorry, Svenja. Alles wieder gut?«

Als wir die Schule geschwänzt hatten, auch wenn Mo sowas eigentlich nie mitmachen wollte, egal wie hart er sonst drauf war. Wie er es doch getan hatte, weil es mir scheiße ging wegen irgendeinem Arschloch und wie wir dann den halben Tag bei mir zu Hause vor dem Fernseher hingen und dämliche Gerichtsshows glotzten und wie er die ganze Zeit seine warme Hand auf meinem Arm liegen hatte.

Fuck, Mo, deine warme Hand und dein Grinsen und die Rauchringe, die du manchmal zum Angeben gemacht hast. Ohne dich geht es doch eigentlich nicht. Wie soll ich mit allem fertig werden, wenn du nicht da bist, um mich zu trösten?

Ich ging durch den verlassenen und noch immer milden

Abend, an dem hier und da kleine Rauchwölkchen in der Luft hingen und kleine Gruppen vermummter Menschen verschwörerisch kichernd von der einen Hausecke zur nächsten huschten. Silvester. Fuck. Vor wenigen Jahren; das erste Silvester, das wir nicht zu Hause mit unseren Eltern gefeiert hatten. Die Wodka-Flasche, die zu kaufen wir einen Nachbarn gebeten hatten, der schon achtzehn war. Mo, der aufgeregt glitzernd seine Vorfreude zu verbergen suchte. Manchmal war er nicht der harte Junge aus dem Ghetto, sondern mehr so ein vertrauensvolles Kind.

Wie wir zu der Party gingen, zu der eine Mitschülerin uns eingeladen hatte. Sie war sitzengeblieben oder sowas und deswegen zwei Jahre älter als wir. Keine Ahnung, weshalb sie uns mochte. Sie war auch eher eine Außenseiterin in unserer Klasse aus privilegierten, tennisspielenden, tennissockentragenden Schwachköpfen. Wahrscheinlich war es einfach dieses Phänomen, dass die Outlaws, die Ausgestoßenen und Aussätzigen sich gegenseitig erkannten und einander unterstützen, wo es möglich war. Das Privileg der Unterprivilegierten. In diesem Fall jedenfalls wurden wir hin und wieder zu Partys eingeladen.

Ich glaube, Mo war eigentlich viel sozialer als ich. Auch wenn ich irgendwie gerne dazugehören wollte, hätte es mir eigentlich gereicht, mit ihm rauchend und kiffend die Tage zu verbringen. Ich wollte eigentlich gar nicht mehr, als seine warme Stimme, seine warme Schulter, seine warme Präsenz und die Gewissheit, dass es uns beide gab, die einander immer stützten. Mo war da anders. Er gefiel sich zwar in der Außenseiterrolle, aber er mochte die Menschen. Und er mochte es, gemocht zu werden.

So eine Party war für ihn also ein Grund, wirklich aufgeregt zu sein, während ich mich vor allem darauf freute, dass es dort vermutlich reichlich zu Saufen für umme geben würde.

Wie Mo und ich an diesem Abend, der mir nur wenige Augenblicke entfernt schien, den Weg zur Bushaltestelle gegangen waren und immer wieder stehenblieben, um den Wodka und die Limo aus meinem Rucksack zu holen und nachzufüllen. Damals war es so viel kälter gewesen, als es der heutige Abend war. Mieser Nieselregen hatte in der Luft gehangen, aber der Alkohol wärmte uns und der Scheiß, den wir bauten.

Wie wir irgendeinen bescheuerten Rapsong mitgrölten und sinnloserweise versuchten, einen Zigarettenautomaten zu knacken. Wie wir dann irgendwann zum Bus rennen mussten, weil wir zu viel getrödelt hatten und wie wir nicht genau wussten, wo wir aussteigen mussten, weil wir zu besoffen waren oder zu doof. Irgendwie sind wir trotzdem angekommen. Die Party war lahm, aber Mo fand sie ganz großartig.

17

Obwohl ich noch den Schlüssel hatte, klingelte ich.

Ich weiß nicht, was ich erwartete. Vielleicht das Gesicht einer Frau, die fürchterlich enttäuscht von mir war oder fürchterlich in Sorge um mich. Oder vielleicht auch eine große Freude, mich endlich wiederzusehen, und dieses für meine Mutter so typische Herumgewusel um mich. Sie tat immer so, als wäre nichts, und das ging vielleicht dann klar, wenn sie mal einen merkwürdigen Kerl mit heimgebracht hatte und das dann verschleiern wollte, oder wenn ich verkatert im Bett lag und mir so übel war, dass ich am liebsten niemals wieder aufstehen wollte. Aber wenn dein bester Freund sich umgebracht hat, dann kannst du eine Sache sicher nicht brauchen und die ist, dass jemand so tut, als wäre nichts. Als ob Smarties-Kuchen und eine feste Umarmung alles wieder gutmachen könnten. Wenn dein bester Freund sich umgebracht hat, dann wird nie wieder alles einfach wieder gut sein, so läuft das nicht.

Ich wollte beinahe umkehren, als ich mir vorstellte, wie meine Mutter so tun würde, als wäre alles beim Alten, aber da öffnete sie schon die Tür. Sie sah noch genau gleich aus, haargenau so, wie sie immer ausgesehen hatte: Ihr Gesicht war fast ganz glatt, fast faltenfrei, bis auf diese eine kleine Falte, die sie auf beiden Seiten neben den Augen hatte, die sowohl eine Lach- als auch eine Sorgenfalte sein konnte. Sie hatte Augenringe, aber auch nicht stärker als sonst, und ihre schmalen Lippen hatte sie etwas dunkler geschminkt als sie von Natur aus waren, was einen Kontrast zu ihrer weißen Haut bildete. Ich denke, sie sah gut aus, oder jedenfalls sah sie nicht scheiße und heruntergekommen aus, so wie es manche andere Mütter tun. Sie sah einfach nach Mama aus und nach Smarties-Kuchen und fester Umarmung und danach, dass sie ganz bestimmt alles wieder würde richten können.

»Oh«, sagte sie und klang nicht wirklich überrascht.

»Hallo«, sagte ich knapp und ärgerte mich, weil ich eigentlich gar nicht so distanziert klingen wollte.

»Svenja.«

»Hallo.« Ich räusperte mich.

»Komm rein, Svenja«, meine Mutter wirkte verlegen, »ich habe mich gefragt, wie es dir geht.«

Gut wollte ich sagen, einfach nur, weil es eine offensichtliche Lüge war und es sie verletzen würde, wenn ich sie anlog. Ich sagte aber nichts und streifte die Schuhe ab.

»Ich bin gerade am Kochen, wir wollten nachher ... Es ist ja Silvester«, sagte meine Mutter.

»Lass dich nicht stören«, sagte ich. Das war dämlich. Ich war schließlich ihr einziges Kind, das endlich heimgekehrt war. Die Ausreißerin, zurück von ihrer langen Reise. Die verlorene Tochter, endlich wieder an Ort und Stelle. Selbstverständlich störte ich sie nicht.

»Es ist in Ordnung, Svenja«, sagte sie, aber ich hatte nicht das Gefühl, dass sie sich wirklich freute, mich zu sehen.

Die Küchentür stand offen, das Radio lief. Ich sah, dass im Wohnzimmer Kerzen brannten und dann erinnerte ich mich plötzlich irritiert daran, dass meine Mutter *wir* gesagt hatte.

»Wer ist denn zu Besuch?«, fragte ich.

»Niemand ... Also, ein Bekannter. Ein Mann.«

Ich sagte nichts und ging einfach in die Küche, um mir ein Glas Wasser einzuschenken. Ich hatte die ganze Zugfahrt über nichts getrunken und jetzt war es bereits früher Abend, ich hatte einen riesigen Durst.

»Es ist schön, dass du heimgekommen bist, Svenja.«

Meine Mutter war leise hinter mir hergekommen und ich merkte, dass sie gar nicht versuchte, so zu tun, als sei alles gut. Sie kam einen Schritt näher und griff nach meinem Haar; ihr Arm sah dabei so aus, als würde er nicht zu ihr gehören und ich dachte, dass diese Bewegung sie ganz schön viel Mut kosten müsse. Ihre Hand streifte für einen Moment meinen Kopf und widerwillig stellte ich fest, dass ich diese kurze Berührung irgendwie genossen hatte. Dann verhakten sich ihre Finger ein ganz kleines bisschen in einem Knoten, ich hatte meine Haare seit Tagen nicht mehr gebürstet. Ich wich einen Schritt zurück und drehte mich zum Wasserhahn, um mein Glas nachzufüllen. Meine Mutter blieb einfach stehen und starrte mich an.

»Willst du was essen?«

Ich nickte und rührte mich ebenfalls nicht, weil ich nicht sicher war, ob ich ins Wohnzimmer gehen wollte, um zu sehen, was für einen Macker sich meine Mutter da wieder angelacht hatte.

Es war erst wenige Monate her, dass ich hier gelebt hatte. Da hatte sich das hier alles ganz normal angefühlt und ich hatte mich hier frei bewegen können, ohne mich zu schämen. Jetzt probierte ich aus, diese Unbefangenheit zu imitieren und setzte behutsam einen Fuß vor den anderen. Ich balancierte auf dem wackligen Boden, hielt das Gleichgewicht auf dem Untergrund, der so dünn und so fragil war, wie die Haut eines bis zum Platzen mit Luft gefüllten Luftballons, und versuchte, nicht die Fugen zwischen den Kacheln zu berühren.

»Was kochst du?«, sagte ich, auf den Zehenspitzen zum Herd tanzend.

»Schnitzel und Kroketten.«

Als ich den Backofen öffnete, schlug mir der saftig-fettige Fleischgeruch entgegen und ich bemerkte, wie hungrig ich war. Ohne meine Mutter noch einmal anzusehen, griff ich in den Ofen, um mir eines der Kalbsschnitzel zu angeln, die meine Mutter warm hielt. Ich verbrannte mir die Fingerspitzen und ließ das Stück Fleisch wieder fallen. Meine Mutter reichte mir eine Gabel und blickte zur Seite, als sie sagte:

»Wir essen aber gleich.«

Ich dachte an die Tütensuppen und Cornflakes in meiner Wohnung am Meer und dann dachte ich an die Svenja, die hier jeden Tag ein- und ausgegangen war, als wäre es normal. Die Svenja, deren bester Freund nur wenige Meter über ihr in einer baugleichen Wohnung gelebt hatte. Svenja, die es kaum aushielt, noch nicht erwachsen zu sein. Dass ich das nicht mehr war, wurde mir klar. Dass ich nichts gemein hatte mit der Svenja, die hier gelebt hatte, die hier aufgewachsen war. Nichts, außer dem Körper.

Die Momente, die mir wie Erinnerungen schienen, hatte irgendjemand innen auf meine Augenlider gemalt; echt waren sie nicht. Ich sah auf meine Arme und auf meine Hände hinab und fühlte nicht, dass sie zu mir gehörten. Ich war mehr Tier als Mensch, vom Tiger bekehrt ein wildes Biest zu sein, und ich lebte nicht mehr innerhalb dieses Kopfes, der einmal alle meine Gedanken beherbergt hatte. Diese Frau dort, die mir gegenüberstand – meine Mutter – hatte nichts mit mir zu tun. Ich sah sie an und erkannte: Nichts. Ich wusste, dass sie irgendwo außerhalb von mir existieren musste, aber fühlen konnte ich das nicht. Ich fühlte gar nichts mehr außer der Schwere meines Körpers und der Last einer falsch gelaufenen Zukunft.

Als ich noch jünger war, hatte ich immer gedacht, dass es nur besser werden könne. Ich hatte mich auf die Freiheit gefreut, selbst entscheiden zu können, was ich essen wollte, wann ich nach Hause käme und wie oft ich aufräumen würde. Mit einer verkackten Zukunft ohne besten Freund hatte ich nicht gerechnet. Ich hätte niemals gedacht, dass Erwachsensein nur aus Scheiße bestehen könnte.

»Svenja«, sagte meine Mutter sanft. Sie stand dicht neben mir und ich starrte auf die Gabel in meiner Hand, starrte auf meine nutzlosen Extremitäten und ich fragte mich, ob ich nicht doch eigentlich ein Recht dazu hatte, Mo zu hassen, schließlich hatte er mein Leben zerstört.

Meine Mutter sprach weiterhin leise, fast so, als würde sie sich schämen.

»Hilfts du mir beim Aufdecken?«

Ich nickte. Sie deutete mit dem Kopf in Richtung des Wohnzimmers: »Er ist nur ein Freund.« Jetzt flüsterte sie fast.

Eigentlich erstaunlich: Innerhalb weniger Momente hatte meine Mutter sich daran gewöhnt, dass ich, die Tochter, die monatelang kein Lebenszeichen von sich gegeben hatte, wie aus dem Nichts rematerialisiert war. Als wäre ich nicht weg gewesen, führte sie jetzt den Alltag fort und ich sollte mitspielen. So tun, als sei alles paletti mit traurigem Hundeblick.

Ich nahm die Teller aus dem Oberschrank, in dem sie

schon immer gewesen waren, und brachte sie ins Wohnzimmer, in dem ein erstaunlich durchschnittlicher Typ hockte und mich mit seinen feuchten Augen verwirrt anglotzte.

»Hi?«, sagte er und schaute hilfesuchend zu meiner Mutter, die hinter mir in der Tür erschien.

Du denkst wohl, du hättest alles Recht hier zu sein und ich hätte das nicht, dachte ich und war angepisst. Ob meine Mutter ihm bereits alles erzählt hatte, fragte ich mich dann.

»Hi«, sagte ich und klang genau so unfreundlich und desinteressiert, wie ich es mir in meiner Jugend angewöhnt hatte.

»Das ist Svenja, meine Tochter«, sagte meine Mutter.

Die Miene des Typs hellte sich auf. Er sah nicht gut aus, jedenfalls nicht außergewöhnlich gut oder so, aber eben auch nicht scheiße. Er hatte eine hohe Stirn, weiße Haut, dunkelblonde Haare und einen breiten Mund. Überhaupt war sein ganzes Gesicht ziemlich breit, irgendwie teigig und aufgeschwemmt, aber nicht so sehr, dass er krank ausgesehen hätte. Seine Augen hatten diese wässrig-blaue Farbe und standen ein kleines bisschen zu weit auseinander, aber er hatte gute Kleider an und sah alles in allem einigermaßen freundlich aus. Nicht der Hellste, vermutlich, aber jetzt auch nicht völlig verblödet oder so. Auf den ersten Blick schien er ganz okay zu sein und vorerst beschloss ich, mich für meine Mutter zu freuen.

»Oh, Svenja«, sagte der Typ, lächelte fragend und sah wieder zu meiner Mutter.

»Oh, hallo«, äffte ich ihn nach und stellte die Teller auf den Tisch.

»Ja, also«, sagte meine Mutter. Sie stellte drei Gläser neben die Teller und trat dann wieder einen Schritt vom Tisch zurück.

Ich streckte dem Typ die Hand hin: »Ich bin bisschen überraschend hier, was?«

Der Typ nahm meine Hand und sagte: »Also ich ... Ich freu mich, dich endlich mal kennenzulernen.« Endlich? Der Typ sagte endlich, so als ob er meine Mutter schon eine ganze Weile traf und sich daran gewöhnt hätte, dass ich nicht da sei.

»Ja, äh, ebenfalls«, sagte ich, auch wenn ich mir dachte, dass der Typ davon wusste, dass meine Mutter und ich seit meinem Auszug keinen Kontakt gehabt hatten.

Auf einmal lächelte der Kerl so richtig breit. Wir hatten den Handschlag noch nicht gelöst und nun schüttelte er kräftig an meiner Hand: »Artur bin ich.«

»Okay, Artur«, sagte ich, weil ich dachte, es sei überflüssig, noch einmal darauf hinzuweisen, dass ich Svenja war.

»Ich hol mal das Essen« Meine Mutter klang erleichtert, als sie das sagte.

Ich setzte mich. Fehlte bloß noch, dass der Typ mir jetzt unter vier Augen eine Standpauke hielt, wie sehr meine Mutter sich gesorgt hätte oder so. Aber nichts dergleichen. Er starrte auf den Tisch, nestelte an seiner Serviette herum. Ich musterte ihn, aber er blickte nicht in meine Richtung. Er schien angestrengt über irgendwas nachzudenken und stülpte seine Oberlippe ein wenig nach vorne. Das Schweigen war nicht direkt angenehm, aber auch ich machte keine Anstalten, eine Unterhaltung zu beginnen. Meine Mutter kam wieder herein und knallte die große Platte mit dem Fleisch auf den Tisch: »Vorsicht, heiß!«

Es gab ein Paar Dinge über Mo, die die meisten nicht wussten. Ich denke mal, dass es bei jedem Menschen solche Sachen gibt. Da ist diese eine, die offensichtliche Seite, die jeder
kennt, wie wir uns nach außen präsentieren, und ein Stück
weit können wir das natürlich mitbeeinflussen. Nicht immer, klar, ich nehme an, dass Mobbingopfer sicher keinen
Bock drauf haben, so von den anderen gesehen zu werden,
wie sie eben gesehen werden, also das mein ich nicht. Aber
jedenfalls gibt es eben diese Seite an uns, die wir allen zeigen,
egal ob wir uns so auch zeigen wollen oder nicht: Ob wir
draufgängerisch sind oder ruhiger, ob wir gerne Hip-Hop
hören oder Elektro und ob wir Hobbys haben und so. Und
dann gibt es eben die Bereiche, die wir nicht mit anderen teilen. Nicht einmal aus Absicht, sondern einfach so, weil es
sich nicht ergibt oder so, keine Ahnung.

Jedenfalls wusste ich weit mehr über Mo als die meisten.
Klar, ich hing die ganze Zeit mit ihm rum und so, da bekam
ich eine Menge mit. Aber es war eben auch, weil er mir vertraute. Er zeigte mir die Seiten an sich, die er sonst nicht so
zeigte, weil er wusste, dass ich ihn nicht auslachen würde.
Ging mir ja mit ihm genauso.

Zum Beispiel war Mos Lieblingsfarbe Dunkelorange. Das
verheimlichte er nicht, aber es fragte ihn auch nie jemand danach. Ich schon, deswegen wusste ich das. Mos Mutter hatte
mich gefragt, ob es irgendwas gäbe, was ich Mo mit in den
Sarg geben wollte. Ich habe eine Packung Kippen rausge-
sucht und dann habe ich ihm noch ein Bild gemalt, mit
Wasserfarben. Einmal komplett über das ganze Blatt Papier
verschiedene dunkle Orangetöne drübergestrichen. An manchen Stellen kräftiger und an manchen durchsichtiger. Auch
wenn es Bullshit ist, ich hab mir beim Malen vorgestellt, wie

Mo in seinem Sarg liegt und das Orange anschaut, weil er sonst ja nicht so viel zu sehen hat.

Mit so richtigen Wasserfarben habe ich vorher, glaube ich, das letzte Mal in der Grundschule gemalt. Gab ja keinen Grund dafür. Im Kunstunterricht in der weiterführenden Schule haben wir irgendwelche Aquarelle gemacht oder so und so komische Skulpturen aus Pappe und das Ganze dann *Auf den Spuren von ...* genannt, wobei die Spuren immer die von irgendeiner blödsinnigen Bildhauerin oder von irgendeinem abgespackten Architekten waren.

Einmal haben Mo und ich uns während des Unterrichts vollllaufen lassen. Wir hatten in der Pause vorher den Wodka in unsere Cola-Flaschen gefüllt und dann haben wir uns besoffen, während wir so taten, als würden wir mit unseren beschwingten Pinselstrichen tiefsinnige Kunst auf unsere großen Blätter aus recycelten Naturfasern auftragen. Unsere Aufgabe war, keine Ahnung, warum ich das jetzt noch weiß, ein Selbstportrait im Stile Pablo Picassos zu malen. Wir waren beide nicht so gut in Kunst, und besoffen eh nicht. Mo hätte ich auf seinem Selbstportrait niemals erkannt; was er gemalt hatte, hätte auch eine Birne sein können oder so. »Das sieht scheiße aus«, sagte er dann auch irgendwann mit Blick auf sein Bild.

Ich kicherte, weil ich betrunken war und weil ich wörtlich dachte: Mo sieht ja ganz schön zerknirscht aus. Zerknirscht ging gar nicht, vor allem nicht wegen so eines bescheuerten Bildes, und deswegen kicherte ich und Mo kicherte mit, und ausgelassen wie wir waren, stießen wir einfach den Wasserbecher um, so dass alles aufs Bild lief und es vollends ruinierte.

»Oh schade«, sagte Mo.

»Ein Versehen«, sagte ich. Und wir mussten uns eine riesige Mühe geben, nicht völlig wegzubrechen.

Obwohl wir an dem Tag so richtig dicht waren, merkte keiner der Lehrer was. Keine Ahnung, völlig inkompetent allesamt. Jedenfalls war das einer der guten Tage, und als ich wütend und verletzt das verfickte dunkelorangene Bild malte, musste ich daran denken.

Wie viel Scheiße Mo und ich gebaut hatten. Und die ganze Scheiße, die wir eines Tages noch bauen wollten. Eigentlich. Mit vierzehn oder so hatte ich ihm von meinem Plan erzählt, als so richtig alte Oma mal die ganzen richtig harten Drogen auszuprobieren, weil dann wäre es ja eh scheißegal, ob sich das irgendwie negativ auf mich auswirken würde.

»Das machen wir dann aber zusammen«, hatte Mo gesagt und mich angegrinst. Altes Arschloch.

Mo, der dann nicht warten konnte, bis wir alt und tatterig waren, und sich die Drogen dann eben doch schon zur Primetime seines Lebens reinballerte. Ohne mich. Um dann wieder so zu tun als sei alles beim Alten und alles paletti, nur um sich schließlich grußlos zu verpissen. Scheißkerl.

An dem Tag, an dem ich erfuhr, dass er nicht mehr lebte, habe ich mir eine Flasche Rum und zwei Flaschen Fanta gekauft. Ich konnte nicht zur Brücke gehen zum Trinken, das ging einfach nicht. Ich setzte mich in die Nähe der Penner vor dem Edeka, war ja eh scheißegal alles, und bevor ich den Rum öffnete, hatte ich das Bedürfnis, Mo Bescheid zu geben, damit er käme, um sich mit mir wegzuknallen. Mein ganzer Körper zitterte, ich konnte nicht, das konnte nicht sein. Ich trank erst kleine Schlucke aus der Rumflasche und dann große aus der Fantaflasche. Dann trank ich große Schlucke von dem Rum und kleine vom Fanta. Schließlich trank ich nur noch Rum und dann trank ich gar nicht mehr, sondern heulte. Ich konnte gar nicht mehr aufhören zu heulen und die verfickte Sonne schien dabei die ganze Zeit; ein heiterer Tag.

18

Artur hatte verschiedene Sorten Bier mitgebracht und eine von diesen großen Flaschen mit Sekt. Meine Mutter trank nicht, also ging ich davon aus, dass er ein Alkoholiker war und vorhatte, sich abzuschießen oder sowas. Mir sollte das Recht sein. Ich nahm mir eine Flasche und starrte meine Mutter herausfordernd an. Artur lächelte und wandte sich ebenfalls an meine Mutter: »Ein Hefe?«, sagte er fragend und griff bereits danach.

Meine Mutter schaute zu Boden, ihre Stimme klang dünn und belegt: »Ich trinke doch nicht, Artur.«

Sie starrte ihn an und ich wusste nicht, was ich davon halten sollte.

»Achso«, sagte Artur, »stimmt ja.«

Meine Mutter stand auf, strich sich mit den Händen über die Hose, so als gäbe es etwas glattzustreichen und ging wieder in die Küche. Ich öffnete mein Bier und auch Artur machte sich eins auf.

»Zum Wohle«, sagte er und hob sein Getränk leicht in die Höhe.

»Cheers«, murmelte ich, während ich schon zum Trinken ansetzte.

Meine Mutter kam zurück, sie hatte ein Glas Leitungswasser in der Hand.

»Dann essen wir jetzt mal«, sagte sie und begann, die Kalbsschnitzelchen auf die Teller zu verteilen, »ich hoffe es reicht.«

Auch ohne dass meine Mutter zuerst entschuldigend zu Artur und dann ein bisschen besorgt zu mir geschaut hatte, wusste ich, dass sie mir einen Vorwurf machte, weil ich so spontan vorbeigekommen war, ohne vorher etwas zu sagen. Vielleicht hatte sie in Ruhe mit Artur essen wollen oder vielleicht hatte sie ja auch gehofft, alleine mit mir zu sein, wenn ich wieder auftauchte. Ich trank mein Bier in schnellen Zügen herunter, rülpste gerade so laut, dass meine Mutter und Artur es gut hören konnten und nahm mir dann ein neues Bier.

»Svenja«, sagte meine Mutter leise, ihre Lippen waren ein Strich.

Ich wollte sie verletzen, weil sie mich nicht beschützt hatte. Weil sie diesmal nicht dafür sorgen konnte, dass alles wieder gut würde, dabei wäre das doch ihre einzige Aufgabe gewesen. Wie hatte sie mich in eine Welt gebären können, in der mir ein solches Leid widerfahren konnte; wie hatte sie es zulassen können, dass Mo sein Leben und mit seinem Leben auch meine Lebensfreude und jegliche Ordnung auf der Welt einfach vernichtete?

Artur lächelte nur das dümmliche Lächeln, das scheinbar sein standardmäßiger Gesichtsausdruck war, und zerteilte das Fleisch sehr ordentlich in kleine Stückchen. Erst danach drückte er den Zitronenschnitz über seinem Essen aus, spießte eins der Fleischfitzelchen auf seine Gabel und schließlich probierte er einen Bissen. »Das ist köstlich«, sagte er und spülte kräftig mit Hefeweißbier nach.

Meine Mutter lächelte schüchtern und klammerte sich

dann an ihrem Glas fest. Ich schnitt mir ebenfalls ein Stück Fleisch ab, ein großes allerdings, und steckte es in meinen Mund. Wie hungrig ich gewesen war. »Lecker«, sagte ich mit vollem Mund und fühlte mich unwohl.

»Scheiß drauf«, sagte meine Mutter und ich wunderte mich, weil ich sie niemals hatte fluchen hören. Meine Mutter benutzte keine Kraftausdrücke. Sie trank ihr Leitungswasser in einem Zug leer und griff dann ebenfalls nach einem Hefeweizen, das sie irgendwie gekonnt in ihr Glas schüttete: So, dass nichts überschäumte mit einer perfekten Schaumkrone oben drauf. Sie setzte an und zog runter. Ich war erstaunt.

»Wirklich, wirklich köstlich«, sagte Artur und rieb sich den Bauch.

»Mama«, sagte ich, aber ich erwartete keine Reaktion.

Meine Mutter hatte ihr Glas halb geleert und stellte es ab. Dann nahm auch sie Gabel und Messer und machte sich an ihrem Essen zu schaffen. Mir schien, dass sie bewusst den Augenkontakt mit mir vermied; stattdessen starrte sie intensiv auf ihren Teller, während sie die Kalbsstücke vorsichtig in eine Pfütze aus Zitronensaft schob, die sie auf ihrem Teller angelegt hatte.

»Ich bin mir nicht sicher, ob es reicht«, sagte sie noch einmal.

»Das ist doch wunderbar«, sagte Artur und lud sich noch einmal kräftig nach. Dann schaute er auf die Uhr: »Noch vier Stunden«, sagte er und lachte dann aus irgendeinem Grund laut in einem unangenehmen Tonfall.

Bis was?, wollte ich fragen, aber ich fragte nicht, weil es mir eigentlich auch egal war und weil mir dann wieder einfiel, dass ja Silvester war und er sicherlich den Jahreswechsel meinte, was sonst.

»Alles klar«, sagte ich, weil ich auf einmal doch wieder Solidarität mit meiner Mutter verspürte und ihr so ein gutes Gefühl geben wollte, dass alle am Tisch sich einigermaßen verstünden und sowas. Keine Ahnung wieso, vielleicht lag es an der Art, wie sie einfach nicht aufhörte, ihre Schnitzel- und Krokettenteilchen vorsichtig auf dem Teller hin- und herzuschieben und meinem Blick standhaft auswich. So als wäre sie wirklich nicht froh darüber, mich zu sehen.

Ansonsten waren wir alle recht schweigsam und aßen und tranken und dann tranken wir irgendwann nur noch und hin und wieder sagte Artur Sachen wie: »Noch dreieinhalb Stunden!« oder: »Ich finde ja, das war ein wirklich aufregendes Jahr« (mit langem, erfreuten Blick auf meine Mutter). Ich versuchte noch eine Weile, eine gute Tochter zu spielen und antwortete Sachen wie: »Oh, schon?« oder: »Ich hoffe, nächstes Jahr wird besser.« Meine Mutter schenkte sich erstaunlich oft nach und sagte erstaunlich wenig; irgendwann gab ich den Versuch, mich am Gespräch zu beteiligen, auch auf und starrte ebenfalls vor mich hin. Artur haute unbeirrt immer wieder Sprüche raus und schien die ganze Zeit, völlig vergnügt zu sein.

Dann klingelte es plötzlich und ich schwöre, ich habe gesehen, wie meine Mutter erst bleich wurde und direkt im Anschluss errötete. Sie stand auf, stand stocksteif da und taumelte dann, als sie zur Tür ging. Artur räusperte sich, lächelte mich freundlich an mit seinem aufgequollenen Mund und schenkte dann Bier nach. Ich hörte, wie die Türe aufging und dachte mir nichts dabei.

Artur sah schon wieder auf seine Uhr und sagte: »Noch zweieinhalb Stunden« und dann ging die Wohnzimmertür auf und meine Mutter kam wieder herein und hinter ihr kam

Tanja hergelaufen. Mos Mutter.

»Wir haben noch Gäste«, sagte meine Mutter zu mir, auch wenn sie mir nicht ins Gesicht schaute.

»Hallo, Svenja«, sagte Mos Mutter, und falls sie überrascht gewesen sein sollte, zeigte sie es kein bisschen. Ich jedenfalls war überrascht und wunderte mich auch, weil meine Mutter nie wirklich mit Mos Mutter befreundet gewesen war. Und wo war sein Vater und was war mit seiner kleinen Schwester? Ich wusste es nicht und wollte es nicht wissen; eigentlich war ich wütend auf meine Mutter, weil sie mich nicht vorgewarnt hatte, und ich war wütend auf Mos Mutter, weil sie ganz offensichtlich noch existierte, obwohl sie dazu doch gar kein Recht mehr hatte, aufgelöst hätte sie sich schon längst haben sollen, weggeflossen, dematerialisiert.

Mos Schwester hatte mich angerufen.

Es war der Montag, einer der letzten Montage an dem wir überhaupt noch zur Schule gehen mussten. Das Abi hatten wir in der Tasche und es gab keinen Grund, nicht zu schwänzen. Mo war das ganze Wochenende weg gewesen, aber ich war höchstens ein ganz klein wenig besorgt. Allerdings auch nicht so sehr, als dass ich es wirklich ernst genommen hätte. Ehrlich gesagt war ich das Wochenende über nicht so viel zu Hause gewesen. Ich war mit irgendwelchen Leuten aus der Schule feiern gegangen, weil Mo irgendwas davon gesagt hatte, dass er mit Deer rumhängen wollte, und dann hatte ich einen Typen kennengelernt, mit dem ich den Rest des Wochenendes durchvögelte.

Es war zwar ungewöhnlich, dass Mo und ich mehrere Tage nichts voneinander hörten, aber seit es Deer in Mos Leben gab, war das eben auch nicht völlig undenkbar. Ich hatte ihm eine SMS geschickt, dass ich einen heißen Kerl im Bett hatte, und dann hatte ich das Handy weggelegt. Sein Nichtantworten schob ich darauf, dass er wohl seinerseits einen Vögelmarathon durchlief oder sowas, und wahrscheinlich nahm ich auch an, dass er während des Wochenendes hin und wieder bei mir vorbeigeschaut hatte, eben ohne mich anzutreffen.

Und dann rief mich Mos Schwester an.

Das tat sie selten, aber hin und wieder schon; meistens wenn sie Mo erreichen wollte und er sein Handy nicht abnahm. Ich lag noch im Bett, weil ich eigentlich vorhatte, erst zur dritten Stunde zur Schule zu gehen. Mir war ein bisschen schwindelig und ich dachte ein wenig verknallt an den Kerl vom Wochenende, auch wenn ich ihn eigentlich nicht wirklich herausragend gefunden hatte; irgendwelche Hormone machten ihn mir sympathisch. Eigentlich döste ich vor mich hin und der ganze Morgen war völlig okay. Es war sehr warm, mein Fenster stand offen und ich freute mich auf Kaffee und die erste Zigarette des Tages, aber ein paar Minuten wollte ich noch länger liegen bleiben.

Das war davor.

Dann klingelte mein Handy und ich sah den Namen von Mos Schwester. Ich wunderte mich kurz ein kleines bisschen, aber ich nahm den Anruf an. Dann hörte ich das Schluchzen. Hörte, wie Mos kleine Schwester den Rotz in ihre Nase hochzog, hörte sie stammeln. Und ich wollte mein Telefon wegwerfen wie ein giftiges Insekt. Wollte nicht, dass sie zu sprechen begänne, und wollte auf der Stelle wissen, was passiert war, denn ich täuschte mich. Ich musste mich täuschen. Es war ein Missverständnis. Nichts konnte mit Mo sein.

Nichts konnte mit Mo sein.

Es war nur ein Missverständnis, nichts konnte mit Mo

sein. Mit Mo war alles gut, mit Mo musste alles gut sein.

Es musste. Es musste.

Die Stimme von Mos Schwester klang wie das erbärmliche Winseln eines kleinen Tieres, dessen Pfote man abgehackt hatte: »Svenja«, sagte sie immer und immer wieder, »Svenja.«

Ich schrie ins Telefon, denn ich musste wissen, was los war, ich musste es sofort wissen und wollte es auf keinen Fall.

»Was ist, was ist los? Was ist los?«

Wieder nur das lange Schluchzen, mein Name und Berge von Rotze. Und dann:

»Mo ist tot.«

Es war nur ein Missverständnis, nichts war mit Mo. Nichts. Mein Herz schlug nicht. Die Zeit verging nicht. Nichts. Die frühlingshafte Sonne knallte fies ins Fenster hinein. Nur ein Missverständnis, nur Schluchzen, Rotze, Angst. So viel Angst, überall: Dass es wahr wäre. Dass in diesem Augenblick jener Moment sei, in dem alles zusammenkracht. Angst, dass ich die Stimme von Mos Schwester wirklich gehört hätte. Angst, dass die Welt real existierte.

Ich wollte den Hörer von meinem Ohr wegreißen, wollte diesen letzten Satz ungeschehen machen und noch einen Augenblick länger in einer Welt leben, die ich mit Mo teilte. Wollte noch einen Augenblick länger nicht verloren sein. Wollte zurückgehen zum vergangenen Freitag, den ich mit Mo geteilt hatte, so wie jeden Freitag. Den wir rauchend und schweigend verbracht hatten, einträchtig verbunden. Das Schluchzen von Mos Schwester. Die Angst, die Atemnot. Mein Herzklopfen und die Übelkeit. Das Gefühl, es vorher gewusst zu haben. Das Gefühl, kein bisschen vorbereitet zu sein. Angst. Panik.

Immer wieder das winselnde Tier: »Svenja, Svenja.« Sonst sagte niemand etwas.

Der Hass, den ich fühlte und den Mos Schwester nicht verdiente. Ich verstand nichts und fürchtete, dass ich alles allzu gut verstand. Ich konnte es mir nicht vorstellen.

»Svenja, Svenja«, immer wieder, als ob es keine anderen Wörter mehr auf der Welt gab. Als ob alles, was jemals existiert hatte, weggeschmolzen oder erstarrt wäre zu Eis.

»Svenja, Svenja«, immer wieder und mein Herz, das derart laut zu Schlagen ausgesetzt hatte, dass meine Trommelfelle zu zerfetzen drohten.

»Svenja, Svenja«, und dann das Freizeichen.

19

Wir schwiegen. Saßen schweigend auf den Jahreswechsel wartend am Tisch. Alle ein bisschen anders. Offensichtlich war: Ich war wütend und starrte wütend vor mich hin. Meine Mutter war verlegen, ihr schien die Situation unangenehm zu sein. Was mir nicht klar war: Was fühlte Mos Mutter und warum schwieg auch Artur, der eben noch fröhlich vor sich hingeplappert hatte?

Immer mal wieder schenkte sich irgendwer nach und ich dachte nicht einmal darüber nach, sondern zog irgendwann mein zerknautschtes Zigarettenpäckchen aus der Tasche und steckte mir eine Kippe an. Mitten im Wohnzimmer meiner Mutter. Ich hatte jetzt lange genug nicht geraucht. Meine Mutter starrte mich schockiert an, brach das Schweigen aber nicht. Mos Mutter räusperte sich. Ich nahm einen tiefen Zug und bemerkte dann, dass ich nicht wusste, wo ich die Asche abstreifen sollte. Auf dem Teppichboden würde die herunterfallende Asche unschöne Flecken hinterlassen, das würde meine Mutter sicher traurig stimmen. Ich griff nach einer der leeren Bierflaschen und schnipste die Asche dort hinein.

Im Wohnzimmer meiner Mutter hing keine große Uhr, sonst hätten wir sie ticken gehört. Wir schwiegen, die Zeit verging, der Rauch verdichtete die Luft, die auch vorher schon schwer auf unseren Schultern gelegen hatte. Ich wusste auf einmal nicht mehr, was ich hier wollte und hatte das Gefühl, dass es außerhalb meines Körpers nichts Lebendiges geben konnte. Artur brach das Schweigen, natürlich:

»Noch zwei Stunden sind es jetzt«, sagte er, irgendwie schüchtern klingend. Dann straffte er die Schultern und sagte: »Jetzt aber mal Feierlaune, hier. Zieht doch nicht so'n Gesicht, Mensch, wir sind doch hier, um Spaß zu haben, oder?«

Meine Mutter lächelte ihn müde an und im Gesicht von Mos Mutter konnte ich noch immer keine Gefühle lesen. Mit regloser Miene saß sie da und schien alles genau wahrzunehmen, was um sie herum passierte, ohne dass sie diesen Geschehnissen irgendeine Bedeutung beigemessen hätte. Ich erkannte in ihr auf einmal mein Spiegelbild und konnte ihre Gedanken hören. Ich wusste genau, was sie dachte, wie sie fühlte, denn es waren meine Gedanken, meine Gefühle. Ich war Mos Mutter, Mos Mutter war ich.

Dies ist das Jahr, in dem Mo gestorben ist. Dies ist das letzte Jahr, das wir gemeinsam hatten. Dies ist das Jahr, das Mo für seinen Tod gewählt hat. Im nächsten Jahr wird es keine Spuren mehr von ihm geben.

Nun fiel doch glühende Asche von meiner brennenden Zigarette auf den Teppich und ich saß stumm da, den Rauch vor dem Gesicht. Nichts bewegte sich in diesem Zimmer; nichts, außer die Zeiger auf Arturs Uhr, auf die er anklagend deutete. Es war ruhig im Haus, wahrscheinlich waren viele auf irgendwelchen Partys in der Stadt unterwegs oder bei ihrer Familie. Keine sprechenden Raubkatzen, die meinen Irrsinn bezeugten, kein Rauschen der Meeresbrandung als Illusion inneren Friedens.

»Noch anderthalb Stunden«, sagte Artur irgendwann

und dann lachte er ein Lachen, das – ich schwöre – ganz genau wie »Ha ha ha« klang.

Ich betrachtete Tanjas breites, flaches Gesicht. Sie sah aus wie ein Fisch, wie ein plattgetretenes Reptil oder wie ein Säugetier, das zu lange keinen Sauerstoff bekommen hatte. Die Ränder ihrer Wangen standen weich und labberig über ihre Ohren hinaus und ganz in der Mitte glotzten die kleinen Augen, die früher immer freundlich gefunkelt hatten. Ich starrte sie direkt an, als ich sagte:

»Ich muss los, ich will nicht ohne Mo feiern.«

Ganz genau konnte ich beobachten, wie sie zusammenzuckte: Erst schnellten ihre Schultern ein wenig in die Höhe, dann verzog sich ihr Gesicht und bildete in nur einem kurzen Augenblick eine weite Spanne von Gefühlsregungen ab: Im einen Moment irritiert, fragend, dann selig lächelnd, dann voll Schmerz. Ihr Oberkörper krümmte sich und sie beugte sich ein klein wenig nach vorne. Zuletzt warf sie ihre Arme in die Luft und ihre Gesichtszüge fingen sich.

»Aber du kannst nicht mit Mo feiern«, sagte sie mit rauer Stimme.

Meine Mutter war aufgesprungen und als sie stand, wusste sie nicht so recht, was sie tun sollte. Sie sah mich mit einem langen, merkwürdigen Blick an und ging dann in die Küche. Artur schaute ein wenig verwirrt, aber irgendwie hatte ich schon die ganze Zeit das Gefühl, dass ihm das alles eigentlich am Arsch vorbei ging. Er hatte sein Bier, er hatte die Schnitzelchen und er hatte mit Sicherheit ein Feuerwerk, auf das er sich freute. Alles andere war nur Drama.

Ich sprang auf, nahm meine Jacke und verließ grußlos die Tafelrunde dieser immerzu dämlich lächelnden Trottel, dieser alten hoffnungslosen Versager, dieser armseligen Heuchler – ich hatte genug.

Im Flur stand meine Mutter so halb in meinem Weg. In den Händen hielt sie ein großes Stück braunen Kuchens und fuchtelte damit irgendwie in meine Richtung. »Svenja«, sagte sie leise.

Ich blieb wider Erwarten stehen und starrte sie an.

»Hier«, sagte sie und streckte mir den Kuchen hin, irgendwie fast flehend. »Nimm doch noch was mit, für den Weg oder für ... zu Hause?«

Ich schüttelte den Kopf und nahm den Kuchen trotzdem. Er war mir egal.

»Svenja«, sagte meine Mutter wieder. »Es war so schön, dich zu sehen, ich hab mir solche Sorgen gemacht in all der Zeit. Komm doch mal wieder, das wäre schön.« Und wieder legte sie mir sanft ihre Hand auf den Arm und ich zerfloss, weil meine Mutter so klein und so tapfer war und weil es keinen Grund für mich gab, sie zu hassen. Eigentlich hatte ich sie ja lieb und eigentlich wusste ich, dass ich ihr das sagen müsste, weil sonst könnte es zu spät sein.

»Danke, Mama«, sagte ich, »es geht nur nicht.«

Meine Mutter sah traurig aus: »Ich weiß«, sagte sie. Sehr leise sagte sie noch: »Ich kann dir doch auch nicht helfen, Svenja, das weißt du. Ich würde es gerne, aber ich kann es nicht.«

»Doch, das hättest du gekonnt«, sagte ich nicht, weil ich dachte, nun ist es auch mal gut für einen Abend.

Was mich am meisten stresst, ist, dass unser letztes Treffen so beschissen war. Mo wusste das da vielleicht schon, keine Ahnung. Aber ich habe mir keine Gedanken darüber gemacht, dass er lebendig war. Das war ja normal für mich. Da war er und lebte, atmete. Sein Herz pumpte Blut, seine Lungen verarbeiteten Sauerstoff, er war jung und gesund und lebendig. Ich habe nie bewusst darüber nachgedacht, dass sein warmer Körper sich nach Leben anfühlte, wenn ich ihn umarmte. Ich habe zwar manchmal darüber nachgedacht, wie es ohne ihn wäre, aber mir war nie klar, dass es ihn dann wirklich nicht mehr gäbe.

Am Freitag hatten wir uns das letzte Mal gesehen. Ich kann nicht mal sagen, ob es ihm schlecht ging, weil ich mir immer so große Mühe gegeben habe, so zu tun, als könne es ihm nicht schlecht gehen. Morgens in der Schule rauchten wir in der ersten Pause zusammen, aber ich hatte irgendwas, was ich in der großen Pause erledigen wollte, und Mo hatte etwas anderes und deswegen sahen wir uns nur flüchtig, und weil ich nach der Dritten schwänzte, gingen wir auch nicht gemeinsam heim.

Unsere Freundschaft hatte sich verändert, seit es Deer gab. Wir waren nicht mehr nur zu zweit auf der Welt; da war ein steter Tropfen, der an unserem Stein höhlte, und obwohl die Beziehung mit Deer Mo gut tat, nahm ich sie ihm übel. Häufig versuchte ich, mich rar zu machen, damit Mo sehen konnte, wie wenig ich ihn brauchte. Wenn er Deer hatte, dann hatte ich eben andere Interessen, schon okay. Aber um fair zu sein: Niemals wollten die beiden mich ausschließen; jedenfalls gehe ich mal davon aus. Ich durfte immer mit, wenn ich fragte, aber der Punkt war – sie fragten mich eben nicht immer.

Jedenfalls sahen wir uns am Freitagnachmittag für eine Weile und wenn ich gewusst hätte, dass wir uns danach nie wieder sehen würden, hätte ich andere Sachen zu Mo gesagt. Ich hätte mir auch besser gemerkt, was genau wir gesagt haben und wie viele Kippen Mo geraucht hatte und wie seine Lippen und seine Augen und sein Kinn dabei aussahen. Ich hätte bewusst gedacht: Jetzt ist er lebendig, jetzt sitze ich mit dem lebendigen Mo hier. Ich hätte all meinen Mut zusammengenommen und gesagt:

»Ich liebe dich, Mo, du bist okay so wie du bist und es ist okay, dass es sich scheiße anfühlt, alles. Ich möchte für dich da sein und dir zuhören, du kannst zu mir kommen und ich erwarte nichts von dir, aber bitte geh nicht.«

Ich hätte ihn vielleicht einfach nur lange in den Arm genommen und an seinem Haar und an seinem Nacken gerochen und die warme Haut gespürt und gedacht: Mo ist jetzt am Leben.

Aber so habe ich eben nichts davon gemacht und weiß nicht mal mehr genau, worüber wir gesprochen haben, und jetzt fehlt er mir so unendlich und es ist so beschissen, dass es ihn nicht mehr gibt. Wenn er wenigstens noch mal kurz auf der Welt sein könnte, damit ich zu ihm sagen könnte, was ich sagen wollte, oder damit ich wenigstens noch einmal seinen Duft aufsaugen könnte, das wäre toll. Aber es ist Blödsinn so etwas zu denken, denn wenn er jetzt noch einmal kurz leben könnte, dann würde es mich zerreißen; ich würde ihn sehen und zusammenkrachen oder explodieren oder mich auflösen: In jedem Fall würde mein Körper dem Druck nicht standhalten können, der Trauer und der Wut, und so ist es immerhin nur das Vermissen, das mich zerfrisst.

20

Wie warm die Luft war. Warm und alles roch nach Schwefel, und die Böller zischten und die Raketen leuchteten. Beinahe war Frühling, und im Frühling wäre bald alles schon ein Jahr her.

Diese letzte Nacht des Jahres, diese erste Nacht des Jahres, war samtschwarz und nur erhellt von den kleinen bunten Blitzen. Jugendliche johlten und grölten und frönten dem Jugendlichsein.

Ich war einsam und leise und zog mich in mir zurück. Ich wollte mit Mo feiern, ich hatte nicht gelogen. Ich wusste allerdings nicht, wo Mo zu finden war.

Zuerst probierte ich es auf dem Sportplatz. Das war nicht naheliegend und machte eigentlich keinen Sinn, aber der Sportplatz war nicht weit entfernt und einmal hatten wir an Silvester dort gesessen und gesoffen, Mo und ich. Als ich hinkam, war niemand dort, aber leere Flaschen und Raketenhülsen verrieten, dass hier schon jemand gewesen war. Nicht Mo, dachte ich und ich bemerkte, dass ich meine Jacke vergessen hatte. Ich hatte sie wohl bei meiner Mutter liegengelassen und es war zwar warm, aber es war eigentlich immer noch Winter und jetzt war Nacht. Mir war kühl und ich fröstelte. Ein warmer Arm auf meinen Schultern um mich zu wärmen, dachte ich, und dann fiel mir auf, wie lange ich schon keinen Sex mehr gehabt hatte.

Um Sex zu haben, muss man was fühlen; im Idealfall zumindest. Außerdem, welchen Sinn hätte es denn gehabt, mit irgendwem ins Bett zu gehen, ohne jemanden zu haben, dem man davon erzählen könnte? Ich fragte mich, was Deer wohl so machte, ob er schon Sex gehabt hatte, seitdem. Ob er heute auch an Mo dachte, ob er auch an Mo dachte, immerzu, immerfort. Ob er wohl gute Tage gehabt hatte nach Mos Tod, wer weiß, immerhin hatte er Mo nicht so lange gekannt, nur ein Jahr oder so, aber immerhin hatte er ihn geliebt. Ich konnte mir Deers Schmerz nicht vorstellen, weil er sicher anders war als meiner, und für mich fühlte es sich so an, als wäre er auch nicht so echt.

Der Kuchen meiner Mutter, den ich noch immer in der Hand hielt, war klebrig und bröckelte. Mein Bauch war viel zu voll, ich hatte zu viel getrunken und musste pissen. Hier war Mo nicht, so viel war klar. Er war nicht bei den Toren, auch nicht am Spielfeldrand und nicht in der Mitte des Platzes. Ich hatte hier nichts mehr zu suchen und suchte an einem anderen Ort.

Die Brücke. Die war naheliegend. Wenn Mo nicht dort war, dann wo? An den Schrebergärten vorbei und an all den Erinnerungen, die sich am Wegesrand tummelten. Vorbei an Rauchkringeln, weg. Vorbei am weißen Himmel, fort. Vorbei an unendlichen Tagen, vorbei, vorbei. Ich sah die Brücke von weitem und ich sah: Mo war da nicht. Mo konnte da nicht sein, denn da saßen andere. Da saßen Leute, die nicht Mo und ich waren, saßen an unserem Platz und taten nicht einmal so, als wären sie wir. Sie rauchten zwar und tranken, aber sie atmeten nicht die Heiligkeit unserer Brücke, sondern inhalierten nur stinknormales Gras.

Ich lief schneller, konnte es nicht glauben.

»Wer seid ihr?«, rief ich und stürmte die Treppe hinauf: »Was macht ihr hier, was soll der Scheiß?«.

Doch die, die da saßen, starrten mich nur an und wandten sich dann ab. Zogen tief an ihren Joints und führten unsinnige Gespräche über Belanglosigkeiten mit Wörtern, die ich nicht verstehen konnte. Ich stolperte fast, als ich oben auf der Brücke ankam; aufgewühlt, verstört, wütend.

»Was soll der Scheiß?«, rief ich nochmal, aber die Gestalten schienen mich nicht zu hören. Wie Menschen kamen sie mir nicht vor, denn in dieser Nacht, in der eigentlich nur Gespenster unterwegs waren, konnte es keine echten Menschen geben.

»Maserung des Holztisches«, sagte einer von ihnen und die anderen nickten wissend.

»Baujahr. Reifenprofil«, sagte eine andere. Sie reichten den Joint herum, wichtig, wichtig, tief versunken und ich schien in ihrer Welt nicht zu existieren.

»Fickt euch!«, rief ich, »Ihr dürft hier nicht sein!«

Sehr langsam wandte einer der Sitzenden seinen Kopf zu mir; fast in Zeitlupe folgten die anderen Köpfe. Die Münder öffneten sich weit, der letzte Rest des Joints glomm warm in der Nacht und das Lachen brach über mich herein wie eine Flutwelle. Kein Schiff wird kommen; das Königreich Böhmen säuft ab und ich dachte an Mo, ganz unzusammenhängend daran, dass das auch etwas war, was wir geteilt hatten: Dass wir diesen ganzen Literaturkram wirklich feierten. Die ganzen Schnösel in der Schule, die nur deswegen lasen, weil sie mussten oder die damit angaben, dass sie nicht lasen. Mo und ich mochten Bücher. Mo wahrscheinlich noch mehr als ich, aber auch mir gefiel die Vorstellung, dass ich durch das

Lesen nicht mehr Ausgestoßene, sondern Outlaw war. Ich musste daran denken, wie wir im Englischunterricht über Shakespeare gesprochen hatten, und Mo war wahrscheinlich wirklich der einzige in der ganzen Klasse gewesen, den das alles interessiert hatte. Hier auf der Brücke, wo jetzt Fremde saßen, hatten wir gesessen, geraucht und Mo hatte sein blödes Reclam-Heft herausgezogen und mir eine Passage vorgelesen, in diesem schwülstigen Englisch, das keine Sau versteht. Mo war ganz aufgeregt und sagte: »Da kann man richtig froh sein, dass wir nicht aus einem Königshaus kommen, so durchgeknallt ist bei uns niemand«, und er lachte freundlich, während ich mich über Mos Begeisterung freute, auch wenn mein Englisch nicht so gut war, als dass ich hätte mitreden können. Aber es war schön, dass er mit mir teilte, was ihn freute, und jetzt atmete ich seinen warmen Mo-Geruch ein und hoffte, dass er sich morgen überreden lassen würde, die letzten beiden Stunden zu schwänzen.

Keine Ahnung, warum mir von Shakespeare, den eigentlich nur Mo mochte, ausgerechnet dieser Part mit Böhmen und dem Meer so im Gedächtnis hängengeblieben war; vielleicht, weil ich immer irgendwie gedacht habe, am Meer sei es besser, wärmer.

Natürlich hatte ich inzwischen im Hochhaus an der Küste gelernt, dass es nicht so ist, dass es auch am Meer stinken kann; und weh tun. Aber damals, als wir noch zur Schule gingen und Mo noch lebte, da hatte ich irgendwie dieses Bild vom Meer als Sehnsuchtsort.

Die Fremden auf der Brücke lachten und lachten während ich dastand, zerrissen und mit dem klebrigen Kuchen in meiner Hand, und sie checkten nicht, was vor sich ging, und ich checkte nicht, was vor sich ging, und dann drehte ich mich einfach um und ging. Die Brücke war jetzt ein anderer Ort, nicht mehr meiner, nicht mehr Mos. Wahrscheinlich dürfen nur Lebende auf die Brücke, wahrscheinlich war auch ich das längst schon nicht mehr: lebendig.

»Ich will doch nur mit Mo feiern, so wie immer«, murmelte ich, ohne dass irgendwer es hätte hören können. Noch war nicht Mitternacht, noch war das Jahr, in dem Mo noch gelebt hatte. Ich hatte irgendwie das Gefühl, dass ich jetzt sofort handeln müsse, wenn ich ihn wieder zurückholen wollte.

Meine Füße, die automatisch einen Weg einschlugen. Grölende junge Menschen in der Nacht. Sicher war ich mit einigen von ihnen zur Schule gegangen, aber scheißegal. Einzelne Böller hier und da und manchmal auch schon Raketen, die durch die Luft zischten. Ich fühlte mich wie im Krieg, stapfte tapfer mit festem Rücken durch den Silvesterrauch; verteilte eine Spur aus klebrigen dunklen Kuchenkrümeln hinter mir auf dem Boden, auf dass Mos Geist oder Hänsel oder Gretel oder wer auch immer mich finden könnte. Ich ging, Schritt für Schritt, ging immer weiter, ohne den Weg zu kennen, auch wenn alle Wege hier noch immer so vertraut waren.

Hier hatten Mo und ich als Kinder Skateboard fahren geübt. Hier war Mo voll auf die Fresse gefallen und hatte danach zwei Wochen richtig wild ausgesehen, so wie man sich halt einen vorstellt aus dem Ghetto. Hier hatten wir uns einmal so richtig gefetzt und ich war beleidigt weggerannt, mit den Augen voller Wutränen, weil Mo so ein blödes Arschloch gewesen war und mich einfach nicht verstand, und ich hatte ihn auch nicht verstanden, aber das war mir damals natürlich nicht klar. Hier hatte ich einmal meinen Schlüssel verloren und Mo hatte mir beim Suchen geholfen, den ganzen Mittag, weil der Schlüsselanhänger zu dieser Zeit ein kleines Säckchen voller Gras war und ich auf gar keinen Fall wollte, dass meine Mutter den Schlüssel finden und ihre Schlüsse ziehen würde. Tatsächlich fanden wir den Schlüssel dann auch, nachdem wir ewig gesucht hatten, und selbstverständlich sind wir dann auf die Brücke gegangen, erleichtert, um uns einen Joint zu genehmigen und uns zu freuen, dass alles so glimpflich abgelaufen war. Hier waren die Geister von damals, überall, an jeder Ecke standen sie da, rauchten ihre Zigaretten, nickten mir zu, grüßten mich, verstellten mir den Weg, zerrten an meinen Armen, krochen mir von hinten in meine Jacke und umfassten mich mit ihren klammen Händen. Wie diese Parasiten, die in das Gehirn von Ameisen kriechen und die dann fernsteuern, dachte ich, auch wenn der Vergleich irgendwie beschissen war, genau wie alles in dieser beschissenen Silvesternacht beschissen war. Beschissene Zugfahrt, beschissene Mutter, beschissener Artur, beschissene Mutter von Mo, beschissener Kuchen, beschissene Leute auf der Brücke, beschissener Mo, beschissene, beschissene, beschissene Erinnerungen, überall, immerzu.

Dass auch ich für Mo besonders gewesen bin, das war vielleicht das Wichtigste. Er hatte mich nie als selbstverständlich betrachtet und nie als gewöhnlich. Wenn ich es gewesen wäre, die gestorben wäre, und er derjenige, der überlebt hätte – ich bin mir sicher, dass er genau so ein übertrieben-kitschiges Bild von mir zeichnen würde, wie ich es jetzt von ihm tue. Ich weiß nicht, warum das so war, aber wir sind uns immer etwas Besonderes geblieben. Und von jemandem so gemocht zu werden, das war schon ein unwahrscheinlich gutes Gefühl. Eine Sicherheit in diesen ganzen Zeiten, in denen uns viel zu viel unsicher erschien. Und dass es jetzt, nach Mos Tod, niemanden mehr gab, der mich so mochte, das war wahrscheinlich das Schlimmste. Das war egoistisch, aber so ist das eben: Menschen sind egoistische Leute, in Wahrheit. Als ob es jemals jemandem nur um das Wohl der anderen gegangen wäre.

Ohne Mo war ich alleine und einsam und alles, was ich kannte, war kaputtgegangen.

Die Tage zwischen Mos Tod und seiner Beerdigung erinnere ich nicht mehr. Ich weiß nicht, ob ich zu Hause war oder unterwegs, weiß nicht, ob ich geschlafen habe oder getrunken. Einmal, das erinnere ich in Bruchstücken, ist meine Mutter mit mir zusammen in Mos Wohnung zu seiner Familie gegangen und ich sollte aus seinen Sachen irgendwas auswählen, was ich als Erinnerung haben wollte. Was ich genommen habe, weiß ich nicht mehr, vielleicht nahm ich auch gar nichts. Ich habe einige Erinnerungen an Mo: Zeug, das er bei mir liegengelassen hat oder das ich von ihm ausgeliehen und nie zurückgegeben habe. Sie sind alle wertlos ohne den Jungen, dem sie gehörten.

Als wir da waren, oben, in Mos Zimmer, kam Mos Vater herein, stand einfach nur da und weinte. Ich weiß noch, dass mich das irgendwie erschreckte, dass Mos Vater da jetzt einfach so hemmungslos herumstand und weinte, ohne dass er auch nur versucht hätte, es zu verbergen.

Sicher weiß ich, dass auch ich geweint habe in diesen Tagen. Die ganze Zeit, denke ich im Nachhinein, aber ich glaube, in Wahrheit habe ich eher die meiste Zeit nicht geweint und nur ausgeharrt, bis es wieder über mich hereingebrochen ist. Es ist sogar jetzt noch so, dass ich manchmal denke, ich könne irgendetwas Lustiges oder Blödes, das ich gesehen oder erlebt habe, Mo erzählen. Und dann fällt mir ein: Mo ist tot, und ich könnte weinen und weinen, weil es so unfair ist und keinen Sinn ergibt. In den Tagen nach seinem Tod erinnerte mich laufend irgendetwas plötzlich an seinen Tod, selbst wenn ich zwischendurch keine Sekunde vergessen hatte, was passiert war. Wie kann man es nicht persönlich nehmen, wenn einer, den man so mag, sich das Leben nimmt?

Nach der Beerdigung habe ich begonnen, meine Flucht zu planen. Ein bisschen Geld brauchte ich, nur ein klein wenig, um irgendwohin zu fahren und mit irgendetwas anderem zu beginnen. Scheiß auf das Abizeugnis. Scheiß auf den Abiball, scheiß auf das Studium in der aufregenden neuen Stadt, was war das überhaupt wert ohne Mo, mit dem ich es hätte teilen können? Während die Leute, mit denen wir zur Schule gegangen waren – sicherlich leicht traumatisiert wegen des selbstgewählten Dahinscheidens ihres Jahrgangskameraden (für den sie zwar, als er noch lebte, nichts übrig gehabt hatten, aber hey, so ein Suizid im Bekanntenkreis eignet sich in jedem Fall dafür, sich selbst beim Smalltalk interessanter zu machen) – schon damit begannen, ihr neues und glanzvolles Leben zu planen, ihre Koffer zu packten, für Selbstfindungstrips über den ganzen Erdball, oder ihren Lebenslauf mit Freiwilligendiensten aufzupolieren, half ich den Sommer über in einer Fabrik aus, die einigermaßen gut bezahlte. Tat meiner Mutter und allen gegenüber so, als käme ich irgendwie klar, und als dann Herbst wurde, klaute ich meiner Mutter das wenige Geld, das sie hatte, und setzte mich in den Zug ans Meer.

21

Ob es von Anfang an der Plan gewesen war, wieder zurückzukommen? Im Nachhinein kann ich es nicht sagen, aber ich habe das Gefühl, dass ich, als ich nach Mos Tod die Stadt verließ, eigentlich überhaupt gar keinen Plan gehabt hatte. Einfach nur weg. Fliehen. Einfach alles hinter mir lassen, auch wenn ich eigentlich da schon hätte wissen können, dass man nichts hinter sich lassen kann, was einen verfolgt.

Es ist schon merkwürdig, wie sehr sich eine Stadt verändern kann, auch wenn sie eigentlich nach außen noch so wirkt, als wäre sie die gleiche geblieben. Da sind zum einen die kleinen Veränderungen, die einem im Alltag entgehen, die man nur bemerkt, wenn man kurz weg war: Die neuen Stühle vor einem Bistro, der alte Trabant, der immer in einer bestimmten Straße stand und nun plötzlich fehlt, oder das überstrichene Graffito, das vor langer Zeit von zwei besoffenen Jugendlichen bei Einbruch der Nacht an die Fassade der Grundschule gesprüht worden war.

Dann gibt es die größeren Veränderungen, die Offensichtlichen: Baustellen, die Straßen wie klaffende Wunden auseinanderreißen, Kräne, die in den Himmel ragen und von der kommenden Veränderung künden, und Kneipen, die der Gentrifizierung weichen mussten und nun *Frozen Yoghurt* heißen.

Schließlich, und das macht den größten Unterschied, finde ich, sind da die Veränderungen, die kein Mensch sehen kann, kein Mensch fassen oder begreifen kann und von denen man auch häufig erst hinterher merkt, dass sie überhaupt stattgefunden haben: Die Veränderungen innen. Das Gefühl, das eine Stadt mit sich bringt. Früher, da war diese Stadt aufregend und neu, wirkte verheißungsvoll auf uns und vor allem das Verbotene reizte uns an ihr. Als Kind waren die Büsche hohe Verstecke, die Mülltonnen schienen ewig in die Luft zu ragen und die Tage in dieser Stadt waren unendlich lang. Dann wurden wir älter und anderes war wichtig: Der Alkohol, die Partys, die heißen Typen und die Ecken, in denen wir ungestört knutschen konnten. Das Gefühl war Schweiß und Kater, Galle im Hals und das Brennen von Wodka im Bauch. Die Schule, nach der wir uns als Kinder noch gesehnt hatten, war ein Gefängnis, unsere Zuhause waren nur seine Außenmauern, und unsere Mission war es, immer wieder auszubrechen. Damals war die Stadt manchmal freundlich und aufregend, manchmal trostlos, aber trostlos in dieser jugendlichen Melancholie, die im Nachhinein schon wieder romantisch wirkt. Doch jetzt. Jetzt hatte die Stadt begonnen, Trauer zu tragen, war eine Geisterstadt geworden, so wie ich ein Geistermensch war. Die Stadt konnte nicht mehr in der Gegenwart existieren, weil ich überall nur auf meine alten Monster stieß. Weil ich auf den Pfaden eines Menschen wandelte, der nie mehr wandeln würde, der unter der Erde lag und verrottete. Weil ich die Spuren einer Freundschaft suchte, die zermalmt worden war.

Den Zaun zu überwinden, war nicht schwierig. Es gab einen Stromkasten, auf den ich steigen konnte, und von da aus war es leicht, über den einfachen Drahtzaun zu springen. Früher oft gemacht, wenn wir nachts ins Freibad wollten, um dort zu saufen; aber diesmal sprang ich nicht aus Gründen des Amüsements. Ich wollte Mo finden und eigentlich ahnte ich ja auch schon, wo er war.

Auf dem Friedhof war ich seit seiner Beerdigung nicht mehr gewesen. Im Dunkeln war es nicht leicht, etwas zu erkennen, keine Laternen leuchteten den Weg und ich hatte keine Lampe dabei. Deswegen hatte ich keine Ahnung, ob man sagen könnte, dass sich hier etwas verändert hatte, aber zumindest konnte ich mit Sicherheit feststellen, dass nichts gleich geblieben war.

Während damals der aufgeweichte Boden meine Schuhe tränkte, federte die trockene Erde jetzt und gab leicht nach, als ich über sie lief. Die Grabsteine standen gelangweilt herum, mahnten nicht und rüttelten nichts wach in mir. Das Herbstlaub war noch nicht verrottet und raschelte manchmal. Über den Himmel, der weit über mir hing, zischten jetzt immer öfter bunte Lichter. Keine bedrohlichen Schattenarmeen, keine Monster hier, die mich erschrecken wollten, und keine dummen kiffenden Jugendlichen. Wenn ich Mo wo finde, dann hier, dachte ich.

Der Friedhof war recht groß und verwirrend und ich hatte absolut keine Idee, wo Mos Grab nochmal war. Bei der Beerdigung war ich einfach mit den anderen mitgelaufen, hatte weder auf irgendwelche markanten Punkte geachtet, noch auf die Inschriften der umliegenden Grabsteine. Ich schaute mich um, in der Hoffnung, dass mein Unterbewusstsein sich vielleicht irgendetwas abgespeichert hatte, was mir jetzt bekannt vorkommen könnte, aber es war dunkel und alles sah nach Friedhof aus. Ich tastete mich durch die Grabsteinreihen, ging vorsichtig, um nicht über Steine oder Wurzeln zu stolpern und kniff die Augen zusammen, um die Inschriften auf den Gedenksteinen zu entziffern. Mittlerweile war mir kühl und ich war mutlos. Es war verdammt gefährlich, mich an diesen Ort hier zu klammern, weil er doch eigentlich nichts mit Mo und mit mir zu tun hatte. Aber was war die Alternative? Mo war nicht auf der Brücke, Mo war nicht daheim. Irgendwo musste er ja sein, dachte ich.

Und dann war es doch leichter, als gedacht:

Als Mo neben mir stand, wunderte ich mich nicht. Er hatte eine Zigarette hinter dem Ohr klemmen und eine andere in der Hand, die er mir hinhielt.

»Alles klar?«, fragte er und gab mir die Kippe.

»Hey«, sagte ich und kramte fahrig nach einem Feuerzeug.

Nichts ist klar, wollte ich antworten aber ich sagte schon wieder nichts, weil ich Angst hatte, ihn zu vertreiben. Endlich hatte ich das Feuerzeug gefunden, steckte erst meine Kippe an und dann seine.

»Was geht so?«, fragte ich.

Mo kicherte irgendwie irre. Er sprach sehr leise: »Was soll schon gehen? Wir sind hier auf dem Friedhof, was erwartest du? Hier tobt nicht gerade das Leben, Svenja.«

Ich nickte und schluckte und dachte, wie dumm.

Auch mir geht es schlecht Mo, wollte ich sagen. Warum nur kann ich das nicht sagen, selbst jetzt, wo du tot bist, kann ich nicht sagen, wie schlecht es mir geht.

»Ich seh das«, sagte ich und in einem Anflug von beleidigtem Stolz, »aber immerhin bin ich ja jetzt da.«

»Klar, klar«, sagte Mo mit seiner gereizten leisen Stimme und er klang nicht wie mein Mo von früher, sondern wie irgendein schlechter Abklatsch. Als wäre mein Mo durch ein missmutiges Alien ersetzt worden oder sowas.

Ich erinnerte mich, dass ich ähnlich von ihm gedacht hatte, als ich ihn in der Klinik besucht hatte. Aha, dachte ich, das ist also Mos Krankheit oder ein böser Dämon, der Besitz von ihm ergriffen hat. Das war sicher gar nicht der echte Mo, der sich das Leben genommen hat, und wir haben nur sein Double zu Grabe getragen.

Von irgendwoher wehte der Duft von fettigen Fritten durch die Nacht herüber und ich hätte gerne eine Cola gehabt. Ich beschloss, alle Vernunft beiseitezulegen und die Wahrheit zu sagen:

»Mo, es tut scheiße weh, dass du tot bist. Ich vermiss dich höllisch und ich glaube, dass mich noch nie etwas so zerrissen hat.«

Ich nahm einen kurzen Zug von meiner Zigarette und räusperte mich dann. Ich wagte nicht, ihn anzusehen als ich weitersprach: »Ich meine, das ist doch alles Scheiße. Mo, das ist eine riesige Scheiße alles. Keine Ahnung, also. Völlig verkackt halt. Fuck. Ich mein, es ist ja echt auch irgendwie egal, was ich davon halte, aber für mich ist es nicht egal. Ich mein, ich bin doch auch irgendwie wichtig und ich vermiss dich eben. Das muss doch auch zählen, irgendwie muss ich doch auch zählen. Ich versuche ja, deine Entscheidung zu respektieren, wirklich, ich versuch's, weil ich will ja nicht zu den Arschlöchern gehören, die immer wissen, was alles richtig für dich ist. Die sagen, du darfst nicht schwul sein und du darfst nicht saufen und du darfst dich nicht umbringen, weil du ja was Vernünftiges tun sollst stattdessen. So will ich nicht sein, aber trotzdem bin ich so. Also so egoistisch wie die. Scheiße. Weil ich mein, ich respektiere deine Entscheidung nicht. Ich würde ja gerne, aber ich vermiss dich eben, es tut weh und und du fehlst mir. Ich hasse dich so dafür, dass du gestorben bist, ich hasse dich so, Mo, ehrlich, du scheißverfickter Arsch. Fuck, es geht nicht um mich, das weiß ich ja, aber für mich geht's eben schon um mich, und mich hast du im Stich gelassen.«

»Wenn jemand krank ist, also zum Beispiel Krebs hat oder so, und furchtbar leidet, dann darf er doch auch sterben, Svenja, dann sagen die Leute doch auch, dass er jetzt endlich erlöst ist. Mich hat mein Tod auch erlöst, ich hab auch gelitten.« Mo sprach sehr leise und sah mich nicht an.

»Ich denke immer, ich hätte dir irgendwie helfen müssen. Ich hätte dich retten können. Wenn ich nur gewusst hätte, was das Richtige ist, dann hätte ich das tun können und dann wäre alles wieder so gewesen wie früher. Dann wäre alles wieder gut geworden«, sagte ich verzweifelt.

»Das wollen sie dich doch nur glauben machen, Svenja, dass man nur etwas geraderücken muss, um nicht mehr verrückt zu sein, und dann ist alles wieder gut. Ich habe mich geweigert, mir dieses Stück Menschlichkeit nehmen zu lassen. Ich wollte nicht geradegerückt werden, um dann zu funktionieren, mitzumarschieren. Wieso hätte ich mich geraderücken lassen sollen? Ich bin nicht verrückt gewesen, nur nach den verrückten Maßstäben dieser verrückten Welt. Letztendlich wäre ich ja sowieso irgendwann gestorben, da ist es doch scheißegal, dass ich das vorgezogen habe. Nur du glaubst, dass es einen Unterschied macht, aber den macht es nicht, weil auch du wirst sterben.« Mo sprach mit harter Stimme, er war wütend.

So wie er jetzt war, erinnerte ich ihn nicht, auch wenn ich wusste, dass er vor seinem Tod immer wieder so gesprochen hatte. Ich konnte ihn nicht leiden, so wie er jetzt war, wenn er diese Dinge sagte, denn logisch gesehen hatte er recht, und trotzdem machte sein Tod mich traurig. Er tat so, als sei das eine Schwäche oder Dummheit von mir. Der alte Mo, der echte Mo, der, den ich liebte und vermisste, hätte niemals so gesprochen. Er hätte mich verstanden und getröstet. Der falsche Mo, der, der vor mir stand, verhöhnte mich.

»Weißt du, in Wirklichkeit könnte es mir wirklich am Arsch vorbeigehen, dass du dich umgebracht hast«, sagte ich, »du warst schon vor deinem Tod so ein egoistisches Arschloch wie du es jetzt bist. Ich weiß nicht wann, aber irgendwann bist du, also der echte Mo, verschwunden. Ich glaube, es gab da keinen konkreten Punkt, und ich habe die Veränderungen ja mitbekommen, aber ich dachte die ganze Zeit, wenn ich sie ignoriere, wird alles wieder normal. Und irgendwann habe ich dich nur noch geliebt, weil du mir die Möglichkeit geboten hast, daran zu glauben, dass ich meinen alten Mo wiederbekomme. Weil eigentlich vermisse ich nur den alten Mo, den richtigen, der sich für andere eingesetzt hat, anstatt sich immer nur mit sich selbst zu beschäftigen.«

Ich wusste nicht, ob ich fertig war, aber ohrenbetäubend bunte Blitze, die über den Himmel zuckten, unterbrachen mich. Mit einem Mal klang der nächtliche Friedhof wie die Geräuschkulisse zu einem Weltkriegsfilm, grelles pinkes, blaues und grünes Licht erhellte flackernd die Grabsteine und Kreuze um mich. Mitternacht. Ich hob meinen Blick und sah Mos blasses Gesicht in absurden Farben aufleuchten, sah in einem Moment die klaren Konturen seiner Nase, Wangen und seines Kinns, und im nächsten Moment war alles dunkel, nur seine Kippe glimmte im Dunkel auf. Als sein Gesicht das nächste Mal aufleuchtete, bemerkte ich, dass es sich verändert hatte. Die Kälte war aus seinen Zügen gewichen und er lächelte, so wie er als Kind gelächelt hatte. Vor mir stand Mo, mein Freund Mo, nicht die verzerrte Version, sondern der Mo, den ich vermisste und liebte. Fast wie aus einem Reflex riss ich meine Arme hoch, stürzte auf ihn zu und rief:

»Frohes neues Jahr, Mo!«

»Frohes Neues, Svenja!«, rief auch Mo, diesmal lauter, fast enthusiastisch.

Ich warf mich in seine Arme und versuchte, eine Ahnung von seinem Mo-Geruch zu erhaschen. Zigarettenrauch und Wärme. Ich grub mich tief an seine Schulter und weinte, weinte in diesem grotesk bunten Licht die tausend Tränen, die ich die ganze Zeit gesucht hatte. Ich weinte und ich ließ alles gehen. Unsere gemeinsame Jugend, das alte Jahr, die alten Tränen, die überall in meinem Körper getrocknet waren, und auch Mo. Ich ließ Mo gehen, kaum dass er zu mir gekommen war, und noch während ich mich weinend auf seine Schulter stützte, löste er sich auf. Eine kleine Rauchwolke, wo er gestanden hatte und neben meinen Füßen eine Zigarettenkippe, die bis zum Filter heruntergeraucht war.

In der Hand hielt ich noch immer die Zigarette, die er mir gegeben hatte. Sonst war nichts übrig von unserer Begegnung. Ich schwankte leicht, aber ich verlor das Gleichgewicht nicht.

Die Nacht war hell wie der Tag, das Silvesterfeuerwerk verkündete: Es ist vorbei. Das letzte Jahr, das ich mit Mo geteilt hatte, war vorüber. Es löste sich in diesem Blitzgewitter auf, wie auch Mo sich aufgelöst hatte. Er war nur noch Rauch und Asche, und all das verkrustete Salz in meiner Brust strömte auf die Gräber zu meinen Füßen.

»Mo«, schluchzte ich, »Mo, du Scheißtyp, Mo.« Ich stammelte seinen Namen, fiel mit meinen Knien auf den dreckigen Boden und riss an dem Gras, das ich unter meinen Händen fand.

»Mo, Mo, Mo, du Arschloch, Mo!«

Ich lag auf der Erde, Wasser lief über mein Gesicht. Die Luft roch nach dem Schwefel der Raketen, der Himmel brannte Feuer. Ich rief und schluchzte und rief und ließ gehen: »Mo, alter Kumpel, Mo du Mutterficker! Mo. Mein Mo. Mein Mo.«

Mo bedeutete Heimat für mich und Seelenheil und größtes Unglück. Mo war der Name meines Lebensretters und der Name desjenigen, der mein Leben zerstört hatte. »Mo, Mo!«, rief ich und dann dachte ich es nur noch, und langsam wurden die Raketen weniger, die über den Himmel zischten, und meine Tränen versickerten im Gras.

Ich lag auf dem Boden des Friedhofs und atmete, als das neue Jahr seinen Anfang nahm und ich war allein. Als ich meinen Blick hob, sah ich, dass vor mir Mos Grabstein aufragte.

22

Der Himmel spannte sich silbern über die Erde als wäre er ein zum Zerreißen gespanntes Tuch. Die Bäume hinter den Gleisen zeichneten sich kahl vor ihm ab, zeigten jeden einzelnen ihrer Äste. Die kalte Luft roch nach verbranntem Holz, und ich musste lächeln, weil ich mich plötzlich sonderbar verbunden mit der Welt fühlte. Ich spürte, ich war lebendig.

Während ich an diesem einsamen Bahnhof an diesem einsamen Neujahrsmorgen auf den Zug wartete, durchdrang es mich durch und durch; ein Gefühl, das ich seit meiner Kindheit vergessen hatte. Jetzt bin ich. Ich lebe.

Der Wind war eisig; es war nichts übrig geblieben vom frühlingshaften Wetter des Vortages. Die Straßen waren beschmutzt mit den Überresten der Silvesterraketen, mit zerbrochenen Bierflaschen und Luftschlangen. Mein Körper hingegen fühlte sich seltsam rein an, obwohl ich seit Tagen nicht geduscht hatte. Ich zündete eine Zigarette an und atmete das neue Jahr tief ein.

»Ich lebe, ihr Ficker«, murmelte ich und irgendwie war das kein so schlechtes Gefühl, wie ich gedacht hatte. Als der Zug einfuhr, fühlte ich mich zum ersten Mal seit Monaten fast so etwas wie gut.

Natürlich döste ich wieder einen großen Teil der Fahrt, schließlich hatte ich in der Nacht kaum geschlafen. Nachdem ich mich auf dem Friedhof von Mos Grabstein verabschiedet hatte, hatte ich nicht nach Hause gehen wollen. *Nach Hause*, das war es ja auch gar nicht mehr. Nur die erbärmliche Wohnung meiner erbärmlichen Mutter, die sich mit Sicherheit zu Neujahrsbeginn ordentlich von ihrem Artur durchnehmen ließ. Meine erbärmliche, liebe dumme alte Mutter, die keine Ahnung hatte, wie sie mit dem Verlust ihrer Tochter umgehen sollte und deswegen so tat, als sei die Welt noch nicht zerbrochen. Ich hatte keine Lust, ihre Sicht auf die Dinge zu verstehen.

Ich war wieder über den Zaun geklettert – der Rückweg war schwieriger, denn auf dem Friedhof gab es nichts, wo ich hätte draufsteigen können, aber irgendwie schaffte ich es, mich direkt am Zaun nach oben zu ziehen –, hatte mir dabei die Hand aufgerissen und war irgendwie auf Knien und Händen im Dreck gelandet. Aber scheiß drauf, am Silvesterabend ist es ja auch irgendwie egal, wie man aussieht. Alle sind besoffen und alle sehen scheiße aus. Ich war also in die Stadt gegangen, wollte in die Kneipen schauen, die Mo und mir früher Nacht für Nacht Zuflucht geboten hatten. Aber meine idyllische Erinnerung von Whiskeyschwaden in der Luft und Gläsern randvoll mit Zigarettenrauch hielten der Realität nicht stand: Innen war es überfüllt und stickig und die meisten Menschen waren viel zu glücklich für meinen Geschmack. Ich stand alleine in der Menschenmenge und fühlte mich verloren, als ich versuchte, mich zur Theke zu drängeln. Ich hatte hier nichts mehr zu suchen, ich gehörte nicht mehr hierher, dachte ich. Die Stadt und ihre Bewohner waren mir jetzt fremd, die Nacht und ihre Gewohnheiten hatten nichts mehr mit mir zu tun.

Als ich endlich zur Bar vorgedrungen war, bestellte ich ein

Bier, eigentlich nur deswegen, weil ich den Tresen erreicht hatte, und blieb dann einfach an meinem Platz stehen.

»Frohes Neues!«, grölten mir freudige Fremde ins Ohr.

»Geile Titten!«, rief ein Typ, der mir an den Arsch griff.

»Fick dich«, rief ich zurück, aber es fühlte sich nicht auf diese Weise aufregend an, wie es sich mit Mo angefühlt hätte.

Mein Bier leerte ich zügig und bestellte mir ein weiteres, zusammen mit einem Schnaps.

»Ein Herrengedeck«, sagte die Barkeeperin und ich nickte, auch wenn ich die Bezeichnung altbacken fand. In dem Moment, in dem ich das Schnapsglas zum Mund führte, um es herunterzustürzen, sah ich, dass auf der anderen Seite der Theke Deer stand. Er nickte mir zu und ich musste husten von dem scharfen Alkoholgeschmack.

»Hey, Deer«, sagte ich, als ich mich zu ihm durchgekämpft hatte.

»Hey, Svenja«, sagte Deer ohne dieses aufgesetzte Lächeln, das die meisten Menschen haben, wenn sie flüchtige Bekannte in Kneipen treffen.

»Lange nicht gesehen«, sagte ich überflüssigerweise.

»Seit der verdammten Beerdigung«, flüsterte Deer fast tonlos und griff zu seinem Glas. Ich konnte erkennen, dass eine klare Flüssigkeit darin war, ob Wasser oder Wodka wusste ich nicht.

»Frohes Neues«, sagte ich, weil ich nicht wusste, was ich sonst hätte sagen können.

»Verficktes neues Jahr«, sagte Deer mit der selben tonlosen Stimme und ich merkte, dass ich wahrscheinlich die Letzte war, die er sehen wollte. Mir tat es allerdings irgendwie gut, mit Deer zu sein. Dem Einzigen, der meinen beschissenen Zustand halbwegs nachvollziehen konnte. Ich dachte nicht daran, zu gehen.

»Ich hab Mo vorhin getroffen«, sagte ich, »auf dem Friedhof.«

Deer starrte böse auf sein Glas. »Arschloch«, sagte er und schluckte. »Was treibt der Hurensohn sich auf dem Friedhof herum? Er sollte mit mir Silvester feiern, mit seinem Schatz, verfickt. Aber weißt du, das ist typisch, dich hatte er schon immer lieber, Svenja, an dich bin ich nie rangekommen.«

Er setzte sein Glas an die Lippen und aus der Art, wie er trank, schloss ich, dass es Wasser sein musste. In mir breitete sich Wärme aus und ich fühlte mich froh.

Um Deer auch ein gutes Gefühl zu geben, sagte ich: »Dich hat er geliebt. Auf eine andere Art, du weißt schon, auf die richtige Art. Du warst sein Schatz, Deer, echt jetzt.«

Deer nickte schwach und ich winkte nach der Barkeeperin.

»Zwei Rum-Fanta«, sagte ich, obwohl ich nicht wusste, ob mein Geld dafür reichen würde. Die Barkeeperin fragte nach, ob das wirklich mein Ernst sei, Rum-Fanta, und ich nickte.

»Ihr habt immer schon so widerlichen Scheiß getrunken«, sagte Deer.

Wahrscheinlich war es der Alkohol oder vielleicht auch die Euphorie des jungen Jahres, die uns umgab, die machten, dass ich redselig wurde.

»Ich wohne in einem Hochhaus am Meer«, sagte ich, »außer mir wohnen dort keine Menschen, glaube ich«.

»Am Meer, aha. Das Meer ist doch auch nur eine falsche Freundin«, sagte Deer grimmig.

Ich war angepisst, weil es möglich war, dass er mir mit seinem Missmut meine gute Laune verderben könnte, trotzdem wollte ich nicht von ihm ablassen.

»So ein Scheiß«, entgegnete ich, als die Barkeeperin die Getränke vor uns auf die Theke knallte, »das Meer ist wirklich okay. Eigentlich die beste Freundin, die ich jemals hatte. Bis auf ... Fuck. Bis auf Mo halt.«

Deer starrte zerstreut auf sein Glas mit Rum-Fanta und machte keine Anstalten zu trinken.

»Kann sein«, murmelte er, »ist ja auch alles egal«.

Ich nippte an meinem Getränk und fand plötzlich, dass Deer recht hatte. Ganz schön widerliches Zeug.

»Was hast du so gemacht?«, fragte ich ihn, weil ich auf einmal Angst hatte, dass er gehen würde.

»Du weißt schon, das Übliche«, sagte Deer. »Bin durchgedreht, war in der Klapse, bin dort *genesen* und ehrenhaft entlassen worden. Was man als Irrer halt so macht.« Sehr leise sagte er: »Aber es war beschissen da, ohne ihn. Was soll die Welt schon ohne Liebe bringen?«

Ich wusste genau was er meinte. Deer und ich, wir sind beides einsame Irre, dachte ich. Wir hätten Mo gebraucht, um uns zusammenzureißen, aber Mo war der größte Irre von uns allen, oder vielleicht war er auch wirklich der Einzige, der klar genug gesehen hatte. Jetzt waren wir jedenfalls beide verloren, ohne Liebe, ohne Leben. Wir starrten sinnierend vor uns hin, ohne uns weiter zu unterhalten.

»Ich pack's mal«, sagte Deer irgendwann.

Die Eiswürfel in seinem Glas waren geschmolzen, das Getränk hatte er nicht einmal probiert. Ich griff danach, fragte: »Darf ich das?«

Als Deer nickte, zog ich das Glas zu mir heran. Dann fragte ich: »Wohin gehst du jetzt?«

»Keine Ahnung, Svenja. Ich hab immer keine Ahnung, aber irgendwo komme ich immer raus. Wahrscheinlich geh ich einfach heim, aber vielleicht gerate ich auch in eine Silvesterschlägerei und irgendwer haut mir meine Birne zu Brei, das weiß man nie. Bis zum nächsten Mal, jedenfalls, hab noch einen schönen Abend oder so.«

Er haute ohne Umarmung ab und ich blieb alleine vor meinen beiden Gläsern sitzen. Ich brauchte eine ganze Weile um sie auszutrinken. Als ich mich ohne zu bezahlen aus der Kneipe herausdrängelte, waren die zugeböllerten Straßen schon beinahe wieder leer und über den rauchverhangenen Dächern dieser schrecklichen Kleinstadt wurde es langsam wieder hell. Ich ging zum Bahnhof, um dort fröstelnd bis zum Morgen auszuharren. Den ersten Zug zum Meer wollte ich nehmen.

Mein Kopf schmerzte, die Zunge war pelzig und mein Mund fühlte sich an, als würde er demnächst aufreißen, weil er so ausgetrocknet war. Ich hatte Durst und einen Kater und hätte am liebsten gekotzt. Scheiße, so Zug zu fahren. Aber ich hatte ein Ticket, also konnte ich mich entspannt in meinem Sitz zurücklehnen, die Augen zumachen und dem einschläfernden Rattern der Bahn lauschen. Das machte mich ruhig, fühlte sich in meiner Brust irgendwie gut an.
Trotz des Feiertags fuhr ein Zug mit mehreren Wagen. Zumindest der, in dem ich saß, war fast vollständig leer. Ich sah aus dem Fenster. Weil die Wolkendecke am Himmel jetzt aufgerissen war und die Morgensonne alles in ihr großzügiges Licht tauchte, sahen die Nebelfetzen, die sich in den an mir vorüberrasenden Baumwipfeln verfangen hatten, aus wie verirrte Rauchschwaden, die in den Ästen klebten. Ich versuchte Gesichter oder Tierformen in ihnen auszumachen, aber ich konnte nichts erkennen. Immer wieder nickte ich

ein, bis ich mich schließlich ergab und den Schlaf mich übermannen ließ.

Ich verschlief fast die ganze Zugfahrt, wachte nur einmal auf, als mich eine Schaffnerin nach meinem Ticket fragte, und als ich das nächste Mal erwachte, war ich schon fast wieder am Meer. Irgendwohin muss man ja zurückkehren.

Als ich ausstieg, war mir kalt. Es war noch nicht spät und der Ort wirkte ausgestorben, weil seine Bewohner noch in den Betten lagen, um ihren Rausch und die Gelage der vergangenen Tage zu kurieren. Mein Magen knurrte und mir fiel ein, dass ich wahrscheinlich nichts zu essen in meiner Wohnung hatte. Ich zündete eine Kippe an und machte mich auf den Weg zum Strand.

»Hallo, Meer«, sagte ich leise, als ich am Meer stand.

»Hallo, Svenja«, sagte das Meer.

»Du bist nicht wild und wüst heute«, sagte ich, »du wirkst mild und gütig.«

»Lass dich davon nicht täuschen, Svenja«, sagte das Meer, »ich kann zur gleichen Zeit wild und gütig sein, und wenn meine Oberfläche spiegelglatt ist, dann passieren die Katastrophen.«

Ich nickte und rauchte und starrte hinaus in die Weite des Meeres.

23

Es war merkwürdig, das Männerwohnheim bei Tag zu sehen. Als Nachtwächterin war ich ja meistens erst gegen Abend dagewesen. Jetzt war es ruhig, nur ein alter Typ, den ich vorher noch nie gesehen hatte, saß vor dem Gebäude und starrte vor sich hin.

»Frohes Neues«, grüßte ich ihn, als ich an ihm vorüber ging.

»Auch so«, grunzte er und grinste.

Irgendwie war mir mulmig. Keine Ahnung, was passieren würde. Wahrscheinlich war, dass Marc und Jenny ziemlich angepisst sein würden. Ich mein, ich war ohne was zu sagen der Arbeit ferngeblieben, war tagelang nicht erreichbar gewesen und sie hatten über die Feiertage sicher nicht so mirnichtsdirnichts einen Ersatz für mich auftreiben können.

Die Dunkelheit im Haus überraschte mich, weil es draußen so hell war. Ich ging direkt zur Leitzentrale, klopfte an, ohne dem Schiss, den ich hatte, weiter Beachtung zu schenken.

»Hallo, Svenja«, sagte Jenny, als sie die Tür öffnete, ohne dass sie überrascht wirkte.

»Hey, Jenny«, sagte ich in dem Gefühl, atemlos zu sein.

»Arbeitest du jetzt wieder?«, fragte Jenny.

»Denke schon«, sagte ich.

»Alles klar, das ist gut. Wir mussten eine ganze Menge

Nachtschichten machen in der letzten Woche«, sagte Jenny, »das war ziemlich beschissen.«

»Sorry«, sagte ich. Ich hatte keinen Bock, mich zu erklären.

»Wenn so eine Scheiße wie mit Uwe passiert, Svenja, dann musst du mit uns reden. Du musst nicht alleine damit fertig werden, das geht ja gar nicht«, sagte Jenny und sah noch ernster aus als eh schon.

»Okay.«

»Du hast ganz gut reagiert«, sagte Jenny. »Er ist stabil. Sie haben ihn jetzt in die Nervenklinik überwiesen, weil er körperlich über'n Berg ist.«

Ich nickte und fühlte mich ein wenig mehr erleichtert, als meine Gleichgültigkeit es mir eigentlich erlaubte.

»Marc hat gewettet, dass du diese Woche noch wiederkommst. Ich war mir da nicht so sicher, ich hab gesagt, vielleicht bleibst du auch ganz weg.«

»Ich wüsste nicht, wohin«, sagte ich ehrlich, »hier ist es auch nicht schlechter als sonstwo.«

»Wahrscheinlich nicht«, sagte Jenny, »die goldene Arschkarte eben. Ein schönes neues Jahr übrigens noch.«

»Ah, ja. Selber ebenfalls«, sagte ich.

Ein kleiner hagerer Mann kam herangeschlurft, stellte sich neben uns und sah Jenny an. Auch ihn hatte ich vorher hier noch nicht gesehen.

»Also dann«, sagte ich.

»Bis heute Abend?«, fragte Jenny.

»Klar.«

»Klasse. Marc wird erleichtert sein, dass er nicht verkatert arbeiten muss«, sagte Jenny. Als ich mich umdrehen und losgehen wollte, legte sie mir die Hand auf die Schulter:

»Svenja?«

»Ja? Was ist?«, murmelte ich.

»Wenn du reden möchtest. Du weißt schon, über das, was an Weihnachten passiert ist. Oder über deinen Kumpel. Also ich meine, ich kann mir vorstellen, dass dich das beschäftigt.«

»Schon gut, danke«, sagte ich und machte, dass ich verschwand.

Bevor ich zurück zum Hochhaus ging, wollte ich bei einer Tankstelle vorbeischauen, um mir irgendein Fertiggericht zu kaufen. Ich musste ein ganzes Stück laufen, aber gar nichts zu essen, war ja auch keine Option. Ich spürte jetzt die Nachwirkungen des Alkohols. Obwohl ich im Zug so viel geschlafen hatte, war mir ein bisschen übel und ich hatte Kopfweh. Ich hatte einen Durst, den ich wahrscheinlich nie würde löschen können.

Auf dem Weg zur Tanke stellte ich mir die ganze Zeit diese anderthalb Liter-Sprudelflaschen vor und wie ich sie in einem großen Zug austrinken würde, wenn ich sie endlich gekauft hätte.

Als ich dort war, gab es nur sehr kleine und sehr teure Sprudelflaschen, aber scheiß drauf, dann nahm ich eben drei davon. Ich suchte mir ein paar Pizzen aus, aber als ich bezahlen wollte, wurde *Vorgang nicht möglich* auf dem Kartenlesegerät angezeigt und mir fiel ein, dass ich höchstwahrscheinlich mein Konto leergeräumt hatte mit den Zugtickets und so. Bargeld hatte ich auch kaum noch, also entschuldigte ich mich bei der Kassiererin, legte die Pizzen und zwei der Sprudelflaschen zurück und nahm stattdessen das billigste, was ich zu essen finden konnte: So eine Instant-

Nudelsuppe im Plastikbecher. Mochte ich eigentlich, aber bei dem scheiß Hunger, den ich hatte, würde das wahrscheinlich nicht ausreichen. Trotzdem, besser als nichts, nahm ich an.

Ich bezahlte und leerte die Sprudelflasche auf ex. Das Pfand gab ich direkt zurück. Die Kassiererin schaute desinteressiert, und das machte sie mir sympathisch.

»Schönes neues Jahr noch«, sagte ich und sie zeigte beim Lächeln ihre Zähne.

Auf dem Weg zum Hochhaus merkte ich dann, dass auch mein Kippenvorrat sich dem Ende neigte, so eine Kacke, aber natürlich zündete ich mir trotzdem eine an. Ich ärgerte mich, dass ich meine Mutter nicht nach Geld gefragt hatte oder mir zumindest was zu essen von ihr mitgenommen hatte, abgesehen von dem krümeligen Kuchen, den ich in der Nacht noch aufgegessen hatte. Ich war immer noch durstig und ich dachte an die Suppe, die ich zu Hause essen würde.

Als ich die Türe aufschloss, fühlte sich alles falsch an. Nicht, als würde ich heimkehren, sondern eher so, als würde ich unerlaubterweise ein fremdes Haus betreten. Meine Schritte hallten im Treppenhaus, mir schien, als hätte niemand in meiner Abwesenheit diese Treppen benutzt.

Der Schlüssel klemmte ein wenig, aber meine Wohnung sah unverändert aus. Zuerst trank ich eine ganze Weile lang Wasser aus dem Wasserhahn, dann schaltete ich den Wasserkocher an, um die Suppe zuzubereiten.

Ich verbrannte mir die Lippe ein wenig, als ich sie zu früh trinken wollte. Natürlich schmeckte sie nach nichts, aber wenigstens fühlte sich mein Magen hinterher nicht mehr so leer an.

Bevor ich zurück zum Männerwohnheim ging, legte ich

mich ein wenig auf die Matratze und starrte die weiße Decke an, ohne viel zu denken. Ich konnte nicht schlafen und alles, was ich wach zu denken imstande war, ödete mich an.

Im Gegensatz zu dem Gefühl, das ich im Hochhaus am Meer hatte, fühlte es sich am Abend bemerkenswert normal an, wieder bei der Arbeit zu sein. In der Leitzentrale zu sitzen, Tee zu trinken und die Nacht beim tiefer werden zu beobachten. Irgendwie war es mir, als wäre ich schon ewig nicht mehr hier gewesen, und dennoch war mir alles so vertraut. Ich war froh, dass Jenny kein Theater gemacht hatte und dass ich jetzt wieder arbeiten durfte. Die goldene Arschkarte, dachte ich, das trifft es schon irgendwie.

Die Nacht verlief ruhig, die Klienten waren wahrscheinlich noch dabei, ihren Rausch der Silvesternacht zu kurieren, oder vielleicht hatten sie nach den Gelagen der vergangenen Tage auch einfach mal Bock auf ein bisschen Stille. Trotzdem konnte ich noch immer nicht schlafen. Ich war hungrig und irgendwie hatte ich Panik, dass etwas Schlimmes passieren könnte, wenn ich nicht aufpasste. So ein Bullshit, als ob ich schlimme Sachen verhindern könnte, aber das Gefühl ging nicht weg. Immer wieder musste ich an den Abend denken, an dem ich Uwe im Klo gefunden hatte, und immer wieder dachte ich, dass ich vielleicht doch mal mit Jenny reden sollte oder irgendsowas.

Als ich am Morgen nach Hause kam, war mir schlecht, so müde war ich.

24

Ich hatte das Gefühl, die Glocken läuteten schon ewig, als ich aufwachte, und ich wusste nicht: Waren es Mos Totenglocken, die da schlugen, oder waren es meine eigenen? Mein Körper fühlte sich schwer an, behäbig, so, als seien seine Scharniere und Ketten schon lange nicht mehr geölt worden. Ich war unheimlich ruhig und wunderte mich: Wann hatte ich zuletzt eine solche Ruhe gespürt? Wann war ich überhaupt das letzte Mal wirklich völlig ruhig gewesen?

Als ich aufstand, um pinkeln zu gehen, läuteten die Glocken noch immer. Sie läuteten und läuteten, und das schon viel zu lange, als dass es nur dem Sinne dienen könnte, die Uhrzeit zu verkünden. Ich überlegte kurz, ob es einen besonderen Grund geben könnte für das Getöse, für den Lärm, aber mir fiel keiner ein. Auch der Blick auf die Uhr gab mir keinen Aufschluss: Es war 13.46; keine Uhrzeit, zu der die Glocken für gewöhnlich lange schlugen. Kurz war ich ein wenig bestürzt und dachte, die Welt sei zusammengekracht, während ich geschlafen hatte. Was, wenn etwas Schreckliches passiert wäre? Ein Weltkrieg ausgebrochen oder eine Naturkatastrophe oder dergleichen. Ich lauschte, ob ich neben dem Geläut noch Alarmsirenen ausmachen konnte, aber ich war mir nicht sicher, und dann war es mir eigentlich auch egal.

Als die Glocken endlich verstummten, stand der Tiger vor

mir. Mein Nachbar, das Biest – mein alter Freund und See-lenzerfleischer. Etwas hatte sich verändert, dachte ich, am Tiger oder an mir, aber erst war mir nicht klar, was es sein könnte. Das Monstrum stand nur da und knurrte mich an, und ich rührte mich nicht, als ich merkte, wie die Panik in mir hochkroch. Es war echte, kalte Panik, die sich in mir ausbreite, mich überfiel und lähmte. Mir wurde mit einem Mal klar, was sich geändert hatte: Der Tiger sprach nicht mehr. Er hielt keine langen Reden wie sonst, keine höflichen Aggressionen, keine bedauernden Ausführungen über sein boshaftes Naturell. Er stand nur knurrend da, gefletschte Zähne, ausgefahrene Krallen, und ich spürte die enorme Kraft, die von dem gewaltigen Tier ausging. Er war nicht wie sonst, weil er keine menschlichen Züge mehr trug, sondern im Vergleich zu unserer letzten Begegnung gänzlich verwildert war. Auch seine Schattenarmee fehlte: Jetzt waren es nur noch wir beide, er und ich, Tier und Mensch, Bestie und Biest.

Ich wollte zurückweichen, mich irgendwo festklammern, ihm etwas entgegenschleudern. Ich wollte untertauchen, mich verstecken, ihn ignorieren. Ich wollte, ich wollte und konnte nichts tun, denn ich fürchtete zu sehr, was geschähe, wenn ich den Tiger für einen Moment aus den Augen verlöre. Ein strenger Geruch nach Ammoniak und Eisen erfüllte die Luft. Der Tiger schlug seinen Schwanz langsam hin und her, ließ ihn auf dem Boden streifen – ein nervöser Tick.

Ich stand da, zitternd vor Angst, und rührte mich so wenig es ging. Mir war kotzübel, ich hatte das Gefühl, die Besinnung zu verlieren. So viel habe ich nicht gefühlt, als Mo starb, dachte ich zusammenhangslos, und noch in dieser grauenhaften Panik merkte ich auch ein Gefühl der Scham deswegen. Dass es letztlich die Sorge um mich selbst und mein eigener bevorstehender Tod sein sollten, die mich fühlend machen konnten, obwohl das doch der Tod meines besten und einzigen Freundes nicht geschafft hatte. Gleichzeitig wusste ich, ohne es wirklich zu denken, dass auch das eine Lüge war. Dass ich nie mehr gefühlt hatte als nach Mos Tod und in der darauffolgenden Zeit.

Der Tiger knurrte und knurrte und ließ mich nicht aus den Augen. Ich fröstelte. In meiner Erinnerung war der Tiger kleiner, schmaler, zierlicher. Jetzt stand vor mir ein Koloss mit immensen Muskeln, die sich über seinen Rücken spannten. »Scheiße«, sagte ich rau flüsternd, weil ich wusste, dass es ernst war.

Der Tiger fauchte kurz und leise auf. Eine Drohung. Ich legte die Hände auf meinen Kopf und wollte vor Panik weinen. Mein Herz raste, der unermessliche Raubtiergestank betäubte mich und mir wurde schwarz vor Augen.

Ich war nicht lange bewusstlos, das kann ich sagen, denn es war 14.07 Uhr, als ich in meiner leeren Wohnung erwachte. Der Geruch nach Ammoniak hatte sich noch nicht verflüchtigt.

Ich würde nach Uwe sehen müssen, fiel mir ein.

Die Psychiatrie hier oben am Meer war anders als die, in der ich Mo besucht hatte, vor ewigen Zeiten. Dort hatte es diesen Park gegeben, der irgendwie magisch gewirkt hatte, hier gab es nur einen gepflasterten Innenhof. Immerhin war das Meer nur fünf Minuten Fußweg entfernt. Aber die Patienten konnten die Klinik nicht einfach so verlassen, fiel mir ein.
Das frühlingshafte Wetter der vergangenen Tage war einem heranziehenden Sturm gewichen. Es war kalt und immer wieder peitschte mir Regen ins Gesicht.

Neubau, fiel mir auf, als ich durch die gläsernen Türen ins steril glänzende Innere der Klinik ging. Das Irrenhaus, in dem Mo eingesessen hatte, war im Gegensatz dazu ein verwunschenes Herrenhaus aus vergangenen Zeiten. So schrecklich es dort auch gewesen sein mochte, hier musste es noch schlimmer zugehen. Keine Chance, dass sich hier jemals jemand verlieben könnte, dachte ich.

Ich wollte an der Rezeption nach Uwe fragen, aber ich bemerkte, dass ich seinen Nachnamen nicht kannte. Als ich dem Sanitäter in der Nacht seine Personalien gegeben hatte, hatte ich sie von einer Liste abgelesen, die unsere Klienten jeden Tag, den sie bei uns übernachteten, ausfüllen mussten. Offenbar war ich da aber so neben der Spur gewesen, dass ich mir den Namen nicht gemerkt hatte.

»Ich suche einen Uwe«, sagte ich.

Der Rezeptionist sah mich über die Gläser seiner Brille irgendwie genervt – oder streng? – an.

»Aha, und wie weiter?«, sagte er mit fisteliger Stimme.

»Also das weiß ich nicht«, sagte ich, »ich … kenne ihn nur von der Arbeit. Er ist hier, weil er abkratzen wollte. Also ich meine, er hat versucht, sich das Leben zu nehmen. An Weihnachten.«

»Aha«, sagte der Rezeptionist noch einmal. Sein Haar war grau und dünn, seine Schultern hager und er wirkte, als sei er ein gänzlich unzufriedener Mensch. Er tippte etwas in den supermodernen Computer ein, der vor ihm stand und so gar nicht zu ihm zu passen schien. Er starrte dabei grimmig und sein Atem ging schell.

Ich stand lange vor ihm und hätte gerne eine geraucht, während er so angestrengt auf den Bildschirm starrte. Es war mir unangenehm, so dazustehen und keine Beschäftigung zu haben. Der weite glänzende Raum schluckte alle Geräusche, irgendwann räusperte ich mich probeweise, aber es klang nur wie ein dumpfes Klacken. Ich fühlte mich wie in einem Raumschiff.

Endlich schaute er von seinem Bildschirm auf, mich aber nicht an. »Stationvier, dritterstockunddannlinks«, nuschelte er. Ich war mir nicht sicher, ob ich ihn richtig verstanden hatte, aber ich traute mich nicht, nachzufragen. Wahrscheinlich war es eine schlechte Idee gewesen, hierher zu kommen. »Deraufzugisthinterdemcafebereich«, sagte er noch.

Die Türe zu Station Vier war abgeschlossen, ich musste klingeln und auch hier wieder lange warten. Plötzlich entstand in mir die Sorge, dass Uwes Ärzte mir meinen Wahnsinn ansehen und mich hierbehalten würden. Ich zwang mich dennoch zum Bleiben.

»Ich möchte zu Uwe«, sagte ich, als mir eine Pflegerin öffnete, und bemühte mich, normal zu wirken. »Ich habe ihn nach seinem Selbstmordversuch gefunden und den Notarzt gerufen«, erläuterte ich.

Die Pflegerin war relativ jung, hatte viele Tattoos und wirkte sehr nett. Auch sie schien nicht in dieses sterile Gebäude zu passen.

Obwohl ich Uwes Nachnamen nicht genannt hatte, wusste sie, von wem ich sprach.

»Ich zeige ihnen, wo sein Zimmer ist«, sagte sie, »aber er hat gerade schon Besuch. Wenn sie wollen, können sie auch im Gemeinschaftsraum auf ihn warten.«

Ich zögerte. »Ich weiß nicht«, sagte ich, »ich weiß auch gar nicht, ob er mich sehen möchte.«

Die Pflegerin lächelte mich an. »Das wird er ihnen schon sagen«, sagte sie und führte mich den langen Gang entlang, an identischen Türen vorbei, bis wir an einer Türe standen, neben der ein Schild mit Uwes Namen und zwei weiteren Namen angebracht war.

»Hier ist es«, sagte sie.

Hermann, dachte ich, das ist also sein Nachname. Ich bedankte mich und holte tief Luft, bevor ich klopfte.

»Herein«, sagte eine Stimme, die ich nicht kannte, und ich trat ein. Drei Betten standen in dem kahlen Raum. Das bleiche Nachmittagslicht, das durch das vergitterte Fenster hereinfiel, ließ das Zimmer noch kälter wirken. Auf einem Bett saß ein sehr dünner älterer Mann, der auf sein Handy starrte, ein anderes Bett war zerwühlt und leer. Auf dem dritten Bett saß Uwe mit verbundenen Handgelenken, neben ihm eine Frau in meinem Alter und ein kleines Kind. Die Frau war stark geschminkt, hatte eine enge Hose an und einen weiten Kapuzenpulli. Sie sah freundlich aus, aber auch ängstlich. Das Kind trug für ein Kind ungewöhnlich saubere Kleider und ignorierte die beiden Erwachsenen.

»Hi, Uwe«, sagte ich lahm und zu den anderen Personen im Raum: »Hallo.«

Die Frau schaute mich irritiert an, das Kind ignorierte auch mich und der dünne Mann auf dem anderen Bett sah kurz von seinem Handy auf, um mir zuzunicken. Uwe sah zuerst verärgert aus, dann lächelte er aber.

»Hallo«, sagte auch er.

Ich kam näher zu seinem Bett und er erhob sich. Zu mir sagte er mit einer ausladenden Handbewegung in Richtung der Frau: »Darf ich vorstellen: Die Eine.« Dann wandte er sich an die Eine und erklärte: »Das ist die Hausmeisterin aus der Unterkunft, die den Krankenwagen gerufen hat.«

Das Gesicht der Einen hellte sich auf und sie streckte mir

die Hand hin.

»Schön, Sie kennenzulernen«, sagte sie und wirkte dann kurz verlegen. »Er nennt mich ›die Eine‹, das ist so seine Angewohnheit. Eigentlich heiße ich Steffi.«

Ein »Ebenfalls schön, Sie kennenzulernen«, blieb mir im Hals stecken, genauso wie ein: »Und ich habe tatsächlich geglaubt, sie und ihr Kind seien Spitzmäuse«, und ich versuchte mich nur an einem Lächeln.

»Ich bin, Svenja«, presste ich dann noch hervor.

»Er hat es nicht so mit Namen«, sagte sie und warf einen kurzen Blick zu Uwe.

Der zuckte nur mit den Schultern.

»Wie geht's dir?«, fragte ich ihn.

Uwe grinste schief: »Eigentlich war ich wütend, dass du die Sanis gerufen hast«, sagte er, »sozusagen, da du mir meinen Plan damit vereitelt hast. Aber jetzt ist die Eine hier und das Kind und darüber freue ich mich. Sie haben mich bisher jeden Tag besucht. Gerade kommt es mir nicht so schlecht vor, überlebt zu haben.«

Steffis Blick verdunkelte sich, aber ich sah ihr an, dass sie sich zusammenriss.

»Wir wollen es noch einmal versuchen«, sagte sie leise und legte schützend die Hand auf den Kopf des Kindes.

»Aha«, sagte ich halbherzig, »das klingt doch gar nicht so übel«.

Dann fiel mir etwas ein: »Übrigens, Steffi, Sie wohnen doch in dem Hochhaus am Meer? Wir sind Nachbarinnen, aber ich glaube, wir sind uns noch nie begegnet.«

»Nein, ich bin schon kurz nach der Geburt umgezogen«, sagte die Eine und deutete auf das Kind. »Das Haus war mir unheimlich. Ich hatte nicht das Gefühl, dass das eine gute

Umgebung wäre.«

»Achso, Uwe hatte einmal erwähnt ...«, begann ich.

»Wir hatten wenig Kontakt in den vergangenen Jahren«, sagte Steffi und starrte auf ihre strahlend weißen Turnschuhe. »Ich dachte, es wäre besser, wenn er nicht wüsste, wo wir wohnen.«

Ich merkte, dass die Eine nicht glücklich war mit der Entscheidung, es noch einmal zu versuchen, aber ich wusste nicht, was ich sagen sollte, und als mein Blick auf Uwes Verbände fiel, wusste ich auch nicht, ob ich überhaupt etwas sagen wollte.

»Es ist gut, dass jemand für ihn da ist«, sagte ich leise und wieder sah ich einen Schatten auf Steffis Gesicht.

»Ich hätte auch mal für jemanden da sein müssen, der mir wichtig war, aber ich war's irgendwie nicht«, sagte ich noch.

Steffi atmete schwer aus und das Kind wurde unruhig. »Hause gehen!«, rief es und zerrte an der Hand seiner Mutter.

Ich hatte das Gefühl, zu viel gesagt zu haben, aber Steffi wechselte das Thema: »Und wie lange wohnen Sie schon in dem Haus?«, fragte sie mich.

»Wir können eigentlich Du sagen«, sagte ich, weil mir das ganze Gespräch viel zu persönlich erschien, als dass ein Sie noch angemessen gewesen wäre. Sie nickte leicht.

»Ich bin im vergangenen Herbst eingezogen.«

»Und du gruselst dich dort nicht?«, fragte sie und mir war unklar, wie ich ihren Tonfall deuten sollte.

Ich dachte an den Tiger, dachte an das leere Treppenhaus und an die Tiere, die ich in den anderen Wohnungen vermutete. Ich dachte an das kalte Licht in meiner kahlen Wohnung und ich zuckte mit den Schultern.

»Keine Ahnung«, sagte ich, »aber scheiß drauf.«

»Hause, Mama!«, rief das Kind, das zwischendurch wieder in Lethargie versunken war, noch einmal. Seine Mutter schien es erst jetzt zu bemerken.

»Alles klar, mein Schatz. Mami kommt gleich.«

Sie sah mich an: »Also dann, war schön, dich kennenzulernen.« Sie überlegte kurz und sagte dann, irgendwie zögernd: »Und danke, dass du den Notarzt gerufen hast. Es war sicher heftig, die zu sein, die Uwe findet.«

Ich nickte nur leicht und beeilte mich dann, die Frage zu stellen, die mich interessierte, seit ich wusste, wer sie war: »Wie geht es deinem Zahnfleisch eigentlich?«

Steffi schaute irritiert und bleckte ihre Zähne. »Wie, was meinst du?«, fragte sie.

»Ich mein, wegen der Parodontitis. Uwe hat gesagt, dass du Probleme mit dem Zahnfleisch hattest«, sagte ich, irgendwie verlegen.

Sie lächelte ein kleines bisschen und schüttelte den Kopf. »Das war nicht so lang, das ist alles wieder gut«, sagte sie. Dann schaute sie in Uwes Richtung, aber nicht wirklich in sein Gesicht: »Bis morgen«, sagte sie und zum Kind, das an ihrer Hand zerrte, »sag Tschüss zu Papi.«

Das Kind ignorierte Uwe weiterhin und zog die Eine aus dem Zimmer heraus. Jetzt war ich allein mit Uwe, von seinem Zimmernachbarn mal abgesehen. Mir fehlten mal wieder die Worte. Vielleicht wäre es gut, ihm zu sagen, dass er mir wichtig war. Das sollte man eigentlich allen Menschen sagen, die einem wichtig sind, bevor es zu spät ist. Aber wie Uwe da auf seinem Bett saß, wirkte er fremd auf mich, und ich war mir nicht sicher, ob er mir wirklich wichtig war.

»Ich dachte, ich schau mal nach dir«, sagte ich.

»Das ist gut«, sagte Uwe, »Vielleicht wird jetzt alles besser.«

Er wirkte anders als sonst. Weniger tiefsinnig, vielleicht, und optimistischer. Ich hatte das Gefühl, dass ihm etwas verlorengegangen war.

»Ja, vielleicht«, sagte ich und fasste mir ein Herz. »Ich glaube, der Tiger wollte, dass ich zu dir komme.«

Uwe schien mich nicht zu hören. Er nestelte an der Bettdecke herum, auf der er saß und wirkte auf mich, als wäre auch er ein kleines Kind. Immer weniger, immer dunkleres Licht drang durch die Gitterstäbe vor dem Fenster und ich dachte, dass es bald schon Nacht sein würde und ich zur Arbeit müsste.

»Tut mir leid wegen Weihnachten«, sagte Uwe plötzlich, »ich gehe davon aus, dass das nicht so schön für dich war, mich dort auf der Toilette zu finden.«

Ich nickte und war überrascht, dass er an mich dachte.

»Ja, war scheiße«, sagte ich, »aber egal.«

Irgendwie war ich enttäuscht, dass er es mir nicht nachtrug, seinen Plan vereitelt zu haben. Und irgendwie ärgerte es mich auch, dass er mir nicht dankbar dafür war, dass ich sein Leben gerettet hatte.

Wir saßen eine Weile schweigend nebeneinander und ich dachte darüber nach, ob ich das Richtige gemacht hatte, als ich den Krankenwagen gerufen hatte. Ob es nicht doch vielleicht das Richtige gab, in so einer Situation.

»Jetzt wird es also weitergehen«, sagte Uwe unvermittelt; draußen war es mittlerweile vollständig dunkel.

»Ja«, sagte ich: »Jetzt geht es weiter«.

Epilog

Da ist das Meer, groß und grau, und Eis scheint auf seiner Oberfläche zu treiben. Es ist noch Winter, obwohl eigentlich längst der Frühling angefangen haben müsste. Dort stehen die Hochhäuser aus Beton und Schutt; Kolosse des sozialen Wohnungsbaus, mit direktem Zugang zur See. Wer sich ertränken möchte, kann das hier tun, zwischen Eisschollen und totem Fisch, umspült von salzigem Wasser und von giftigem Müll.

Wenn Mo hier gewesen wäre, dann wäre er vielleicht ins Meer gegangen anstatt Tabletten zu nehmen. Vielleicht wäre er auch am Leben geblieben, wer weiß. Es ist ein Jahr her, dass Mo sich umgebracht hat. Es ist ein Jahr her, dass Mo mich umgebracht hat.

Ich stehe am Strand und rauche, so wie ich es an jedem Tag tue, seit ich wieder hier bin, und mir fällt auf, dass ich schon seit Wochen den Tiger nicht mehr gesehen habe. Es ist mir eigentlich egal, wo er abgeblieben ist, aber ob ich nun allein in dem monströsen Hochhaus bin, das würde mich mal interessieren.

Wahrscheinlich werde ich hier bleiben, weil es keinen Grund mehr gibt, von hier fortzugehen. Das Meer ist das Meer und die Salzluft und der kalte Wind. Ich werde vom Sturm hin- und hergeworfen, so, dass mein Herz heilen kann.

Irgendwann vielleicht werde ich dann sogar denken, dass es ein bisschen geheilt ist.

Die Rauchwolken verwandeln sich in der Luft zu Tieren, dann lösen sie sich auf. Ich starre angestrengt auf die See hinaus, doch kein Schiff wird mehr kommen; Schiffe fahren nicht auf dem gefrorenen Meer.

Was wäre wenn, denke ich, auch wenn das unsinnig ist. Vielleicht stünden Mo und ich dann jetzt zusammen hier, würden auf die unendlichen grauen Wassermassen sehen, uns aneinanderlehnen und rauchen. Mos warme Schultern unter meinem Kopf, der kratzende Rauch in den Lungen und der weiße Himmel, in den wir fallen würden, wieder und wieder.

Dank

Dieses Buch konnte ich schreiben, weil ich ein wahnsinnig großes Glück hatte; auch mit den Menschen um mich, die mich gelehrt, kritisiert, unterstützt und inspiriert haben.

Danken möchte ich allen, denen ich auf meinem bisherigen Weg begegnet bin, im echten und im virtuellen Leben; insbesondere gilt mein Dank aber den folgenden Menschen:

Anouk, für Geduld und Quatsch und dafür, dass du so wunderbar bist und mich jeden Tag froh machst. Maisa, weil es sich wegen dir oft so anfühlt, als hätte ich zwei Kinder, obwohl ich nur eines geboren hab, und weil du die lustigste Mitbewohnerin bist, die ich jemals hatte (sogar lustiger als deine Mama).

Sivanne, weil ich an einem verkaterten Morgen mit sechzehn in deinem Bett aufgewacht bin und plötzlich *so ein Gefühl* hatte, von dem ich wusste, dass es eine Geschichte dazu gibt: Das Gefühl, das Mo und Svenja auf der Brücke verbindet.

Aysun Drey, Chris Wohlwill, Daphni Manousaridou, Denis Schmidt, Felix Arndt, Giovanna Reder, Hannah Eger, Joël Adami, Laura Öhm, Lisa Heiberger, Sarah Röhl, Simon Landwehr, Sivanne Burbulla – weil ich nur dank Euch weiß, wovon ich schreibe, wenn ich von Freund_innenschaft schreibe.

Dem Verlag duotincta mit seinen besonderen Menschen. Dank an Ansgar Köb, Eliza Encheva-Schorch, Jürgen Volk. Dank auch an Moritz Hildt, der mir ein gutes Vorbild ist, wie man sich so als cooler Autor verhält.

Allen, die mir das Schreiben beigebracht haben oder mich ermunterten, dabei zu bleiben: Meine Oma Ruth Schreiner, und meine Lehrer_innen Hildegard Schweizer, Klaus Kwiatkowski, Jens Sippel, Claudia Schröter, Birgit Wahl-Bucka, Janine Dilbat.

Meinen Eltern Barbara Watson und Thomas Schreiner, die nie gesagt haben, es sei absurd, Autorin werden zu wollen und die mir beide auf ihre Weise viel geholfen haben bei diesem Buch.

Ingeborg Bachmann, Susan E. Hinton, William Shakespeare und Eminem – wegen der intertextuellen Anleihen an ihre Werke, die es im Buch gibt. Allen, deren Worte ich jemals lesen oder hören durfte.

Für's Gegenlesen und Ideen geben: Aysun Drey, Daphni Manousaridou und Felix Arndt.

Für die Buchtrailer-Beratung: Giovanna Reder.

Für deine Stimme im Buchtrailer: Lisa Heiberger.

Für die Ermunterung, meine Stimme zu benutzen, laut sein zu dürfen: Angela Schenkluhn, Chris Wohlwill, Gerda-Maria Pflock, Matzel Xander, Silke Bauer, Yella de Paiva und dem Freien Radio Wüste Welle, dem Radiocamp, den Radiomenschen. Dem Schwäbischen Tagblatt, insbesondere Beate Leins, Christiane Schweizer, Gabi Schweizer und Volker Rekittke.

Für's Da-sein während des Schreibprozesses, in den vergangenen und kommenden Monaten; für Geduld, Inspiration und für alles, was sonst viel geholfen hat, aber bisher noch keinen Platz hier fand: Jakob Watson. Markus Watson. Barbara Landwehr. Lena Schmailzl. Saleh Elsayed.

Den Kumebi-Leuten, weil ich die erste Hälfte des Buches geschrieben hab, als ich an die PH pendelte und viel von Euch in den Text eingeflossen ist.

Der Bahn, denn ohne die ganzen Verspätungen hätte ich vermutlich viel länger für diesen Text gebraucht.

Der Buchhändlerin, die sich lustig über mich machte, als ich ihr mit neun sagte, dass ich Schreiben möchte – nimm das!

Dem Internet, Rock'n'Roll, Kaffee.

In eigener Sache
Bücher haben **einen** Preis!
Unabhängig & die Zukunft

Wir als unabhängiger Verlag wollen mit unserem Programm die vorherrschenden, ewiggleichen und algorithmengesteuerten Pfade der Buchlandschaft mit aller Kraft, allem Enthusiasmus und mit Deiner Unterstützung verlassen. Hierbei setzen wir auf engagierte AutorInnen, unabhängige Buchhandlungen und mündige, neugierige LeserInnen.

Gerade die Garanten der Vielfalt – unabhängige Buchhandlungen und unabhängige Verlage – kämpfen derzeit um eben diese Vielfalt. Dabei stets zu Schutz und Trutz an unserer Seite: die Buchpreisbindung. Für Dich als LeserIn – und damit AkteurIn innerhalb einer einzigartigen Kulturlandschaft – macht das die Sache einfach. Egal ob online oder im Laden, egal ob große Kette oder unabhängige Buchhandlung:

Überall gilt derselbe Preis für das Buch Deiner Wahl!

Und sollte Deine Buchhandlung um die Ecke unverzeihlicherweise einmal einen Titel aus unserem Programm oder ein anderes Buch nicht vorrätig haben, dann ist es in der Regel über Nacht lieferbar und liegt am nächsten Tag zur Abholung für Dich bereit – ganz ohne Prime-Gebühren oder munteres Paketesuchen in der Nachbarschaft. Kauf lokal! Denn unabhängige VerlegerInnen brauchen unabhängige BuchhändlerInnen.

Mehr Infos unter
www.duotincta.de/kulturgut-buch

Wolfgang Eicher

freiheitsstatue

252 Seiten, Paperback

Werner und Sophie sind das unmögliche Paar einer Gesellschaft, die es nicht wissen will.

Das Leben des Wiener Studenten Werner nimmt eine jähe Wendung als der Künstler Simon in sein Leben tritt: Simon sprengt die bisher geltenden Konventionen und gemeinsam ziehen sie nach New York, um an der Performance „Freiheitsstatue" zu arbeiten. Der Aufbruch ins Land der unbegrenzten Möglichkeiten weckt in Werner, was vielleicht schon immer in ihm schlummerte ... Diagnose: manisch-depressiv.

Wolfgang Eicher leuchtet die dunklen Ecken im Schatten der Freiheitsstatuen einer Gesellschaft aus, die Depression, Sucht und Suizid zu Tabuthemen erklärt hat. Wie schon in seinem Debüt „Die Insel" schafft es Wolfgang Eicher zu zeigen, wieviel Schönheit, Poesie und Leichtigkeit das Leben bereithält – trotz allem.

100% Literatur
www.duotincta.de

Birgit Rabisch
Wir kennen uns nicht
206 Seiten, Paperback

Mutter und Tochter – eine oft konfliktreiche Beziehung, die seit der Antike nicht nur in der Literatur für Sprengstoff sorgt. Die Beziehung zwischen Lena und Ariane ist geprägt von der Unfähigkeit, sich in die Welt der jeweils anderen einzufühlen. Vieles bleibt unausgesprochen, beide lügen sich an und fühlen sich missverstanden im Labyrinth der gegenseitigen Täuschungen.
Die Mutter Lena, eine ehemalige feministische Bestsellerautorin, lebt vereinsamt in ihrer großen Villa. Die Tochter Ariane fühlte sich als Kind von ihrer Mutter vernachlässigt und als leicht erkennbare Figur ihrer Romane bloßgestellt. Ariane arbeitet als Verhaltensforscherin über *Lügen und Tricksen unter Raben.*

Mutter und Tochter erzählen von einer gemeinsamen Vergangenheit, die völlig unterschiedlich erlebt wurde und immer mehr auch ein Porträt des aktuellen Konfliktes zwischen der Generation 68 und ihren pragmatischeren Erben wird. Dabei vermengen sich gelebtes Leben und literarische Fiktion, während in der Gegenwart das Gespinst aus vermeintlichen Gewissheiten nach und nach zerlöchert wird.

100% Literatur
www.duotincta.de

Moritz Hildt

Nach der Parade

200 Seiten, Paperback

New Orleans. Ein ganzes Jahr ohne Verpflichtungen in einer fremden Stadt, die rätselhaft ist und doch eigenartig vertraut, in deren schwerer, süßlicher Luft die Dinge eine größere Toleranz für Uneindeutigkeit zu haben scheinen. Frank Baumann ist 42 Jahre alt und sicher, das große Los gezogen zu haben, als er seine Frau zu ihrem einjährigen Forschungsaufenthalt nach New Orleans begleitet. Doch im Verlauf von drei Tagen, an deren Ende Mardi Gras steht – Höhepunkt des Karnevals –, wird Baumanns Welt bis auf die Grundfesten erschüttert. Plötzlich wird sein Leben infrage gestellt. Birgt eine Krise wirklich die Chance zum Aufbruch ins Neue?

Nominiert für den Thaddäus-Troll-Preis 2019

100% Literatur
www.duotincta.de

Frank O. Rudkoffsky
Dezemberfieber
318 Seiten, Paperback

Weihnachten in den Tropen – eigentlich ein Traum! Doch statt eines entspannten Urlaubs mit Freundin Nina erlebt Bastian in Thailand sein ganz persönliches Fegefeuer: Rastlos sitzt er auf glühenden Kohlen im Paradies, geplagt von Erinnerungen an seine Kindheit in einer zerbrechenden Familie. Als er auf eine rätselhafte Botschaft in einem Bücherregal stößt, nimmt die Reise eine unerwartete Wendung: Was als Geocaching-Abenteuer durch Thailands Nationalparks beginnt, endet für Bastian in einer selbstzerstörerischen Konfrontation mit seiner eigenen Schuld ...

Ein menschlicher, emphatischer und warmherziger Roman vom Scheitern der Normalität und der Brüchigkeit des Gewöhnlichen.
Sophie Weigand, Literaturen

100% Literatur
www.duotincta.de

Stefanie Schleemilch
Morgengrauen
211 Seiten, Paperback

Wenn der Morgen graut, ist das im Leben der Berliner Schriftstellerin Agnes wortwörtlich zu verstehen. Nacht für Nacht kreisen ihre Gedanken um die Stationen ihres bisherigen Lebens: Kindheit, Gymnasium, Psychiatrie, Abitur, Universität. Ein abgebrochenes Studium und ein misslungener Suizidversuch schmücken dabei ihren Lebenslauf. Dann kommt das Angebot eines Verlags. Plötzlich muss Agnes eine druckreife Geschichte zu Papier bringen – und mit ihrer eigenen abschließen: Berlin diskutiert #metoo, während in der Ungleichzeitigkeit zwischen Metropole und Provinz, zwischen Gegenwart und Vergangenheit klar wird, dass die Primitivität nicht nur Prominenten vorbehalten ist ...

Nach ihrem philosophischen Debüt Letzte Runde zeigt sich Stefanie Schleemilch in »Morgengrauen« teils melancholisch, teils erfrischend zynisch und vor allem kämpferisch in der Demontage des Status quo der Geschlechterrollen in der süddeutschen Provinz.

100% Literatur
www.duotincta.de

MIX
Papier aus verantwortungsvollen Quellen
Paper from responsible sources
FSC® C105338

FSC
www.fsc.org